新潮文庫

おせん

池波正太郎著

目次

おせん

蕎麦切(そばきり)おその

一

蕎麦粉と酒で、お園は生きていた。

蕎麦切でも蕎麦掻きでもよかった。他の食べものは一切受けつけない異常体質なのである。

四年前の安永三年の冬から、東海道藤沢宿、桔梗屋という旅籠で、女中奉公をしているお園であった。

奉公したての頃には、他の女中の饒舌からお園の身上を知った泊り客などが、うるさく問いかけるたびに、お園は、たまらなく哀しく、腹立たしく、

「私の前世は、きっと蕎麦の花だったんでしょうよ」

こう言返して、あとは、不機嫌に、ぷつんと口を閉じてしまったものだ。

お園は十九歳で、故郷の信州・飯山から桔梗屋へ奉公に来た。その頃のお園の痩せた小さな体は見るからに乾いていて、針のような細い眼が孤独な反抗に光っていた。目尻が引攣れるほど無造作に引詰めた髪の、その自棄な引詰め方にも、自分自身への反抗が漂っていた。

三年たった今では、お園は大分変ってきた。無口なことには変りもないが、朋輩か

ら嫌われるような偏屈なところも薄らいできたし、体には女らしいふくらみもつき、紅ぐらいはつけるようになってきている。

それも、彼女が持つ特技が冴えてきて、その特技が桔梗屋の売りものとまで評判をとるようになったからだ。

わざわざ江戸から、お園のつくる蕎麦切を食べに十二里十二丁の道中をやって来る客も多い。ことに、大山詣りの講中が宿場にあふれる夏の頃は、桔梗屋の書入れどきであった。

去年から桔梗屋では、大台所につづく中庭に〔蕎麦どころ〕というのを建増したものである。

〔蕎麦どころ〕の中央には蕎麦切をつくる一切の道具がととのえられ、これを囲んで客が坐る席が設けられてある。

お園は、わが手捌きに見蕩れる客の面前で、宿の若者をテキパキと指図しつつ、縦横無尽に、麺棒と大包丁を振って立働くのだ。

蕎麦粉をこねる、引伸ばして畳み、切って熱湯であげ、冷水にさらした蕎麦の玉を、お園は、ぽんぽんと客に放り投げるのである。

お園の手を放れて飛んだ蕎麦の玉は、必ず客の持つ椀の中か客の膝の前の笊の中へ命中した。誤って他に落ちることは全くない。

こういうときのお園は人が違ったようになる。彼女の瞳は精気をはらんで輝き、血がのぼった頬が汗に湿って美しかった。

蕎麦を切る包丁の律動的な音が絶えたかと思うと、お園の視線は素早く、空になった客の椀や笊を見出し、その手は傍の蕎麦玉を掬いとって四方八方へ投げる。また包丁がなる。

客の数が多いほど一点の乱れも見せぬ手捌きの鮮かさは、客の目を奪った。

また、お園が打つ蕎麦の味は、評判を聞伝え、ことさら試食に訪れた、江戸浅草・旅籠町の蕎麦屋〔万屋〕の主人を唸らせたほどのものである。

蕎麦玉を投げ、再び包丁を掴むときに、お園は、これを天井すれすれにまで放り上げ、落ちてくるのを受けとめて、間、髪を容れず蕎麦を切りにかかる。包丁と蕎麦玉が同時に飛ぶこともあった。

包丁のきらめきと蕎麦の玉と麺棒とが、空間で魔術のように操られ、客はどよめいた。

お園の、活力に満ちた鮮烈な動作は客の食欲をそそり、客を酔わせた。

藤沢宿桔梗屋のお園といえば、蕎麦好きの江戸のものの口の端にのぼるようになったし、桔梗屋の繁昌ぶり、この二年ほどの間に、二十人がやっとだった客部屋が七十人から八十人の客を入れるほどに建増しされたのを見てもわかる。

藤沢宿には本陣の前田源左衛門の他に、大小七軒ほどの宿屋があるのだが、いずれも桔梗屋のすさまじい進出に圧迫された。

「桔梗屋は、見世物で客を釣り上げていやがる」

「あの蕎麦切女中が、どこかへ嫁に行ってくれさえすればいいのだが……」

「柏屋さん。蕎麦粉しか喰えないあの女を嫁に貰い手があるものかい」

「それならひたち屋さん。あの女が婆さんになり手足が利かなくなるまで、われわれは指をくわえているのかね。冗談じゃない、乾上っちまうよ」

と、こんな同業者の鬱憤が、どんな形に移行するか、などということは少しも念頭になく、桔梗屋の主人・治太郎と女房のおないは、商売の盛況に陶酔していた。

「お前の遠縁だからというので、四年前にお園を引取ったときには、私もいい気持じゃアなかったよ。けれども、こうなって見ると、お園は福の神だね」

「あの子を甘やかせちゃアいけませんよ。あんな片輪ものを引取ってやったのは、よくよくのことなんですからね」

信州・飯山城下で石屋渡世をしていたお園の父親が後妻を貰い、二児をもうけてからは、お園の立場がいよいよ苦しいものとなった。

むろん近在の農家でさえも、お園の異常体質は嫌悪されたし、家を出て縁付くことも出来なかったのである。

特異体質だが丈夫でよく働くということなので、桔梗屋が引取ったわけなのだが、相模国は昔から蕎麦を好む風俗もあったことだし……。

「一日に蕎麦切と酒一合で、福の神が鎮座ましまして下さるのだから、こたえられないね」

「どうせ嫁にも行けないのだし、うちで飼殺しにするより仕方がありませんねえ」

ひそかに、こんなことを語り合っている主人夫婦に、しかしお園は感謝していた。

飯山にいた頃の、激しい絶望にさいなまれていた自分を考えると、どうにか生きて行けそうな気がしている今の自分が夢のようにも思われる。蕎麦を打つばかりでなく、客をもてなす一つの芸として苦心の工夫をしてみたのも主人に報いたいからであった。

小娘だったお園が何度も自殺しかけるたびに、その気配を察し、おろおろと止めにかかった気の弱い父親も、この春に病死していた。

そのときも、お園は故郷へ帰らなかった。

二

その年の秋に、小田原城下の蠟燭問屋へ嫁いでいる桔梗屋治太郎の妹が子を産んだ。

その祝いをかね、治太郎の女房が小田原へ出かけた。二日ほど滞在し、女房のおないが藤沢へ帰って来ると、宿場の手前の引地村の外れにある〔やくし橋〕という橋のたもとで、桔梗屋が置いている四人の飯盛女（めしもりおんな）のうちの、おだいというのが女房を待受けていた。

「何をしているのだい、こんなところで……」

女房は叱（しか）りつけた。

夕闇（ゆうやみ）も濃くなってきている。

「それが、おかみさん……こんなことを言っていいかどうかわからないんだけど、店へお入りンなる前にね、ちょいと、耳に入れておきたいことがあったもんだから……」

と、おだいが秘密めかして言う。

女房は、後ろにいる店の小者に荷物を持たせて先に帰した。

「何だい？　言ってごらん」

ぶらぶらと宿場へ向って歩きながら、女房は催促した。

「へえ——じゃア言いますけれどね。実はねえ……」

お園と主人の治太郎が密通していると、おだいは言った。

「そう言っちゃア何だけど、あの体してて、おかみさんにも、あれだけ世話をかけてるお園さんでしょ。なのに、まるでおかみさんを踏みつけにしたあれだもんだから、私も黙っていられなくなっちゃってねえ」

「フム。そうかえ……」

「今度が初めてじゃアないんですよ。今までにも……でも何だか私も言い辛かったもんだから……」

「フム。そう……」

宿場の灯が見えるところまで来て、女房は、おだいに固く口止めをし、先へ帰した。豊満な体をしているおだいは飯盛の中でもよく売れていて、桔梗屋名物のお園に張り合い、仲がよくないことは女房も知っている。自分の留守に二晩もつづけて、治太郎の寝間へ入るところと出て来るところを見た、というおだいの言葉を、そのまま信じてよいものかどうか……。

治太郎は前にも、遊行寺下の料理屋の女に手を出して、夫婦の間でもめたことも両三度はある。

(ないとは言えないけれど……)

一時は、一散に駈け戻り、治太郎の胸倉をとってやろうとも思ったが、うっかり早まったことをして、お園が出て行くようなことになったら取返しのつかぬことになると、女房は考え直した。

何しろ、お園の蕎麦切で繁昌している店だ。

女房は気ぶりにも出さず、店へ帰った。

冬が来た。

寒くなると中庭の〔蕎麦どころ〕の炉に火が入る。夏場ほどのことはないのだが、それでも泊り客の夕飯は〔蕎麦どころ〕になることが多いのである。

年も押し詰った或る日のことであったが、蕎麦を切っているお園が急に吐いた。馴染客が四人ほどいて、挨拶に出ていた女房の顔色が変った。

（お園のやつ、悪阻だ！）

それでもまだ女房は黙っていた。

年が明けると、お園の妊娠は確定的な噂となった。

「白状したらどうなんです！」

女房に問詰められ、治太郎は、

「馬鹿を言うもんじゃアない。何を証拠にそんなことを言い出すのだ」

「おだいが、みんな話してくれました」

「何だと!! よし、おだいを呼べ」

治太郎と相対しても、おだいは一歩も退かない。今更、お逃げになるなんて旦那さんは卑怯じゃありませんかと、反って治太郎に喰ってかかった。

激怒した治太郎がおだいを撲りつけ、蹴倒した。それでも退かない。また撲った。

治太郎の怒りが発散すればするほど、女房の疑惑は深まり、強硬に自説を曲げぬおだいへの信頼が増加した。

女房もついに我を忘れた。

お園が呼びつけられた。

お園は黙っていた。

身ごもっていることは確かに認めたが、誰の子だとは言わない。しかし治太郎の子ではないと言い張るのである。

「言っておくれよ、お園。お前が言ってくれないのじゃア、私が困る」と、治太郎も終いには哀願の調子になったが、頑として応じない。

このときのお園と治太郎の様子を、冷静に観察すれば、二人の間にはやましい関係がないということが看取された筈なのだが……。

永い間、疑惑を打消しつつ、お園を失うことの危険さを計って鬱積した女房の怒りだけに、それが爆発すると後戻りが出来なくなってしまっている。それでも、

「出て行け！　お前なんか……」と叫んだとき、女房の脳裡には、ちらりと夏場の大山詣りの講中が、舌鼓をうってお園が打つ蕎麦切を啜り込んでいる情景が浮び上った。

(早まっちゃアいけない……)

ハッと気をとり直したときに、お園が両手をつき、叫ぶように言った。

「おたのみ申します。このまま置いてやって下さいまし。いっしょうけんめい、これ

からも働きます。働かせて下さいまし。子供を育てさせて下さいまし」

もしもお園が、出て行けと言われて、しょんぼり立上ったとしたら、女房は何とか止めにかかったであろうが、日頃無口なお園にしては必死の気魄がこもった嘆願に、女房は一寸気圧された。気圧されたことに女房は癇をたてた。

「図々しいやつだ。出て行け。出てお行き!!」

傍にあった算盤を摑み、女房は厭というほどお園の頭を打った。

「おかみさん……」

ひるまずに尚も哀願しようとするのへ、女房が叩きつけるように言った。

「片輪ものが哀れだと思えばこそ養ってきてやったのに、お前は、恩を仇で返す気なのか!!」

ここで、お園の上気した顔のいろが、さっと鉛色に変った。

「おない、お園を手放して、どうするつもりなのだ」

あわてて治太郎が中に入ったが、遅かった。

こうなれば女房も狂人のように喚きたてるばかりだし、寒中にびっしょり汗をかいた治太郎が女房を説き伏せようとかかっているうちに、すーっとお園の姿が消えた。

帳場から土間、廊下までも女中や泊り客が詰めかけてざわめいている中を潜り抜け、お園は手回りのものも持たず、裏手から寒夜の闇の中へ消えて行った。

三

それから十日もたたぬうちに、藤沢から一里二十余丁を江戸に寄った戸塚宿の入口にある吉田橋手前の〔こめや〕という茶店で、お園の蕎麦切が始まった。

あの夜――桔梗屋を出て、遊行寺の門前町をまっすぐに走り抜け、山門から高い石段を一気に駈け上ったお園は、降り出した雪にも気づかず、本堂前の大銀杏の下に立ちつくして動かなかった。首をつろうか、それとも相模川へ身でも投げようか。どっちにしても桔梗屋を追出されては片輪の身の置きどころもあるまいと思い詰めたのだが、勇気をふるい起して雪の夜道を戸塚宿へ歩み出したお園の胸の中は、体内に宿っている小さな生命を感ずることではち切れそうになっていたのだ。

お園の相手の男は、藤沢宿に住む若い按摩であった。

桔梗屋へも出入りしていたこの按摩は、引地村の農家の納屋に独りで暮している。

去年の夏に、お園から誘ったのだ。

飯山にいた頃から、お園は男に騙されつづけている。お園の弱点を男達は巧みに利用するのであったが、藤沢へ来てからのお園は泊り客の誘惑にも耳をかしたことは一度もない。

(男なんて、こりごりだ)

やせ我慢である。男にもてあそばれて熟し切った体は四年間も耐えてきていたのだ。

その日——大山への別れ道がある四ツ谷の休茶屋〔羽取屋〕というのが主人の親類なので、そこへ使いに出た帰り途に、雷雨があった。

街道から切れ込んだ農家の納屋へ飛込むと、按摩は、まだ少年のように硬く白い裸体のまま昼寝をしていた。耳を裂くような雷鳴にも眼をさまさない。すやすやと寝息をたてている。

じいっとこれを見詰めていたお園は黙って近寄り、按摩の腕を静かにひろげ、その腋を舌と唇でねぶりながら胸いっぱい男の匂いを吸込んだ。

「あ……誰？」

「お園よ、桔梗屋の……」

「お園さん、か……」

「黙って——ね。いいこと教えてあげる」

荒い呼吸を吐き、お園は按摩を押えつけて、のしかかっていった。

お園は男のようにふるまった。

それから暇を盗み、何度、あの納屋へ忍んでいったろうか……。

身ごもったとわかったとき、反ってお園は狼狽しなかった。

（生んでやろう。私が生む子供は、きっと米の飯も食べるだろうし、味噌汁だってす

する）

先ず、おかみさんにだけは話しておかなくては――話せばわかってくれるだろう。遠い血つづきなのだし、私の働きぶりだってみとめてくれているのだからと、そう思ううちに、おだいが根も葉もないことを密告したのである。

おだいを買収したのは、藤沢宿旅籠の主人達であった。事実無根の煽動工作だったのだが、お園の妊娠がわかっても、「瓢箪から駒が出たね。桔梗屋さんも罪なことをしたものだよ」と、こういうことになってしまった。迷惑なのは治太郎だが、おだいすらもお園の相手は主人だと決め込んでしまっている。おかみさんが小田原へ行っている隙にさ、私ゃねえ、二度も見つけちまったんだよ。それがさ、お園のあまめ、腰巻ひとつで出てきやがって――と、おだいは宿場中にふれ廻った。自分の言うことが嘘か本当か、そのけじめもつかなくなっているのだから、あの夜に主人へ喰ってかかり一歩も退かなかったおだいなのである。おだいは約束の五両を貰い、そのうち二両余の借金を桔梗屋に払って、さっさと平塚の飯盛旅籠へ鞍替えしてしまった。

戸塚宿〔こめや〕の蕎麦切は大繁昌となった。

ここは休茶屋なのだが、お園が女中にして貰いたいと駈け込んで来たときに、主人は二つ返事で引受けてくれた。主人の伊兵衛は六十がらみの老人で、藤沢へもよくやって来たし、お園も顔だけは見知っていたので藁(わら)をも摑(つか)むような気持で飛込んだのである。

この頃、宿場で働く女中の給金は年一両弱というところなのだが、伊兵衛は二両出そうと言ってくれた。

お園は眼を見張った。

（あたしにも、それだけの値うちがある!!）

お園の指図で〔こめや〕の土間も、桔梗屋の〔そばどころ〕風につくられ、お園が打つ活力にあふれた麵棒(めんぼう)の音は、街道を歩む旅人の耳にひびいた。

そうして、お園は流産をした。

（なあに、また産めばいいんだ）と、お園は思う。

〔しなの坂〕の休茶屋からも誘いの手がきた。藤沢の先の〔南江(なんこ)〕の江戸屋からも密(ひそ)かに手を廻して、お園を引抜きに来た。

〔こめや〕ではお園の給金を三両に上げて、これを防いだ。

桔梗屋の一件も、またたく間に知れ渡り、戸塚宿でもお園の評判は高い。若者達がお園を見物しがてら蕎麦を食べにやって来る。

お園は体中に自信がみなぎりわたってくるのを感得した。自信が得意に変るのに手間暇はいらなかったようである。

「旦那(だんな)!! 忙しいんですから、少しは手伝って下さいよ」

手伝いの少女を叱(しか)り飛ばしながら、お園は伊兵衛にも荒っぽく声をかけるようになってきた。

春が過ぎようとしていた。

戸塚宿の本陣沢辺九郎左衛門から呼出されて、伊兵衛が出向くと、お園を解雇しろという強制なのである。

お園のような淫奔(いんぽん)な女がいては、宿の風紀が乱れる、宿役人も承知の上だから早々に追放してしまえ、もし承知しなければ〔こめや〕がきっと困るようになる——というのであった。

〔こめや〕とお園に対する嫉妬(しっと)反感が原因であることは言うをまたない。

一度は、はねつけてきたものの、本陣を中心に旅籠や茶店が結束しているのだから、伊兵衛も困った。

これを聞いて、お園は、さっさと辞職を申し出た。

給金も日割にしてきちんと受け取った。

「それにしてもよ、ほんとに、全くなあ。わしは残念で残念で、涙が出てくる」

しきりにこぼす伊兵衛に、

「でも旦那。大分儲けたからいいじゃありませんか」

流行の櫛巻に、きりりと髪を束ねたお園は小さな荷物をさげ、後も振返らずに街道へ出て行った。

伊兵衛夫婦は嘆息して、うららかに雲雀が囀る空の下を藤沢の方へ去るお園を見送ったのである。

お園は、間もなく、藤沢宿へ入った。

道を行く宿場の人びとが指さして囁き合うのには目もくれず、すたすたと桔梗屋の前へ来ると、店先へ出て来た女房のおないと、ばったり出会った。

「おかみさん、しばらく――」

「な、何しに来たのだい、お前は――」

「桔梗屋もさびれたそうですねえ」

「な、何だって……」

お園が去ってから後、現金なもので桔梗屋は火の消えたようになっている。

春の陽がこぼれる店先の向うに、土間が森閑と口を開けている。治太郎の姿も女中の影も見えなかった。

女房が白い眼をむき出し、

「盗人たけだけしいとはお前のことだ。よ、よくも此処へ……」と摑みかかる手を振払い、お園はおないの頬にピシリと平手打をくわした。

「………」

声も出なかった。

おないは頬を押えたまま、虚脱したように立竦んでいる。

「おかみさん、さようなら」

宿場を出て引地村まで来たが、若い按摩が住む納屋を、お園は見向きもしなかった。

四

一年たった。

この年、安永八年の夏から、お園は、平塚宿の旅籠、相模屋幸右衛門方で働いていたようである。

この間に、二度や三度は働く場所も変っていたろう。藤沢から二十一里余も先の、吉原宿、甲州屋という休茶屋で蕎麦切をやっていたこともあるようだ。

とにかく、お園は憂鬱であった。

働き場所が落着かないのは、いずれも藤沢や、戸塚のときと同じような事態が発生したばかりではなく、働き先の旅籠や茶屋の使用人達とも折合いが悪く、そんなときには、

「そんなに私のことが憎らしいのか。お前さん達にア出来ない芸を、私はもっているのだ。少しばかり給金が多いからとか、旦那が大事にするからとか、目くじらをたててやきもちをやくのなら、私と同じことをやってごらんな。口惜しかったらやって見せてごらんよ」

気にいらないことがあると、

「お暇をいただきます」

さっさと出て来てしまうのである。

お園の評判は悪かった。

けれども、お園の蕎麦切は、江戸に近い東海道筋で名を売っており、事実、お園が働く店は、たちまちに客の入りが違った。

お園は、何人もの男と遊んだ。

誰の子でもいいから産んで育ててみたい、子を育てることによって、生甲斐をおぼえたいという、あの若い按摩の子を宿した頃の気持からではない。生活への自信と歩調を合わせて、女盛りの欲情が野放図になった。

わざと胸を張って、自分が打った蕎麦切を食べ、一日一合の酒をのむ。いや一合が二合になり、三合になっていた。

相模屋では、今まで彼女を使って失敗した旅籠や茶屋の先例を熟知していた。

主人の幸右衛門は宿でも顔利きの方であったし、お園の蕎麦切もあくどい儲けに利用するということをせず、一定の客が来れば、あとは他の旅籠へ廻すというようなやり方だったので、宿場の同業者達からも余り恨みを買うようなことにはならなかった。

「それにしても、お前の体というものは、どうして、そんな風になってしまったのかね。生れたときからかい？」

温厚な主人に問われて、お園は、

「ごく小さい頃は、麦もお米も食べていたおぼえがあります。けれど私の故郷は、御存じのように毎年の将軍さまへの献上にも蕎麦を差上げる位の、つまり名物なもので……私も大好物なんでした。それが……私が五つのときでしたか、継母が来たんです。大嫌いでした、私……」

「いじめられたのか？」

「まあ、どこの家にもあることとかも知れませんけど……とにかく、その頃からなんです、麦やお米をみると吐気がするようになりました」

「継母が来てからというのは……何か、わけがあったのだろうかねえ」

「わかりません。何時とはなく、他のものが食べられなくなってしまって……」

勝手に蕎麦粉をこねて食べ、夕飯の膳にも継母と顔を合わすのを避けているお園を見て、継母が意地になり、蕎麦掻きばかりをお園にあてがい、他のものは、菓子も魚

も、

「どうせ、お園ちゃんは食べんのだから……」と、仕舞い込んでしまうということになった。

お園も意地になった。死んでも他のものは食うまいと決心した。また、それが少しも苦痛ではなかったのである。

「酒は？」

「藤沢の桔梗屋さんへ来てから、お客さんのお酌するときに……それで好きになりました」

年頃になってからは、お園も気づいて、何とか他の食物をと努力してみたものだが、駄目であった。

十六のときであったか、無理矢理に鮭一片と飯を腹に押込んでみて、死にかけたことがある。下痢が何日もつづき、高熱を発し、父親の親身な看病がなかったら、助からないところであった。

「まあ、永く居てみておくれ。幸い、この宿では、お前も爪弾きをされずに済みそうだからね」と、幸右衛門は言ってくれた。

「ええ」と答えたが、不満であった。

せっかく自分が来たのだから、もっと手をひろげ、厭というほど儲けてもらいたい。

そうなれば給金の値上げも言い出せよう。このままでは、名物扱いにしてくれない自分の名が街道筋から消えてしまいそうな気がしてならない。

それでもお園が来てからは、相模屋の景気が良くなってきている。幸右衛門としては着実にお園を利用しようとして慎重な態度をとっているのだが、お園にはわからなかった。もっと華ばなしく自分を活躍させてもらいたいのである。提案した〔そばどころ〕の建増しも、幸右衛門は、「まあ、もっと先になってみてからのことだ」と、取合ってはくれない。給金も前のところよりは安かった。

（ふん。そのうち、もっと良いところに代ってやるから……）

お園の自負も大分傷けられたようだ。

その年の初秋――毎日毎夜降りつづく雨の中を、相模屋へ泊った浪人者があった。背の高い、頬骨の突出た青黒い顔つきの、その浪人者の顔には、お園も見おぼえがある。桔梗屋へも一、二度泊ったことのある男であった。

着流しのままの草履ばきで、絵具と筆の入った包みを下げている。大小は差しているのだが、いえば旅絵師と同じことをして旅を暮しているらしく、藤沢へ来たときも遊行寺の庫裡の襖を描いたとか描かないとか――お園も耳にはさんだことがある。浪人は、桔梗屋へ来ると、きまって飯盛女を抱いた。

「お前、ここに来ていたのか」

浪人は、お園を見つけると、すぐに言った。

お園は黙ってうなずいただけであった。男のくせに妙に赤い唇が何時もぬらぬら濡れている感じで、桔梗屋へ泊ったときも〔そばどころ〕で麺棒をつかいながら、他の客にまじり、こちらを凝視しているこの浪人の厭な眼つきを、お園は忘れてはいなかった。

「お前、だいぶ男狂いをしたのだってなあ。藤沢で聞いたぞ」と、浪人は囁いた。

階段を上ったところの廊下だったし、お園は思い切り浪人を睨みつけて階段を駈け降りて来てしまった。

夜が更けてから、お園は終い湯に入った。

雨が跡絶え、中庭で虫が一匹だけ鳴いている。

女中部屋は、中庭の渡り廊下を右に折れた突当りにある。

泊り客も少なく、帳場にぼーっと灯が滲んでいるだけで、滅入るように、あたりは静まり返っていた。

渡り廊下で、いきなり、お園は首筋のあたりを撲られて失神した。

気がつくと鞴のような男の呼吸が耳元で喘いでいる。脂臭い蒲団の中だ。着ているものは剝ぎとられ、素裸のお園の下腹を男の手が這い廻っている。まっ暗な部屋の中であった。

「な、何するのだい!!」

「黙れ、黙らんと、また気絶させるぞ」

あの浪人の声であった。

「いいだろう、な——一度、一度、抱いてみたかったのだ。前からな。な、な……」

お園は黙って身じろぎもしなくなった。

男の肌身も恋しいときだったが、こんな奴から、しかも無体に挑まれるのはたまらなかった。若い按摩に自分から挑んでいってからのお園は、男の自由になるというよりも、男を自由にしたいという欲求の方が強くなってきている。

温和しくなったお園を見て、浪人は安心したらしい。しきりに淫らな囁きを繰返しつつ、裸の腰をお園の両股へ割り入れようとした。

お園は息を詰め、両股をひらいた。

「おう、おう。よしよし……」

よろこびの呻きと共に、自分の体へ入り込もうとした男のそれを、お園は素早く掴み、力一杯急所を握りつぶした。

「わあッ!! わ、わ、わ……」

体を棒のように突立てたかと思うと、一度は海老のように曲げ、浪人は苦悶した。

暗がりで困ったが、お園はガクガクと震えながら、やっと自分の着物を抱え込み、
「馬鹿(ばか)!! いい気味だ」と言い捨て、廊下へ出た。大きく息を吸って吐き、しゃんと
体を立直した。震えが止った。

「ざまアみやがれ」

呟(つぶや)いて、すたすたと二階の廊下を階段口へ向ったとき、

「待て、こいつ——よくも、うぬ……」

這うようにして廊下へ現われた浪人が、お園の足を何かで叩(たた)いた。

「あッ」

倒れて、起き上って、

「番頭さあん!!」

叫びながら柱につかまって、微(かす)かに灯が浮いている階段口へ逃げようとしたお園の
右腕が、ぐーんと痺(しび)れた。激痛が、お園の体を貫いた。

血だらけになって、お園は階段を転げ落ちた。

五

右腕は肘(ひじ)のところから斬落(きりおと)され、他(ほか)に肩口を浅く斬られていた。

浪人絵師は逃亡したが、大磯(おおいそ)の先の押切川(おしきりがわ)を渡り、大山への道へ切れ込んだところ

で逮捕された。

相模屋幸右衛門は、それでもお園の介抱をよくしてくれた。

冬の足音が鋭い風に乗って、東海道へやってきた。

ようやくに、お園の、斬落された二の腕の傷口も癒えかかった。

(左手一本じゃアどうにもならない。死のう!! それより他に道はありゃアしないもの)

小女のおよしに助けてもらい、お園は、ぼんやりと、煮魚で粥を食べていた。

障子が風に鳴っている。空は曇っているらしい。

だらりと下った寝巻の右の袖口に、お園は眼を移した。まだ、そこには——大包丁を握ったときの、冷んやりと濡れた蕎麦の玉を摑んだときの、麺棒を操ったときの感触が、手応えが、まざまざと残っているような気がする。

「ハッ——」

低い気合と共に天井へ放り投げた包丁が落ちてくる間に蕎麦玉を摑み、見事、客の椀に投込むときの、たとえようのない快感に戦慄した右腕は、もう無い。

「どうだな、工合は……」

障子が開き、主人の幸右衛門が入って来た。

「はい。おかげさまで……けれど、あのとき、いっそ、あのままにしておいて下すった方が……」

「よかったというのかい？」

「ええ……」

「お園。お前、まだ気がついていないらしいねえ」

「え？……何を……？」

主人と小女が顔を見合せ、クスリと笑った。

「お前。いま、何を食べているのだい？」

ハッと、お園は眼の前の土鍋や茶碗を見た。まぎれもない米の粥を食べていたのだ。医者の手当に蘇生し、無我夢中で、激痛と闘い、痛みも薄らいだ今日まで何日たっていることだろう。二十日——いや半月は確かにたっている。

（その間、私は、自分が何を食べたのか、ちっとも気がつかなかった……）

わなわなと、お園が震え出した。

「初めは重湯さ。医者の言いつけでね。お前も夢中ですすり込んでいたし、お粥になってからも平気で食べた。菜ッ葉も卵も食べたよ」

「旦那……」

「おかみさんも、びっくらしているよ、お園さん——」

と、およしが口を出した。

「旦那……食べられました。お米もお魚も食べられました」

どッと、お園の眼から涙がふきこぼれた。

「旦那。もう――もう、死にません」

「死ぬ気だったかい」

「はい――でも、私――もう腕の一本やそこら無くてもいいんです。人さまなみに、人さまなみのものが食べられるようになったんですから。もう何も――何も、怖いものなんか、ありゃアしません」

寛政九年の正月に、大坂下りの軽業女太夫・玉本小新が一座を率いて浅草・葺屋町河岸の兵四郎座に出演し、大当りをとった。

当時十七歳の玉本小新については、寛政十年版本『快談文草』に、

――日々栄当栄当の大入は、全く小新が美しきかんばせに、色気を含みし故なり

――とある。

小新の美貌と艶姿は江戸市民の熱狂を呼び、優雅な手鞠の曲芸から元結渡り、猿の独楽遊びなどの水もたまらぬ冴えた芸と、一座の熱演は、約一年間も江戸市中を興行して飽きさせなかった。

小新を助け一座を束ねているのは小新の母親である。

小新の母親の右腕は、肘(ひじ)の上から無かった。

四十をこえ、でっぷりと肥(ふと)った福々しい顔だちの母親は、ごく親しいひいきの客から、小新の生いたちを問われると、

「はい？——あの娘(こ)の父親でございますか。父親は盲(めくら)でございましてねえ。あの娘が生まれた頃は、まだ按摩(あんま)をしておりまして、ずいぶんと苦労をさせてしまいました。いま生きておりますと……さア、私よりも四つ年下でございましたから……もう少し生きていて欲しかったと思うてます——体も丈夫やなかったのに、馴(な)れぬ土地で、苦労をさせ、早死させてしもうて……」

こう答えるときの母親の瞼(まぶた)は、見る見るうちに赤く腫(は)れ上ってくる。

お前さんの右腕は——？

そう訊(き)かれると、若いときの奉公先へ押入った泥棒さんに斬落されましてなあ、と答えるのが常であった。

（「別冊文藝春秋」昭和三十五年秋号）

烈女切腹

一

その夜、りつは、十五日前に病死をした父・吉村嘉六の遺品であった鎖かたびらを純白の衣裳の下に着こみ、細目の帯に助直作一尺七寸の脇差をさし、この上から裲襠をまとい、そっと家を出た。

家といっても、これは、武州・岩槻の藩主、阿部対馬守正重の江戸屋敷内にある長屋のことだ。

りつは、すぐ近くにある渡辺茂太夫の長屋をたずねた。

長屋ではあるが、茂太夫は殿さまの側用人をつとめ、殿さまの愛寵もふかい家臣なので、藩邸内の長屋のうち、もっとも立派な家に住んでいる。

「吉村がむすめ、りつにございます。御用人さまにお目にかかりたく――」

と言ったりつを見て、渡辺家の若党が目をみはった。化粧もしていないりつであるが、かつて藩中一の美貌をうたわれた女であり、二十三歳になったいまも、その美しさはそこなわれてはいない。そのりつが裲襠姿で訪問をして来たのである。

りつの父・嘉六は、もと渡辺茂太夫と共に用人をつとめていたものだが、茂太夫の陰謀により、殿さまの側からしりぞけられた。

だから、突如として訪問をしたりつに、渡辺茂太夫が、

「何をしにまいったのか……？」

不審に思ったのもむりはない。

「よし。通すにはおよばぬ。わしが出て行ってくれよう」

茂太夫は、みずから玄関口へ出て、

「何用か？」

と、冷やかな声をりつにかけた。

りつが裲襠をはねのけ、腰の脇差をぬきはらったのはこの瞬間である。

「おぼえたるか!!」

軀と共に刀をぶつけていったりつの、すさまじい突進に、渡辺茂太夫が絶叫をあげて転倒した。

あっという間に、りつは二刀三刀と、茂太夫を刺し通した。

飛び出して来た茂太夫の長男・権之丞というものが、わめきながらりつに組みつくのをふり放し、りつは、ただ一刀に権之丞の頭をわりつけて即死せしめた。渡辺家のものは手も足も出ず、おそるべきりつのはたらきに息をのんでいるままであった。

藩邸内は、たちまちに大さわぎとなった。むろん、すぐにりつは捕えられ、目付役・橋本茂兵衛の取り調べをうけた。

「いまさらに申さずともおわかりのことと存じまするが、渡辺茂太夫を生かしおきましては御家のためにならずと考え、女ながら出すぎたことをいたしました。この上は、殿さまにおおせあげ下されたく、その上での御仕置をおまちいたしまする」

りつは、いささかも悪びれることなくこう言ったきり、あとは、ぷっつりと口をつぐみ、橋本の尋問にも答えようとはしない。

殿さまの阿部対馬守の激怒はいうまでもない。

渡辺茂太夫が何事にも付切りで対馬守の世話をやき、若い殿さまも、茂太夫の愛嬌にみちた奉仕をよろこび、茂太夫でなくては夜も日もあけぬというありさまであったのだから、

「憎いやつめ。女の身でそれほどのことをしでかしたのであるから女とは思わぬ。切腹させよ」

と、命じた。

男にとっては名誉の切腹だが、女にとってみれば、むしろ打首の方がよい。しかも介錯なしの切腹をさせろと、殿さまは無惨にも命じたのである。

その翌朝に、りつは、本所にある下屋敷へはこばれ、厳重におしこめられた。

りつは、遺書として、渡辺茂太夫の邪欲のかずかずをしたためたものを我が家に残しておいたが、これは、ただちに目付役の手にわたった。

茂太夫が殿さまの愛寵をよいことにして、出入り商人となれ合い汚職にふけり、おのれの邪魔となる人材をことごとく君側から遠ざけてしまい、その上、国もとにおいては新法を施行し領民の租税を重くし、阿部家九万八千石の台どころをいいようにあやつっているということは、何もいまさら、りつの書いたものを見るまでもない。心ある家来たちは、だれもが茂太夫の専横を憎み、藩の行く末をうれえていたのである。

うれえていただけで、彼らは何もしなかった。

殿さまに憎まれ、茂太夫に憎まれることをおそれていたからだ。自分たちの妻子や家禄（かろく）を放り捨ててまで強い態度に出られなかったからだ。いや、出ても結局は無駄だというあきらめに支配されていたからだ。

男たちがこれなのに、別だん、武芸に長じていたわけでもなく、父親ゆずりの温和な性質であったりつが、このような思いきったことを決行するなどとは、家中のだれもが考えおよばぬことであった。

「このままにはしておけぬ!!」

「りつ殿を死なせてはならぬ!!」

忠義派の家来たちも、茂太夫が死んでしまったということもあって、にわかにさわぎ出した。

国もとからは、家老が馬で駈けつけてくるし、江戸家老の高山儀右衛門も、

「何とか刑の執行をのばさねばならぬ」

必死になって、はたらき出した。

「ならぬ!!」

阿部対馬守は、まだ怒りからさめない。

りつの切腹は、五日後の十月七日ときまった。

二

渡辺茂太夫という奸臣の悪業を知りながら、忠義派の人々は、ただもう額をあつめて相談を重ねるばかりであったのだ。少しも実行がともなわなかった。

「何とかせねばならぬ」

「このままにしておいては御家政道に傷がつこう」

「御政事に失敗あれば、かならずや御公儀ににらまれ、まかりまちがえば……」

大名の政治の失敗を、幕府はゆるさない。

渡辺茂太夫の悪政をうらむ領民どもがさわぎ出したりすれば〔政事不行届〕とあって、もっとひどい領地へ左遷されることも考えられるし、まかりまちがえばとりつぶしになる。

これだけのことがわかっていても、人間というものは我が身がかわいい。渡辺茂太夫一派の跳梁跋扈にまかせるのみであったのだ。

それを、りつが誰にも知らせず、ただひとりで、悪の張本を斬殺したのである。

「おどろき入ったものだ」

「まさに烈女というは、りつ殿のことよ」

「われらも、りつ殿のこころざしを無にしてはならぬ」

忠義派が、いっせいに起ちあがった。いっせいに起ちあがったのだから心づよい。ただひとりでやってのけるということは何事につけむずかしいものなのだ。こうなると渡辺派の家来どもも、大将を失っては気勢をそがれたようである。

よくあることだが、殿さまの愛妾・お登代の方というのは渡辺茂太夫のむすめだ。

お登代の方は、もちろんりつの処刑をのぞんでいるし、網の目のように張りめぐらしてあった茂太夫の勢力を、わずか五日で切りほごすことは、さすがに出来ない。

ついに、りつ切腹の前夜となってしまった。

この夜に、国もとから駈けつけてきた家老の勝田頼母という老臣が、本所下屋敷へやってきて、締所に監禁されているりつに面会をした。

「りつ殿。頼母じゃ」

「あ……御家老さま……」

「あっぱれ忠義のふるまい。ようもやった」

頼母が七十をこえた老眼をうるませ、そう言うと、りつはかすかに笑いをうかべた。その微笑に、頼母はどきりとした。それは、頼母の興奮した言葉に苦笑を投げかけているように思えたからである。

（いまさら何を……御家老も御家来衆も、いままで何をしておられましたのか）

りつの笑いは、そう言っているらしい。

勝田頼母は、目をそむけ、

「いまとなって、何か願いごとはないか？」

ときいた。

りつは、しばらく考えにふけっていたようだが、ややあって、

「では……」と、口をきった。

馬廻役・大須賀五郎兵衛の息・七十郎と面会をゆるされたいと、りつはいったのである。

「ふむ……」

頼母は、あらためて五年前のことを思いうかべた。

五年前の春に、吉村嘉六が娘・りつへ聟を迎えたい。つまり聟養子の願書を藩庁へさし出したことがある。

嘉六には、りつのほかに子はない。妻も死亡してしまっていた。すでに、このとき吉村嘉六は渡辺茂太夫の謀略によって殿さまの側(そば)から遠ざけられ、閑職にあったのだ。

大須賀家の次男・七十郎をりつの聟にと願い出たその願書を、側用人の渡辺茂太夫が、にぎりつぶした。側用人というのは、家老でさえも一目(いちもく)おくほどの権力がある。

茂太夫は、殿さまのまわりをすっかり腹心のものの手によってかためていたので、再三、嘉六が願い出た聟養子の願いを、すべて、にぎりつぶした。

茂太夫が、吉村嘉六の家の断絶をはかっていることは、あきらかであった。

女のりつでは家をつぐことが出来ない。これで嘉六が病死でもすれば、吉村家はとりつぶしということになる。

それが当時の〔法〕であった。

渡辺茂太夫は、同じ側用人として、自分の悪業のすべてを知りつくしている吉村嘉六をたくみにしりぞけたばかりではなく、

(嘉六は、わしのしてきたことを何も彼(か)も知っている。おそらく、むすめのりつにも、語りきかせておろう。となれば、吉村の家を根絶やしにしてしまわねば、いつ、どんな証拠をあげられるやも知れぬ)

そこまで考えぬいていた茂太夫は、よほど吉村嘉六に尻尾(しっぽ)をつかまれていたものら

しい。

だが、嘉六は、役目つとめの一切をりつにもらしたりはしなかった。

殿さまから遠ざけられたときも、

「女は、男のすることに耳をかたむけぬがよい。そのほうが女の性に合っているのだ」

こう言って、心配するりつには何も語ろうとはしなかったものだ。

りつの聟にえらばれた大須賀七十郎は、それから一年後に江戸留守居役・瀬沼主計の養子となった。

これも、渡辺茂太夫が殿さまをそそのかして、仕組んだことである。

殿さまの命とあれば、どうにもならない。

すべてが、茂太夫の思いどおりにはこんだ。

この事件は藩内でも評判となった。

だれもが、吉村父娘の悲運に同情し、渡辺茂太夫の所業を憎んだ。

大須賀父子にも、瀬沼主計にも、ひそかに嘲笑があびせられた。

何も彼も、ひそかにである。

地に落ちた武家の道義を大声をあげてなげくものは一人もいない。

こうしたことがあって間もなく、りつは、江戸屋敷の長屋を出て、下総の佐倉家につかえる中村清右衛門というものの家で一年ほどを暮した。

清右衛門の妻は、りつの叔母にあたる。

叔母が重病にかかったので、ぜひ、りつに看病をしてもらいたいということになったのだ。りつの他行願い（たぎょう）は、ゆるされた。渡辺茂太夫にとっても、こんなことはあまり重要な意味をもたなかったのであろうし、いささか寝ざめもわるかったに違いない。

願書は、にぎりつぶされなかったのである。

一年余りたって、りつは、江戸屋敷へ帰ってきた。ふっくりとした美貌（びぼう）に、いささかの老（ふ）けとやつれが加わったが、それでも、まだりつは二十歳であった。

同時に吉村嘉六が発病をした。いまでいう肺結核である。

それからの三年というもの、りつの生活は父親の看病に明け暮れた。

「気の毒にの」

「おとなしい娘だけに、いっそ、あわれじゃ」

あいかわらず同情は集まっても、打開をしてくれようとするものは一人もいない。

三年たって吉村嘉六が危篤（きとく）におちいった。

「りつ……」

と、嘉六はあえぎながら、

「吉村の家はつぶれてもよい。わしが死んだなら、佐倉の叔父叔母をたよれ。話をつけてある」

これだけを言いのこし、死んだ。

それから十五日たって、りつが渡辺茂太夫を襲った、ということになる。

三

家老・勝田頼母（たのも）のはからいで、いまは瀬沼家の聟（むこ）養子となっている七十郎が、夜ふけて本所下屋敷へやって来た。

瀬沼家では、しきりにこれを拒んだが、

「御家のため、命をすてて忠義をいたした者の最後の願いじゃ。事情は知らぬが、ぜひにもききとどけてやりたい」

と、頼母が七十郎をにらみつけた。

七十郎は、厭々（いやいや）ながら下屋敷へ出向いた。

茂太夫が死んだので近い将来には、殿さまの目もさめ、悪臣は次第にほろびるという見込みがたっているだけに、尚更（なおさら）、七十郎はうしろめたい気持であった。

ただ、間に合わぬのは明日にせまったりつの処刑である。

締所（しまりしょ）の牢格子（ろうごうし）をへだてて、りつと七十郎が向い合った。

番人は、すべて遠ざけられた。特別のはからいである。

「七十郎どの」

りつは、格子の向うからひたと七十郎を見つめ、

「あなたさまは、このたび私のふるまいを何とごらんなされましたな?」と、きいた。

「申すまでもない。御家のため、殿のため、あっぱれ忠義のふるまい……」

言いかけた七十郎の声を、りつの笑い声が消した。

七十郎は、きょとんとしている。

「女には、忠義も何もございませぬ」

と、りつは言った。

「女には、夫と子があればよろしいのでございます」

「む……」

「四年前に、私が叔母のもとへまいり、あなたさまの子を生みおとしましたること、お忘れではございますまいな」

「………」

「このことは、私の亡父と叔父叔母、それにあなたさまのみが知っております。そのほかの家中のかたがたは、どなたも御存じなきこと――」

「むむ」

「それはともかく……」

と、りつは大きく息を吸い込み、

「私が、渡辺茂太夫を斬った理由は只一つ、あなたさまの妻になり、あなたさまの子を生むことを理不尽にしりぞけられたからでございます。その恨みあればこそ茂太夫を殺しました。立派な御家来衆が何百人もおられながら、八年にわたって茂太夫の悪業を放り捨てておかれるほど、男の方々の世界は生ぬるうございます。そのようなことに私は心をかけていたのではございませぬ。只一つ、私のおもうお方との縁組を打ちこわされた恨みをこめ、茂太夫を斬りました。父の看病というつとめがなくば、私は、もっと早う茂太夫を殺しておりましたろう」

一気に言った。

七十郎は顔面蒼白となり、生つばをのみこむばかりである。

「なれど……」

りつは、身を乗り出し、七十郎を見すえ、

「なれど、私は、茂太夫よりもあなたさまを憎んでおります。縁組を願い出たるときには……すでに私とあなたさまは、心もからだも、むすび合わせておりました。そのことを父にうちあけたればこそ、あなたさまを聟にと、父は願い出たのでございます。なれど……いったん、茂太夫の手によって瀬沼様への御養子がきまったとき、あなたさまは、私に一言もなく、ただもう茂太夫おそろしさ、殿さまおそろしさに身をすくませ、さっさと瀬沼様のお嬢さまと夫婦になられました」

「そ、それは……」

「おうらみ申します。あなたさまを生かしておくは、ただ、生きてある我が子の父親であるということによって……がまんをいたしたのでございます」

これだけのことを心にとめておかれたいと言い、その子はどこにいると訊く七十郎の問いには冷笑をもってむくいたのみで、りつは、七十郎を追い返してしまった。

四

翌朝になり、七十二歳の勝田頼母が阿部対馬守正重の前へ出て、りつの助命を乞うた。

殿さまが額に青すじをたて怒鳴ったとたんに、頼母老人は短刀を引き抜き、腹へ突きたてたのである。

「ゆるさぬ!!」

殿さまは、まっ青になった。

医者が飛んで来て、頼母を介抱した。

これをきっかけに、頼母にしたがっていた高山儀右衛門ほか忠義派の重臣たちが心を合わせて、対馬守にりつの助命をせまった。

もちろん、りつの遺書が、このとき殿さまの前にひろげられたのである。

形勢は逆転した。かつて渡辺茂太夫に与(くみ)していたものどもは声も出ないほどに忠義派の気勢が盛りあがってきたのである。

こうなっては、殿さまもあわてざるを得ない。りつの処刑をとどめるべく、江戸家老・高山儀右衛門が、みずから馬を駆って本所下屋敷へ駈(か)けつけた。

殿さまからの〔助命〕の言葉を聞いたとき、りつは下屋敷庭前に切腹の用意をしかけていたが、

「いったん御仕置の命をうけた私を、いまさらお助けになるなどとは御法を曲げることになりましょう。殿さまはじめ御重役方のおめがね違いのようにもきこえまする。法と申すものは、そのようなものであってはなりますまい」

きびしい声で高山家老へ言い放った。

あの、おとなしやかであった吉村の娘が、これほどのことを言ってのけるのに、高山家老をはじめ、立ち会う藩士たちは目をみはるばかりである。

りつの決意は変らなかった。

なるほど、渡辺茂太夫を殺したときには、七十郎との婚儀を無理無体に邪魔された

うらみひとつを太刀先にこめていたのである。

茂太夫の悪業を遺書にしておいたのは、どうせ死ぬなら少しでも無駄に死にたくないと思ったからだ。

もしも七十郎と夫婦になっていたなら、りつは亡父のうらみをこらえ、家庭をまもり、夫と子への愛にひたりきっていたに違いない。

だが、茂太夫を殺して後に、りつの心が違ったものになってきたのである。

これは、まもられるべくしてまもられなかった女ひとりの、ささやかな幸福を、多くの男たちが見て見ぬふりをしたことへの怒りであった。自分が生みおとした子でさえ、いまはもうりつのものではなくなっている。

澄みきった秋空の下で、りつは、白装束の腹をくつろげ、しずかに短刀をとった。

「あ!! 待て」

高山儀右衛門が叫ぶ間もなく、りつは力をこめて短刀を腹に突き刺し、きりきりと引きまわした。

見るも凄惨な光景となった。

声もないどよめきが、庭にたちこめた。

りつは、駈け寄った高山儀右衛門に言った。

「法には道義がふくまれてのうてはなりませぬ。人……人の道義あればこそ……人は法を、信ずるのでございます」

「待て!!」

手をさしのべる高山家老を左手で突きのけ、りつは短刀を喉（のど）に突き通し、血しぶきと共に伏し倒れた。

（「オール讀物」昭和三十八年五月号）

おせん

一

文化三年の、年の瀬もおしつまった或る夜のことだ。

日本橋・本町二丁目にある〔紅白粉問屋〕福田屋庄助の表口の戸をたたくものがあって、手代の忠五郎という者が、

「どなたさまでございますか？」

閉ざした戸の内からきくと、

「注文状をもって参じましたゆえ、戸口の隙間からでも、うけとって下さい」

若い男の声が、戸外の闇の中からきこえた。

それは夜の五ツ半（午後九時）ごろであったという。

現代とちがい、そのころの江戸の町のこの時刻の、押しこみ強盗の類に対する商家の警戒は想像以上のものであったといえよう。

手代は、相手の申出にしたがい、

「では、お言葉に甘えるとして、……」

大戸の〔のぞき口〕をあけ、かなり分厚い一通の書状をうけとった。

戸外は暗かったし、顔を見とどけるひまもなく、

「では、お願い申しましたよ」

声を残して、相手の男は闇に消えた。

福田屋は、諸方の大名屋敷や旗本への出入りも多いが、こんな夜ふけに注文状をうけたのは、はじめてである。

(何か急の御用事なのだろう)

と手代は、すぐそこにいた番頭の佐兵衛に、その書状を何気なくわたしたのだが、

「はて……松浦弥之助様とあるが、こんなお方との御取引きはない筈だが……」

上書きを見て首をひねりながら封を切ると、その中から、またも二通の書状があらわれたものだ。一通の表書きは白紙のままで、もう一つの方には〔福田屋庄助様――松浦〕とのみ記されている。

番頭佐兵衛は、先ず後者の封を切って読みはじめたが、見る見る顔の色が変った。

その書状の内容は、

――拙者事、四、五年以前まで御隣町にまかりあり御世話にあずかり候ところ、其後、いよいよ不如意に相成り……。

という書出しで、つまり、金の無心をしてきたものである。

拙者事、というからには浪人者とみてよいが、国もとへ帰りたくても路用の金がないから二分ほど貸してもらいたい、というのだ。

「ばか、馬鹿にしているじゃアないか。金をこの袋に入れて、店の外の中柱の、地面から三尺ほど上ったところへ貼りつけておいてくれと書いてある」

番頭は、手紙の中へたたみこまれていた紙袋をつまみあげ、急いで主人の居間へ駈けつけて行った。

主人の庄助は、この無心状を読み終え、舌うちをした。手紙には、こうも書いてある。

——拙者事、年来、剣術柔術を修業いたし、松浦流と申す一流を立て候えども、先年、信州をまわり候節、思わぬ怪我をいたし……。

体もきかなくなったから、帰国の無心をするといい、もしも、この願いをききとどけられぬときは、別の書状をお読み下されたい、とある。

庄助は、ためらいもなく、表書白紙の封を切って中身をよんだ。

今度は脅し状であった。

金をくれなければ、主人はもちろん、家内の小者に至るまで、日暮れて外へ出るときは命をもらう。それをおそれて外へ出なければ、店に火をつけて福田屋を灰にしてしまう、というのである。

「ふふん……」

福田屋庄助は老人でも豪気な男であったから鼻で笑い「捨てておきなさい」と、いった。

ところが、番頭は、わずか二分のことだし、もし間違いでもあってはというので、無心状の通りに金を袋に入れ、外の柱へ貼りつけたものである。

翌朝になると、袋も金も消えていた。

この後——

本町一帯ばかりか、日本橋周辺の商家に、同じような無心状が舞いこんできた。

福田屋のように相手にせぬところもあったが、何しろ、火事をおそれる江戸の人びとだけに、

「二分くらいなら……」

無心状の命ずるままに従った店が多い。

ともかく字もうまいし、文中に柔術伝授の目録を書きこんだところなど、芸は、こまかいのである。

この曲者は、間もなく、定廻り同心・山口有吉によって捕えられた。

犯人は浪人ではない、何と、浅草・阿部川町〔正覚寺〕裏の長屋に住む飾り職人で弥四郎といい、二十七歳になる男であった。

弥四郎の白状により、金をやった商家の主人たちは、みな奉行所へ呼びつけられ、役所方へ無届の上、悪徒のかたりに応じたのはけしからぬというので、きびしくいま

しめられた。

それとは、また別に、弥四郎に関係する人びとも白洲（しらす）へ呼び出された。

弥四郎女房のおこん、同じく母のおみねなどはもちろん、博打（ばくち）仲間の浪人や無頼者（やくざもの）までも引き出されたし、弥四郎がねぐらにしている岡場所（遊所）の女たちまでも召喚をうけ、弥四郎余罪の摘発のための訊問（じんもん）をうけた。

弥四郎の老母はもちろん、二十二、三に見える女房おこんが白洲の砂に泣きくずれたのを見て、少し離れたところに縄をうけて坐（すわ）っていた弥四郎が髭（ひげ）の伸びた頬をゆがませ、

「へへん、空涙が、よくもあんなに出やアがる」

暗い嘲笑（ちょうしょう）と共に、こうつぶやいたものである。

「馬鹿野郎め、何も、あたしのことまで持ち出さなくてもよさそうなもんだのに……」

と、いったのは、参考人として呼ばれたおせんという女である。おせんは、北新川の自分の家へ帰って来ると、ぷりぷりと癇癪（かんしゃく）をたてながら、

「あんな奴（やつ）ア、獄門にでも何でもなっちまえばいいんだ」

吐きすてるように何度もいった。

ひとりごとなのである。

おせんの家は、現在の越前堀で、南新川を向うにのぞむ掘割の縁にあった。

表通りの商家の裏手には、おせんが住んでいるような、小さくともかなり手間をかけた洒落た家が散見する。妾宅が多い。

おせんも、その妾宅に住む女のひとりであった。

旦那は、両国・薬研堀にある大きな料亭の主人で〔川口屋〕金蔵という。

脂ぎった五十男なのだが、金蔵は二カ月ほど前に、おせんと知り合った。

そのとき、おせんは、下谷・広小路の水茶屋ではたらいていたものだ。

水茶屋というときこえはよいが、一種の娼家であり、このあたりのそれを〔けころ〕とよぶ。

二カ月前までは、おせんも〔けころ〕の娼家の土間の一角にある畳敷きに、浅黄色の前だれをかけ、客をとっていたのである。

好色な川口屋金蔵は、ここへ遊びに寄り、一目見て、おせんを気に入ってしまった。

二十一歳になるおせんのからだは、この道へ入ってから三年になるというのに、肉づきのよい肌の産毛までが、あぶらで光っていたし、

「こりゃ、たまらない……もう、とてもとても、お前を他の男になぶられたくはなくなってきた……」

遊びなれた川口屋のふところが暖かそうなのをにらみ、

(鴨(かも)にしなくちゃ……)

おせんが懸命の手練に、川口屋金蔵は驚嘆し、

「お前のような女には出会ったことがない。お前のからだの中には、泥鰌(どじょう)がうようよ泳いでいるのだねえ」

年甲斐(としがい)もなく夢中となり、二日流連(いっづけ)したあげく、十二両一分の借金を店へ払ってくれ、そのまま、おせんを連れ出し、ちょうど空いていた北新川の借家へ囲うことにしたものである。

鼻もひくいし、眼もぎょろりと大きすぎたし、現代ならばともかく、そのころの美女というには程遠いおせんなのだが、肩から腕のつけ根がむっちりとしているくせに手は細く、胴もくびれ、足もすんなりしているくせに、胸と腰のふくらみ加減は申し分なく、

「たまには田舎饅頭(まんじゅう)もようがしょう」

などと顔をしかめつつ、おせんを抱いた川口屋を狂喜させたのだから、おせんも、かなりのしたたかものといってよい。

それはさておき、おせんが、飾り職人とも博打うちともいえる弥四郎を知ったのも、やはり〔けころ〕にいたころのことであった。

二

弥四郎も、川口屋金蔵同様に、おせんのからだを知ってからは、

「おれほどのものが通いつめてくるんだ。ありがてえと思いなよ」

などと厭味なことをいっては顔を見せ、ときには、まる三日もおせんを引きつけておいて、外へも出ず流連していたこともある。

それだけに、金のつかい方も派手だったし、

(まだ若いくせに、しつっこいったらありアしない。つかった金だけのものは、みんな、あたしのからだから吸いあげようというんだからねえ)

うんざりしながらも、おせんは、

(こっちだって負けるもんか。しぼりとれるだけは、とってやろうよ)

弥四郎が来ると下へもおかぬ風情を見せる。

それでいて、おせんは肚の底から弥四郎を軽蔑していた。

「客の中でも、弥アさんのようなやつが、いちばん厭なやつさ。金さえ見せびらかせば、あたしたちのような女は、どんなまねでもよろこんですると思っていやがるのだものね。あんなやつより、寛永寺の生臭坊主に抱かれたほうがずっとましだよ」

吐き捨てるように、仲間の女たちへもいったものだ。

金まわりのよいときなぞ、泊りで二朱の揚代や飲み食いしたもののほかに、必ず小遣いをくれたし、

「うめえものでも食いねえ」

わざと事もなげに、何と一両小判をおせんによこしたことも一度ある。

そのかわり、弥四郎が去年の夏ごろから、

「どうも目が出ねえのだ。お前、少し貸してくれねえか」

それが当然だという顔つきで、おせんにねだりはじめたとき、

「ふふん」

おせんは露骨に嘲笑(ちょうしょう)して、

「それじゃあ、目が出るようになってから、またおいでなさいな」

がらりと態度を変えて見せ、とりつくしまもない態(てい)で部屋を出て行ってしまい、二度と弥四郎の相手にはならなかった。

「何だい、情夫(いろ)のつもりでいやがる。あんなのは旦那(だんな)、もう店へ寄せつけないこってすねえ」

おせんの店〔梶田(かじた)や〕の亭主にもそういったし、梶田やにしても、金のなくなった客には用もない。

二度も「勘定は次にしてくれ」ということになれば、弥四郎も店ののれんをくぐる

ことは出来なくなった。

「畜生メ。おせんの女にいっといてくれ。あれだけ、つくしてやったおれの気持を、よくも踏みつけにしやアがった、とな。外で会ってみろ、只にゃアおかねえ、必ず腕の一本もへし折るか、おせんの面を台無しにしてやるぜ」

と、弥四郎は店の女に毒づいたそうな。

「ふん。やれるもんならやってみやがれ。意気地なしのくせに口だけは一人前でいやアがる。女遊びにつかった金を恩にきせるような男の見本が、あいつさ」

おせんは平気であった。

それっきり弥四郎の顔を見たこともなかったし、すぐに忘れてしまった。

それが半年後になって、奉行所へ呼び出され、根ほり葉ほり弥四郎のことを訊問されたわけだ。

〔けころ〕の亭主も呼びつけられていたし、弥四郎の余罪は、かなりあるらしかった。

何でも空巣まがいの盗みや、商家の主人の女遊びをさぐり出し、これに強請をかけた、などという犯行も明白となった。

たしかに弥四郎はおせんのいう通りの意気地なしで、奉行所で、ちょいと拷問にかけられると、手もなく泣き出し、ぺらぺらと犯行を自白してしまったようである。

「なっちゃアいないよ、あの男もさ」

年があけて文化四年となり、弥四郎が、いよいよ島送りときまったのは、二月十九日であったが、このうわさを耳にしても、おせんには何の思いもわいてこなかった。弥四郎の余罪に関係あるもの以外は、奉行所でも内密にしてくれたし、おせんも二度ほどの呼出しをうけただけで、後は何の〔おかまい〕もなかった。旦那の川口屋金蔵にも、このことは知れていないし、おせんは相変らず、川口屋から渡される月々の手当を、衣裳や飲み食いに散らしては、のんきな明け暮れを送りすごしていた。

「お前がその気なら、いつまでも面倒を見るよ」

と、川口屋は、おせんのからだに溺れきっているし、おせんはおせんで、

(奥の手はまだ出しちゃアいないが、いいところ二年もてば……)

と思っている。

それから先のことは考えてもみなかった。

また考えてみるような女ではなかったのである。

彼女の生い立ちがどのようなものか、それも凡そ見当がつこう。

大川（隅田川）ばかりか、おせんの家の前を流れる掘割の水も、めっきりと春めいた陽ざしを吸ってふくらみはじめた二月も末の或る日のことであったが……。

前夜は泊って行った川口屋を送り出したあと、おせんは、ふたたび床へもぐりこみ、

じだらくな朝寝をした。

（あの年で、旦那もよくつづくもんだ。うとうともさせやしないんだから……）

思いながら、たちまちに、おせんは眠りこんだが……。

表の戸を叩く音と、甲高い女の声に目がさめた。

たしかに、自分の家の戸が叩かれていると知って、おせんは生あくびを噛みころしながら半纏を肩に引っかけ、戸をあけて見て、

「おや……？」

外に立っている二人の女の顔に見おぼえがあった。

一人は、細おもての細い肩の、うすい唇つきの二十四、五と見える女で、身なりも小ざっぱりとしていた。

もう一人は、老婆であった。背も腰も曲った、まるい小さな体つきだが、顔は伏せているので、よく見えない。

だが、その二人が、弥四郎の女房と母親だということを奉行所で見かけたおせんは、まだ忘れてはいなかった。

「どんな御用なんでしょう？」

おせんがきくと、女房は「入らせてもらいますよ」と格子戸の内へ入り、外で入りかねている母親に、

「今日から、ここがお前さんの家なんだから、遠慮するには及びませんよ」

冷やかにいったものである。

びっくりしたのは、おせんであった。

「ちょいとちょいと……」

「何です」

と、弥四郎の女房は切口上で、

「お前さんのおかげで弥四郎はひどい目にあったんですよ。お前さんにつぎこむ金を工面するために、弥四郎はあんなことになったのです。そのことはお奉行所でも、弥四郎はちゃんと申したてますからね」

一気に、まくしたてるのである。

「おかしいねえ」

おせんは、ふところに入れた右手で、自分の乳房をもてあそびつつ、せせら笑った。

「ちょいと、弥アさんのおかみさん。お前さん、気がふれているんじゃないのかえ」

三

弥四郎の女房の〔言分〕をきいて、さすがのおせんも、ぽかんと口をあけたままになった。

つまり、こういうわけだ。

——弥四郎が罪を重ねるようになったのも、つまりはお前のような女がいたからだ。そのために、弥四郎が島流しになったのは自業自得でもあろうが、あとに残された家のものは、たまったものではない。

と、ここまでは、なるほど理屈であろう。

さらに、女房は、

「こうなったら、おまんまも食べて行けやしない。だから、私も、おばあさんも、それぞれに身すぎ世すぎをたてて行かなきゃアならないんですよ。こうなったについちゃア、お前さんにも責任があるんだから、おばあさんだけは引きとってもらいましょう」

肉のうすい小鼻をひくひくさせて、言いつのるのである。

あきれ果て、そしてまた、こんな小汚ない老婆を押しつけられようなどとは思ってもみずに、おせんは、

「ふうん……それで、お前さんはどうするのさ？」

ためしにきいてみると、

「私のことなんぞ、どうでもいい。じゃア、お願いしましたよ」

外へ飛び出そうとする腕をつかまえ、

「冗談じゃアない、待っとくれな」

「何をするのさ」

「いいかえ。こんなばばあをおいて行かれても、私ァ知らないよ」

「私だって困るんですよ。こんな年寄りをつれて、しかも自分の親でもないものをしょいこんで他人の家へ入れますかね」

「ああ、そう。どこかへ奉公でもするのかえ」

「ふん」

「何が、ふんだえ」

「いっときますがね、私はれっきとしたところへ再婚(かたづ)くンですよ」

思わず、おせんも手を放した。

あとできくところによると、弥四郎の女房は、弥四郎が家をかえり見なくなると、すぐに近くの精米屋の伊助というものと通じ合っていたという。

米屋の伊助は、四年前に女房と子供一人を流行病(はやりやまい)で死なせてからは、ずっと独り暮しをしていた中年男で、だから弥四郎の女房は、夫の島送りがきまると、大手をふって米屋伊助方へ乗りこんだというわけであった。

それとわかったのは、もう少し後のことだが……。

ともかく、おせんは、

「私は、れっきとしたところへかたづくのだ」

という女房の声をきいたとたんに、ぶるぶると五体を震わせたものである。

何がれっきとしたところだ、何が再婚だ。こっちを見る目つきには、いかにもからだを切り売りするけがらわしい女だと見下げ果てているくせに、(かたぎの女房づらがきいてあきれる。よくもまあ、こんなうす見っともないことを、ぬけぬけといえたもんだ)

おせんは、かっとなった。

「勝手にしやがれ」

土間へつばを吐いて、そう叫ぶと、弥四郎の女房は、

「勝手はそっちじゃないか。いいように金をまきあげておいて……」

「何を——てめえの亭主の母親ひとりの面倒が見られないのか、この恥知らずめ」

「そんなに大きな口をおききなら、お前が面倒を見たらいいじゃないか」

おせんも騎虎の勢いというもので、

「ああ見てやるとも——何だい、こんな年寄り一人……」

いってしまってから(しまった)と感じたが、もう遅い。

「当り前だよ、ほんとに——」

一声を投げつけたと見るや、あっという間もなく、弥四郎の元女房は老婆を土間へ

突き入れ、ぴしゃりと戸をしめて駈け去ってしまったものだ。

「待ちゃアがれ」

飛び出そうとしたおせんの足をとめたものは、土間に伏し倒れた老婆の、異常な様子であった。

老婆は気を失っていた。

「ああもう、ほんとに、もう……」

舌うちをしながら、おせんは老婆を抱き起こさざるを得なかった。

近くの町医者をよび、手当をうけると、間もなく老婆は息を吹き返した。

悲嘆と衝撃とで貧血でもおこしたものらしい。

「しようがないねえ、おばあさん。まあ、その体では外へも行けまい。二、三日おいてやるが、居すわりは困るよ」

とげとげしく、おせんは念を押した。

弥四郎の母・おみねは、梅干のような顔を涙でぐしゃぐしゃにしながらうなずき、両手を合わせて、無言の礼をいった。

翌日になると、おせんは朝から家を出た。

辛気くさい病人と同じ家にいるのは、たまらなかったからだ。

深川へ出かけ、富岡八幡(とみおかはちまん)門前の水茶屋にいる友だちのおしのをさそって遊びまわり、暮れ方に帰って見ると、おみねは床をはらっていた。

何やら台所で、ごそごそしているのだ。

見ると、夕飯の仕度をしているらしい。

「よけいなことをしないでおくれ」

強くいいはしたが、さっぱりと掃除の行きとどいた座敷にも、おみねが恐る恐るととのえた膳（ぜん）の上のものにも、おせんは満足をした。

汁に入れた剝身（むきみ）を、老婆が、わずかに身につけていた銭で買ったときき、

「よけいなことをしたもんだねえ」

わざと冷たくいい、さらに、

「そんなに元気なら、明日は出て行っとくれ」

あびせかけ、おせんは、別の部屋へ床をとって、さっさと寝てしまった。

翌朝、目ざめると、おみねが枕元（まくらもと）にうずくまっている。

「ああ、びっくりした。何だねえ？」

「お世話さまになりましてございます」

「あ、そうか……」

「ごめん、下さいまし」

おみねは、ふかく一礼してから、出て行きかけた。

「ちょいとお待ちな」

よびとめて、おせんは、昨夜、ふっと考えたことを今あらためて考え直し、

(悪かないねえ)

と、心をきめた。

「ねえ、おばあさん」

「はい」

「お前さん、ここで下女(おさん)をするかえ?」

「へ……?」

「おさんをするならおいてやろう。そのかわりにア、旦那が見えたときは外へ出ているんだよ」

「お、おいて下さいますンで……」

「いつ、おっぽり出すか知れないけれどね」

また、老婆がふらりとした。

今度は安堵(あんど)のあまりであったからだ。

四

女ふたりの暮しが始まった。

とにかく便利である。旦那(だんな)が来ないときには敷き放しの床の中で、煙草(たばこ)を吸ったり酒をのんだりしているおせんなのだが、朝も晩も、まるで上膳据膳(あげぜんすえぜん)だし、

「旦那が来るよ」

といえば、たちまち掃除がすむ。

息を切らしつつ、おみねは必死にはたらいた。

老人養護施設のある時代ではない。身よりもない老人が食べるに困れば乞食(こじき)になるか、川へ身を投げるかの、どっちかである。

川口屋も、はじめは厭(いや)な顔をしたが、

「よくはたらくばあさんじゃないか。どこで見つけてきた？」

と、きくようになった。

「何……ちょいと拾いましたのさ」

「外へ出しとくにゃ及ばないよ。この家は三つも座敷があるんだ」

川口屋の方が、よほど気に入ってしまったらしい。

「お前さんのような、はたらきものの子に、どうして弥アさんのようなろくでなしが生まれたんだろうねえ」

と、おせんがきいたとき、おみねは、

「死んだあの子の父親の血をひいているんでございましょう」

「でもさ、弥アさんは字も書けるっていうじゃないか」

「小さいときに自分でおぼえましたんです。そういうことが好きで……それに飾り職のほうも腕は立つのでございますよ」

「へへえ……」

「それだからいけないんでございます」

「なぜさ?」

「世の中がバカらしくなっちまうんで……汗水たらしてはたらくことが……」

「そりゃア、私への当てつけかえ?」

「とんでもございませんよ、おせんさん」

「弥アさんのおかみさんてのは、どんな人なのさ?」

「前に弥四郎が出入りをしていた連雀町にある味噌問屋で伊勢屋さんという、そのお店にいた女中さんで、弥四郎がつれてまいりまして……」

「ふうん……あの女がねえ」

そのあとは、いくら問いつめても、おみねは息子の嫁については一言も洩らさなかった。

きかなくとも、おせんには大方の察しがついたような気がした。

やがて、夏が来た。

或る日、久しぶりで深川へ出かけたおせんは、友だちのおしのを連れ出し、八幡さまの境内にある〔茶めしや〕の奥の小部屋で酒をのんだことがある。

おしのは、

「どうも近ごろは景気が悪くてねえ。いっそ、山下のけころへ戻ろうかとも思っているのさ。私もお前のように、いい旦那がついてくれるといいんだけれど……」

などといっているうちに、

「そうだ、この間ねえ……」

意外なことを語り出した。

おしのが、十日ほど前、八幡さまへ詣って、神前に手を合わせていると、となりにいた老婆が一心に拝みながら、

「おせんさんの身に間違いがございませんように……なにとぞ、なにとぞ……」

ぶつぶつと声に出して祈っているのに気づいた。

「まさか、お前のことじゃないだろうけどさ」

何気なく、おしのはいったのだろうが、おせんの顔色が、いくらか変った。

おせんは、弥四郎のことも、おみねのことも、まだおしのには語っていない。つまり、弥四郎のことにふれるのが厭だったから、おみねのことにもふれなかったのだ。

そんなことを話してきかせたら、

「お前も何てばかなんだろう。お人よしにも程があらアね」

おしのに、笑われるにきまっていたからであった。

むろん、おみねの方でおしのを知る筈はない。

二カ月ほど前から、

「月に一度だけ、おひまを下さいまし。八幡さまへお詣りをしたいンで……」

おみねにいわれて、

「行っといでな。ふふん、まあ、せいぜい息子の無事を祈っておやりよ」

おせんは、こんな毒口をたたいたものだ。

その日、おしのと別れて家に帰ったおせんは、

「おみやげだよ」

買って来た団子の包みを、おみねに突き出すと、

「ま、まあ……」

おみねは、のけぞらんばかりにおどろいた。

おせんは、友だちからきいたことは爪の垢ほども口に出さず、夕飯を食べながら、

「おいしいねえ、おばあちゃんのこしらえてくれるものはさ」

と、目を細めて見せた。

おみねは、驚愕のあまり、口もきけなかった。

五

この年文化四年の八月十九日は、深川・富岡八幡(とみおかはちまん)の祭礼であった。十五日からの祭りの行事が、連日の雨でどうにもならず、十九日は五日ぶりの晴天となったし、しかも三十四年ぶりの正祭(ほんまつり)である。深川の各町内から繰り出す十三の山車(だし)も華やかに、大がかりな仮装行列や催し物も趣向を競う。

おせんの住む町内からも山車が出るし、近くの霊巌島(れいがんじま)・仲町からは呼び物の竜宮山車も出て、永代橋(えいたいばし)の西と東にわかれた深川界隈(かいわい)は、気もそぞろな祭囃子(まつりばやし)に浮きたちはじめた。

「祭なんてつまらないよ」

というのは、ちょうどやって来た川口屋金蔵である。

おせんも、あまり興味はない。

飲み食いするものの仕度を、おみねにととのえさせておいて、

「おばあさんは、お祭り見物でもしておいで」

川口屋が、おみねに小遣いをやった。

「旦那(だんな)があおっしゃるんだから、ありがたく行っといでな」

しきりに遠慮するおみねへ、おせんも声をかけてやると、

「では、お詣りに……すぐ戻りますから」

うれしげに、おみねは出て行った。

家の前の掘割沿いの道を東へ出て、三ノ橋口の大川端町を北へ曲り、豊海橋をわたったところが、永代橋のたもとになる。

永代橋をわたれば、そこから八幡宮の参道へかけて、黒山のような祭見物の人出であった。

おみねが出て行って半刻（一時間）もたたぬうちに、

「大変だア……」

「永代橋が祭見物の重みで落っこちたぞ」

家のまわりの路地や道に、けたたましい人びとの声が、わきおこったものである。

このとき、おせんは奥の部屋で川口屋に抱かれていた。

秋が来たとはいえ、陽ざしもまだ強く、おせんも川口屋も裸で、

「こんな早くから、いいんですかえ？」

「何、山の神には八幡さまへお詣りするといってきたのさ」

汗みずくになってたわむれていたが、

「ちょ、ちょいと旦那……」

おせんは旦那の胸を突き上げるようにして、下から這い出し、腰のものもまとわず、浴衣一枚を引っかけるなり、表の道へ飛び出した。

道にも、掘割をへだてた向うの町にも、あわただしく人の群れが駈けうごいている。

その人びとの叫ぶ声で、永代橋が落ちたということは確定的になった。

「おい、おせん……おせんったら」

奥から呼ぶ川口屋へは見向きもせず、おせんは帯しろ裸のまま、浴衣の前を押え、狂人のように人ごみを分けて永代橋へ駈け向った。

元禄十一年に、はじめて架設された永代橋が、その後、何度架け換えられたかは不明だが、この日の祭の雑沓を見こし、橋板の下に竹の簀の子をわたそうということになったが、経費の点で見合せとなった。

しかし、町内から人が出て一種の交通整理をおこなったのは事実である。

それも、意外な人出に押しまくられ、百二十間の橋の略々中央の橋板十数カ所がこわれ、それがきっかけとなって橋板に大穴があき、その穴へ九百人に近い群衆が押し落されたのである。

これが四ツを少しまわったころというから、午前十時すぎということになる。

現場は酸鼻をきわめた。

その混乱の中を、

「おばあさん、どこだ。どこにいるんだ！」

埃(ほこり)と汗にまみれ、素足を血だらけにしたおせんが、おみねの行方をさがしぬいた。おせんのような人びとがいくらもいたので、おせんも狂人あつかいにはされなかったが……。

ついに、おみねの行方は、わからない。

何しろ落ちてしまった橋の向う側へは行けないのだし、

（もしかすると……）

期待とあきらめと、自分でもわからぬ強烈な興奮とに眼を血走らせつつ、おせんが北新川の家へ帰って来ると、

「まあ、おせんさん。ど、どうなすったんでございますよ」

家の表に立って、うろうろしていたおみねが、いきなり飛びついて来た。

「あっ……」

というなり、みはったおせんの双眸(め)から、涙が見る見るふきこぼれて、

――おばあさん……

と、よんだつもりだったが、そのおせんの声は、

「おっ母(か)さん……」

と、たしかにきこえた。

「よかった……橋をわたらなかったんだねえ」

「人ごみで、こんな年寄りに、わたれるもんじゃございませんで……」

二人とも、表の道で抱き合って、おいおい泣きはじめた。

それから、四年たった。

その冬の或る夜、日本橋・伊勢町河岸にならぶ屋台店の一つに、定廻り同心・山口有吉がやって来て、

「どうだえ、繁昌しているか?」

と、声をかけた。

山口は、弥四郎を捕縛した警吏である。

小さな屋台店の中には、まだ客はなかった。

もう少したつと、この日本橋以北の町々に密集する商家の若いものたちが、眠る前の一時をすごしにやって来る。

〔おでん・かん酒〕の屋台もあれば、走り使いの小僧や下女たちが好む〔しる粉〕や〔夜泣きそば〕の屋台も並ぶ。

「今夜は冷える。おれもいっぱい引っかけて行くかな」

小者も連れぬ一人きりの山口同心は気軽に、おでんの鍋の前へ腰をおろした。

鍋の向うに、二十五、六の女と七十に近い老婆の顔が笑っている。

二人とも紺もめんの上っ張りを甲斐甲斐しく着込み、湯気の中で、きびきびと店の仕度にかかっていたところであった。

「いつも、お心にかけていただきまして……」

ひっつめ髪の、まったく白粉の香もない女が頭を下げると、老婆も、それが癖の両手を合わせて、山口同心を拝むのである。

「それはそうとなあ……」

山口は熱い酒で、はらわたをみたしつつ、

「どうやら弥四郎も帰れそうだぜ」

と、いった。

女ふたりの顔へ見る見るあふれた喜色を満足気にながめやり、

「島でも弥四郎は、よくつとめているそうだ。それもこれも、お前達の、このありさまを島へ知らせてやったからだろうが……お上もめくらじゃアねえ。ちゃんと、お前たちのことは見ていなさる。それでね、おそくも、今年中には帰れそうだということさ」

山口有吉は、豆腐を皿に入れているおせんに、

「おだてるわけじゃアねえが、これもみんな、お前のしたことだ。ええよ」

「まったく、ほんとに……」

と、老婆は、

「弥四郎もあたくしも、おせんさんに救われまして……」

幸福が涙声となる。

おせんは、とき芥子（からし）の壺を山口の前へおきながら、

「とんでもない。このおっ母さんに助けられたのは、私の方でございますよ、旦那」

と、つつましくいった。

（「小説現代」昭和三十九年七月号）

力婦伝

一

松田さつ女については、

「体格偉大、色浅ぐろく男肩にして力量衆にすぐれ、武芸に通ず」

と、ものの本にある。

現代においては、このような女性を奇とするにたらぬが、二百何十年も前の日本――それも武家社会に暮す女として、

「さつの行く末を考えると寿命がちぢまるおもいがする」

と、父親の松田助八を嘆嗟（たんさ）せしめたのも当然であった。

「力量衆にすぐれ、武芸に通じ……」だから「体格偉大」になったのではなく、生まれつき躰（からだ）が大きく、色浅ぐろく男肩――であったから力も強くなり武芸にも通ずるようになったのだ。

生理も属性（ぞくしょう）も全く異なるのに、女の胸底には男のまねをしたいとねがう心が絶えずひそみ隠されており、ことに、さつのような肉体的素質をもった女にとっては、おのれの容姿に対する劣等感が、そのまま武芸への発散と変る。

彼女、十八歳のときに小太刀、長刀（なぎなた）の切紙をゆるされたほどで、父親が奉公してい

る毛利家のみか、近辺の屋敷のものたちにも、さつが道を行くと、

「毛利の女樊噲が通るぞ」

と、評判をされたものである。

樊噲は、むかしの支那の武将で、〔豪傑〕の代名詞になっている。

松田助八は、毛利但馬守の家来で温厚な人物だが、子といってはさつ女ひとりであるし、妻の里と共に、

「とても養子が来てくれよう筈はない」

心痛が絶えなかった。

このさつ女に、武家奉公のすすめがあったのは享保七年正月のことで、さつは、すでに二十二歳であった。

それは、こういうことだ。

石見（島根県）・浜田五万四千石の大名で松平周防守康豊の江戸屋敷に〔中老〕として奉公をしている岡本道女の召使に、さつがえらばれたのである。

これは、松平家の広敷用人をつとめる山埴平太夫というものが歌道を通じ、道女の父とも、さつの父とも親交があったためで、すべては平太夫の口ききによるものだ。

「とてもとても、わがむすめが御殿づとめなぞ、もってのほかのことで……」

一も二もなく、松田助八はかぶりをふったし、

「ほんとになあ……」

と、さつの母親も哀しげな苦笑と共に、これを肯定せざるを得ない。

これを知って、さつが憤然となった。

「そのおはなし、お受けして下さいませ」

ぐっと出張った額の下に、くぼんで見える団栗のような目を光らせ、

「父上がおいやでも、私が山垣さまへ行き、お引き受けつかまつります」

きめつけるように、さつがいった。こうなるとおだやかな両親の手におえるものではないのである。

さつにしても、大名奥御殿の中の女の世界で暮したい気なぞ毛頭なかったのだが、

（父も母も、私を女じゃとおもうては下さらぬ）

このことへの反撥が、とっさに彼女を決意させたものであろうか。

さつの奉公は、たちまちにきまった。

江戸城・虎の門内にある松平上屋敷へおもむき、自分がつかえる岡本道女を見た一瞬、さつは、道女に好感を抱いた。

それというのも、道女があまりにおさなく、可憐に見えたからである。ときに道女は十八歳。旗本・細井主税之介の用人をつとめている父・岡本佐五右衛門の手もとをはなれ、松平家へ奉公へ上って間もなく、殿さまの手がつき〔お夜具拝領〕というこ

とになり、お手つき中老に出世をした。ために召使が必要となったわけである。殿さまの手がつくほどだから、むろん美貌(びぼう)である上に、心もちあかるく素直で、

「さつどの。よろしゅうに……」

と、道女がていねいに声をかけてくれたとき、さつは、

(ここへ来て、よかった)

と、思った。

まず主従の暮しは、その第一歩からうまくはこんだのである。

さて、奉公がはじまって見ると、

(なるほど……)

さつにも納得が行くことが多い。

大名屋敷内奥御殿の、男子禁制の女中奉公が、どのように複雑面倒をきわめているか、それはうわさにもきいているし、さつ自身も大名屋敷の長屋で育ったのだから覚悟もしていた。

それにしても、道女への風当りはつよい。

新参ものが、たちまちに〔お手つき〕となって出世をしたのだから、他の中老たちからもねたまれるし、ことに奥方づきの年寄で沢野という老女が、ことごとに意地悪をする。

ここで、少し、殿さま夫妻のことをのべておこう。

殿さまの松平康豊は分家から養子に来た人で、このときすでに結婚をしていた。本家先代の殿さま康員が急死し、相続人がいなかったため、思いもかけぬ康豊がえらばれたのだ。

康豊の妻は亀井隠岐守の家来、亀井宮内のむすめであるが、夫の康豊が、一躍、本家五万四千石の藩主となったため、これにふさわしい位どりをしなくてはならぬので、亀井隠岐守養女ということになった。

もともと石見の松平家と亀井家とは、むかしから深い姻戚関係がある。そこで、沢野が奥方づきの年寄として入って来たのだ。

だから、気丈夫の奥方も沢野には頭があがらぬし、殿さまもおとなしい養子で、これは奥方にも頭があがらぬのだから、沢野がけむったいのは当然であった。

沢野は亀井家の臣でも名家といわれる落合某の姉で、

「才学兼備、規律過厳、俗衆に忌まる」

と、石見家系録に記されているほどだから、たちまちにして奥御殿に君臨し〔女護ガ島〕の勢力を一手につかみ、十年を経たいまでは、家老、用人たちでさえもいちもく置かねばならぬほどになっている。

沢野は、六十に近いいままで男も知らぬし遊芸も知らぬ。若い女中などへの思いやりもなく、どこまでも規律一点張りのやかましさで、奉公に上った女たちも、すぐに暇を願い出るものが多い。

　こういう沢野だから、お手つき中老になったばかりの岡本道女への風当りが、どのようなものだったか、くだくだしくのべるまでもあるまい。

　こうなると、道女をねたむ他の中老や女中たちまで、沢野派になってくる。道女は、新鮮な果実のようなみずみずしさの上に、琴をよくし、舞にも長じている。殿さまが寵愛（ちょうあい）するばかりでなく、奥方にも気に入られた。

　これがまた奥方づきの沢野には、たまらないのである。ま、こうした状況の中へ、さつが飛びこんで来たわけだが……。

彼女が道女の召使になって二カ月もすると、沢野派にいじめられていた道女も、だいぶらくになってきた。

　さつが何かにつけて守ってくれるからだ。

奥女中の陰険きわまりない意地悪に対しても、さつは、びくともしない。

威風堂々たるさつが、ぐっと目をすえてにらむと、他の中老も奥女中たちも〔ふるえ〕がきたという。

　それだけに、さつの容貌（ようぼう）に対する嘲笑（ちょうしょう）、軽侮はひどいものであって、

「ようも、私としたことがこらえぬいたものでございます」

と、後にさつは述懐している。

道女はもう、さつにたよりきってしまい、夜ふけなど、次の間のさつの床へもぐりこんで来て、「まるで、母の乳房へ甘えるかのように……」眠ることも、しばしばであった。

こうした交情が二人の間に生まれたため、さつは足かけ三年にわたる奉公も苦にならなかったのであろう。

そのうちに、奥御殿の人気が道女へあつまるようになってきた。お手つきの中老が、奥方にも可愛がられるというのは異例だ。道女の円満優美な人柄が、どのようなものであったか、およそ知れよう。

沢野派の女中たちも次第にお道派となる。

沢野たるもの、おだやかではなくなってきた。

二

事件は、享保九年四月二日の夜におこった。

このとき、殿さまが奥方の部屋で酒宴をしていると、庭で、ほととぎすが啼いた。

「お道にもきかせてやりとうござりますな」

「うむ。ではよう呼べ」

急のお召しである。

「お道さま、召しまする」

と、女中が長局へ走って来て告げたので、道女は、あわてて仕度にかかった。ちょうど、何かの用事があってさつがそばにいない。使いの女中が手つだって衣裳をつけている間も「早う早う」と呼びにくる。ほととぎすが何処かへ飛んで行ってしまわぬうちに、という殿さま夫妻の心づかいなのである。

ようやく支度が出来、使いの女中を先へ帰し、道女はお廊下草履をはこうとしたが、見えない。

万事をさつが取りしきっているので、

（ああ、困った……）

さつも戻るころだと思い、部屋から廊下口へ出ると、そこに草履が一つある。

奥御殿で女たちがはく草履は同じようなものであるし、廊下口は、うすぐらかった。

道女は無意識のうちに（私のもの）と思ったのであろう、そのまま、この草履をはいて殿さま夫妻のところへ駈けつけたのである。

この直後に、さつが部屋へ戻って来た。

道女が首尾よく、ほととぎすの声をきいたかどうかは知らぬが、ともかく、奥方の部屋から戻って来るや、

「沢野さまが、お呼びでございます」

　と、さつが告げた。

「何であろう？」

「また、いつものいやがらせでございましょうが、どうかお気になさいませぬよう」

「あ、心得ている」

　さつは、沢野の部屋の廊下口まで道女を送って行った。

　沢野は戸隠山（とがくしやま）の鬼女のような顔つきで、いきなり、

「お道どの。私の草履を、なぜおはきなされたか、うけたまわりたい」

　切りつけるように、いった。

　部屋もかなりはなれている沢野の草履が、どうして自分の部屋の前に置いてあったものか……。

（おかしいこと……）

　気づいたときには、もう遅い。

　このときとばかり、沢野がせめたてた。

「無礼きわまる。足行儀のわるい女は何行儀がわるいとの下世話（げせわ）もある。若い女中どもを取締る役目にあるお身が、みずから不行儀をして見せるようでは御家の御奉公はつとまりますまい」

道女に口もきかせず、一刻（いっとき）（二時間）余にわたって、くどくどと説教をしたあげく、最後に、

「お身の父親は、もと浪人じゃそうな。浪人のむすめなれば、心根がいやしゅうなるのも無理はないが……」

とせせら笑った。

これで、道女の顔色が変ったのである。

たしかに父の岡本佐五右衛門は、細井家の用人となる前、大和（やまと）・郡山（こおりやま）の浪人であった。

けれども、たしなみのよい父は、妻子を困らせるような所業は一度でもしたことがない。むすめに琴や舞を習わせるだけの余裕をもっていたのである。

「ふしだらなるお身の足にかかった汚（けが）らわしきこの草履、おのぞみならさしあげよう」

という沢野の悪罵（あくば）をきいてから、やっと道女は解放された。

さつは、心配していた。

あまりにも時間が長すぎる。

（いつもとは違うような……）

じりじりして待つうち、道女が帰って来た。

少し顔色が青ざめている。

「いかが、なされました？」

「何、いつものことじゃ」

そのまま、何気なく道女は寝についた。

翌朝――。

「前々から、そなたにあげようと思っていたのだが……」

道女が、はさみ箱の中から牡丹に乱獅子の模様入りの帯と、波に千鳥の裾模様の丹後ちりめんの小袖を、さつにくれたものである。

「このような結構なものを、さつが頂きましたとて、宝のもちぐされ、というものでございましょう」

わびしく、さつが笑いをうかべるや、

「もろうてほしい。いかぬかえ」

「いいえ……そのような……」

「では、もろうてほしい」

「は……では、ありがたく……」

「ときに、さつ。これを矢の倉へとどけてもらいたい」

いつ書いたものか、道女が書状を出し、さつにわたした。

矢の倉には細井屋敷があり、そこの長屋に父母や弟妹が住んでいる。

やがて、さつは書状を持ち、矢の倉へ出かけた。

道女が自殺したのは、この後である。

「おふたりさま、いよいよ御きげんよく御座遊ばし、御うれしく存じまいらせ候(そうろう)……」にはじまる道女が父母へあてた遺書には、

「……もと浪人のむすめゆえ、心も無下にいやしくなるものにやとの御一言、胸に徹して……」

とある。

父親をはずかしめられたからといって自殺する、などという感覚は現代に通用しない。十八か九の女が、自分と自分の親と家に対して、これだけの誇りと責任を抱き、そのためには死もいとわぬというだけの女になっていたことを記すにとどめておこう。

そのころは、うかつに、かるがるしい口をきけなかったようである。人の言葉には責任の裏うちがなされているべきが当然とされていたのだ。

さて……。

一説には、さつが途中で異常な予感がして、矢の倉へ行かずに引返して来、道女の死を知ったともいうが、ともかく、さつが道女の死体をかき抱いたとき、ほかのものはまだ、このことを知らなかったようである。

間もなく、鉛色に変じたすさまじい顔つきで、さつが沢野の部屋へあらわれ、「主が急病にござります。ただごとならぬ様子でござりまするゆえ、ごめんどうながら、ごらんいただきとう存じまする」

押しころしたような声で、いった。

三

このときまでの、さつの気持は、沢野をつれて来て、道女の遺体の前で謝罪せしめよう、というものであった。

とにかく、さつの様子が只事でない。

(ほんに急病らしい。いっそ死んでしまえばよいものを……)

と、むしろ沢野はこころよげに、

「では、見舞ってつかわそう」

諏訪という女中に沢野づきの召使をつれ、沢野は道女の部屋へやって来た。

さつは、部屋へ三人を請じ、戸をしめきってから、奥の間のふすまをあけた。

血の海の中に白装束の道女が息絶えているのを見て、三人とも痴呆のような表情になった。

「沢野さま。あるじは、昨夜、あなたさまより耐えがたきはずかしめをうけ、このような姿になりましてござります」

　さつは無断開封した道女の遺書をしめし、

「ここにて、お詫びなされませい」

と、いったが、これだけであやまるような沢野ではない。

「何を申す」

じろりと、さつを見やったところは、亀井・松平両家を通じさすがに何十年も奥づとめをしてきた貫禄で、

「下りゃ!! ここな蟇蛙め、無礼であろう」

　きめつけた。

　とたんに、さつが突立ち、いきなり沢野の胸ぐらをつかんだ。

「な、何をしやる」

沢野も長刀をかなりつかったそうだが、問題にならなかった。

「蟇蛙」ときめつけられた一瞬に生じた殺意には、自分の怒りと沢野への復讐とが同時にこめられて、

「放せ、無礼な!!」

　叫ぶ沢野の両足を払って倒し、馬乗りに組みしいた。

　諏訪も召使も、ふすまにつかまり、わなわなとふるえている。

「去れ!!」

と、さつが振り向いて女中ふたりに、

「見ていてもよいが、腰がぬけるぞよ」

と、いった。

這うようにして、ふたりが逃げる間、沢野はわめきつづけているが、さつの怪力に押えられ身うごきもならない。

さつは沢野を組みしいたまま手をのばし、先刻、道女の手から取りあげた懐剣を引きよせた。

「あ、あっ……あっ……」

もがく沢野を見下したさつの団栗のような両眼が張りさけんばかりに見ひらかれ、

「む!!」

うなるような一声と共に、沢野の心臓へ懐剣を突き通した。

大さわぎとなった。

さつは奥目付・小池利右衛門の調べを受け、小部屋に監禁されたが、取調べにあたり、彼女は、どこまでも道女の仇討ちと申したてた。

いろいろと詮議はあったが……。

何しろ、殿さまの松平康豊は沢野が殺されたときいて、

「出かした」

手にしていた煙管を放り投げてよろこんだほどだから、すべては、さつにとって有利に展開して行ったのである。

事件後六日目の四月九日——。

さつの父・松田助八が松平屋敷へよばれた。

松平家の江戸家老・堀次郎太夫と森甚五右衛門、それに奥目付・小池利右衛門列座の上で、

「そのほう娘・さつ事、女ながら、あっぱれ忠烈のふるまい、お上より、ふたたび召使われたしとのおぼしめしにより中老格に召し出さる」

こういう申しわたしだ。

松田助八は、よろこんだ。沢野の旧主・亀井家から文句でも出れば、こうも簡単に片づく筈はない。

そればかりか「女ながら、あっぱれ忠烈のふるまい……」と、ほめられたのである。

助八は、ふかぶかと頭をたれ、

「格別のおはからい、ありがたく存じたてまつる」

礼をのべた後に、

「また、ふたたびお召し出しにあずかり、重ねて恐悦つかまつる次第にございまする

が、なれど、わがむすめ儀、お見かけのごとき人体(にんてい)にて、このたびのことは格別、平日の御前(ごぜん)辺のつとめ向き、おぼつかなく存じまする。御奉公の儀は、ひらにおゆるし下されまするよう……」

と、ことわった。

さすがに父親であった。

むすめが巨大な肉体を恥じつつ奉公をするのは、耐えられなかったのだ。

それも道女が生きてあるうちは、さつにも奉公の甲斐(かい)もあったろうが……と、思ったのである。

「いや、なりますまい」

家老ふたりは、ゆるさなかった。

殿さま夫妻の命令でもあるし、今度の事件が外へ知れわたってからの評判は大変なもので、さつの〔忠義〕は、松平家にとって非常な〔かざりもの〕となったわけである。

松田助八も根(こん)負けをして、

「では、むすめの心をきいた上で……」

二日前に自宅へ引取ってあったさつに、再奉公のことを問うと、さつは、

「家へ戻ったとて、私の顔かたちがあらたまるわけではありますまい。奉公いたしま

しょう」

きっぱりとしたものであった。

さつは、中老・松尾局（まつおのつぼね）となり、またも松平家の奥御殿へ戻った。

ちなみに、さつはこのとき、道女のかわりに岡本家の養女となっている。そして岡本の次男・伊織（いおり）が松田助八の養子となった。

万事、うまく行ったのである。

けれども、一年、二年とたつうちに、今度は、さつが奥御殿の勢力をほしいままにしはじめ、

「女というものは度しがたきものじゃ」

家老・堀次郎太夫を嘆息せしめるようになった。

女は現実の外面に、たちまち影響されるという特性をもっている。

「あっぱれ忠烈のふるまい……」と、もてはやされ、奥御殿へ入ってからは、さつに楯（たて）をつくものがひとりとしていない。

ここに、さつの慢心が生じた。

殿さまが気に入りの女中に手をつけようとすれば、

「お道さまのことをお忘れでござりまするか」

さつが白眼をむいて邪魔をする。

二十六歳になったさつは、めっきりと中老の貫禄をそなえ、何しろ、あの容姿であるから威風堂々として、殿さまも、

「さつめ、沢野の二代目になってしもうたぞよ」

奥方へこぼしたそうである。

堀家老は、

(では、仕方もあるまい)

その年の十一月になってから、石見・浜田の国許へ使者を飛ばし、勘定方につとめる神野甚蔵なるものを江戸屋敷へ呼びつけた。

神野甚蔵は五十石二人扶持の藩士であるが、性格は温和で、つとめぶりもまじめ一方だし、しかも健康である。

何事だろうと、江戸へ駈けつけて来た神野を迎えた堀家老は、ひそかに、さつこと松尾局の姿を垣間見せておいて、

「どうじゃな?」

と、いう。

「は……?」

神野はわからない。

「どうじゃ、と申しておる」

「何が、でござりましょうや？」

「おぬしの嫁にどうじゃ、と申しておるのじゃ」

「ひえッ……」

「何をおどろく」

「な、なれど……」

「おぬしも松尾局が忠義無類のふるまい、きいておろう」

「はい。なれど、お姿を見ましたのは、はじめてで……」

「あのような女ご（おなご）を妻に迎えること、男子のほまれと思わぬか」

「は……」

神野は、うつ向いたまま答えない。

（尋常の男なら、無理もないが……）

堀次郎太夫は、気の毒と思いはしたが、

「松尾局と婚姻成ったる上は、おぬしにも、しかるべき御沙汰（さた）があろう」

と、ささやいた。

「御沙汰と申しますと？」

「御加増に相成る」

この一言で、神野甚蔵の心が大きくゆらいだ。

戦乱もなくなったこのころの武士には、手柄をたてる機会もなく、家代々の俸禄(ほうろく)に甘んじて一生を送るより道はない。しかも神野のような下級武士にとって立身出世は夢のような……いや夢にも思って見ないほどのよろこびであった。

「わしが請け合う。百石つかわす」

堀家老が殿さまのような口をきいた。

「ひゃ、百石……」

「いやか?」

「いえ、その……」

「では、きまった。めでたい、めでたい」

「お受けつかまつりまする」

と、神野も肚(はら)をきめた。

五万円の月給が十万円になるのと同じだから、みにくい妻には目をつぶってもよいと決意した。

(それに……松尾局を妻に迎えれば、これからの自分も、まだまだ立身する余地が残されていよう)

そこまで考えたものである。

すべては順調にはこんだ。さつに対しては、神野甚蔵からの求婚があった、とつた

えたものだから心が驕(おご)りはじめていただけに、

「おうけいたしましょう」

さつは、一言のもとに承知をした。

よろこんだのは松平周防守(すおうのかみ)で、

「次郎太夫。ようもはからいくれた」

百石でも二百石でもよいらしい。

奥御殿の女どもも、ひそかに歓声をあげる。

翌享保十二年三月十五日に、さつと神野甚蔵は江戸で簡略な婚儀を終え、共に石見・浜田へおもむいた。

四

だが、神野甚蔵のような男では、さつを御しきれるものではない。

こんな話が残っている。

二人の間に長男が生まれる前後の事らしいが、神野は自邸の下女へ、ひそかに手をつけ、これが、たちまちさつに知れた。このとき、さつは夫を、たくましい両腕に抱えこみ、

「これでもか、これでもか……」

叫びつつ、夫の躰を天井目がけて投げ上げること数度、ついに天井板が割れ、神野は気をうしなってしまった。

以来、神野は他の女へは目もくれず、ひたすら主家と妻へ奉仕をつづけたようだが、結婚後、数年目に、江戸屋敷から山埴平太夫が公用でやって来て、

(これが、さつどのか……)

おどろいたという。

「いや何、顔かたちが変ったわけではありませぬが、どことのう色白の、ふくよかな躰つきに相成り、江戸にいたころの見苦しさを、さほどにもおぼえませなんだ」

江戸屋敷へ戻った山埴が堀家老に告げるや、

「的を射たな」

堀次郎太夫は莞爾となって、

「さつと神野甚蔵の組み合せ、まさに的を射た。女とは変りやすきものじゃ。わが女房とて、よくよく気をつけて見れば、一日のうちに何度となく、これが女房か、と思うほどの顔かたちを見せる。ふしぎな生きものじゃよ」

と、つぶやいた。

神野甚蔵の立身は百石どまりで終りか、と思われたが、彼の髪に白いものがまじるようになってから五十石の加増があり、納戸役にぬきあげられ、その後も一度、加増

があったようである。

これには大いに、さつの運動が功を奏したようだが、神野も誠実に奉公をはげんだらしい。

松田さつ女の敵討ちが芝居となり〔加賀見山旧錦絵〕の外題のもとに江戸・堺町の外記座で初演されたのは天明二年の正月で、事件後五十八年を経ている。

舞台でのさつは召使お初となって、美しい顔と若々しい肉体を潑剌とさせ、主人の仇を討つわけだが、むろん、このときまで、さつも生きてはいなかった。

さつの墓は浜田市粟島極楽寺にあるそうだ。

（「オール讀物」昭和四十一年三月号）

御菓子所・壺屋(つぼや)火事

一

「惣次郎どん。あんまり、お内儀さんを可愛がると、死んでしまうよ」

むろん、こういった当人の藤七にしてみれば、他愛もない軽口を飛ばしたにすぎなかった、といえよう。

お内儀さん、と藤七がいったのは惣次郎の女房ではない。二人の主人の妻・よねのことなのである。

だから、藤七の冗談は、同僚が主人の妻と姦通をしているさまを指したことになる。

それは明和七年の夏も終ろうとする日の昼下がりのことで……。

心臓を患い、去年から床に臥しているよねの病間から出て来た惣次郎が中庭に沿った廊下を大台所に近い通路の土間まで来たとき、店がまえの方から通路をやって来た藤七が擦れちがいざまに、この冗談をあびせかけたのであった。

もともと口が軽く、剽軽者で通っている藤七だし、同じ手代ながらも二十も年下の若い彼の軽口をとがめるつもりはない惣次郎だけれども、冗談にも、ほどというものがある。

「これ、藤七どん……」

四十一歳になる惣次郎が、立ちどまって「軽口にもほどがある。つまらぬことをいうものじゃありませんよ」と、たしなめるつもりで呼びかけたとき、

「おい!!」

だれも居ないと思った通路ぎわの小間の障子が開き、主人の小兵衛があらわれたものだ。

「惣次郎。お前は途中から奉公をして、いまの身分にまで引きあげてやった恩も忘れ、とんでもないことをしてくれたな!!」

ぴしりと、小兵衛がきめつけるや、惣次郎の顔が鉛色に変じた。

惣次郎がこの店……市ケ谷・左内坂上の菓子舗・壺屋小兵衛方へ奉公に上ったのは三十九歳になった正月で、足かけ三年前ということになる。

彼は、小さいころから下谷・池ノ端仲町の菓子舗・加賀屋へ奉公にあがり〔雪みぞれ〕という銘菓で知られたその店で二十数年をつとめあげた。

ところが四年前の秋に加賀屋が倒産をした。

主人の友蔵が飲む打つ買うの道楽者で、かなりの借財もあった上に、両国の水茶屋の女と痴情事件を引き起し、あげく、夜ふけの大川（隅田川）へ飛びこんで心中するという始末になったのである。

友蔵の遺族は、妻のおしまの実家が引き取ったが、菓子職人は別として七名ほどの

店の者の始末を惣次郎が一手に引きうけ、奔走し、いずれも何とか他の店へ引き取ってもらった。それはよいのだが、さて最後に自分ひとりが取り残されてしまうことになった。

加賀屋では〔大番頭〕の次にいた惣次郎であるが、

「人あたりもいいし、立派な風采だし、どう見ても大店の番頭さんだが……」

「いまだに独身だそうじゃないか」

「なんだか、気味がわるい」

「加賀屋のお内儀さんのおしまさんとも、あやしかったのじゃないかね」

などと、世間の評判も右のごとくで、なかなかに奉公口がきまらなかったのを、

「私が請け合うから、お前のところでつかって見ておくれ。ま、おいて見て苦情が出るような男じゃありません」

と、壺屋小兵衛の妻・よねの叔父にあたる京橋・水谷町の鶏卵問屋・大津屋喜左衛門の推薦により、やっと壺屋への奉公がきまった惣次郎なのである。

小兵衛もためらい、番頭たちも反対をしたが、妻のよねが、

「水谷町の叔父さんの口ききを、ことわるわけにはゆきません」

と、いい出した。

よねは家つき女房で、小兵衛は養子である。それも数多くの候補者の中からえらば

れ、壺屋の大身代をつぐことになっただけに妻へはあたまが上らぬところがあった。で、惣次郎をつかうことにした。

三十九歳の中年男をつかうには、長く奉公している店の者の手前、なかなか骨も折れることであったが、よねは一目見て惣次郎が気に入り、半年を経て、たちまちに手代格へぬきあげた。

加賀屋とはくらべものにならぬ大店の壺屋で、元禄のころから〔嵯峨落雁〕と〔松風〕の二銘菓を売りものに、江戸城への出入りもゆるされ、尾張・越前の両大名家御用もつとめている。

しかし何処へ出ても惣次郎の〔はたらきぶり〕には間然するところがない。

中年ながら独身の故か十も若く見えるというし、すらりとした体つきには品もあり、色白の苦味のきいた顔貌が笑うと深い笑くぼが生まれる。落ちついていて、しかもなんどりとした愛嬌もあり、

「どちらが主人だかわからない」

と、得意先の武家屋敷の侍女などが〔うわさ〕するようになった。

小男で凡庸な壺屋主人の小兵衛と比較してのことなのである。

小兵衛、このうわさを耳にして、どうもおもしろくない。

番頭たちは相変らず惣次郎をよく思わず、意地悪ばかりしているのだが、若い手代

たちや小僧どもの中には、

「いい人だ」

三年たつうち、次第に惣次郎に懐いてくるものも出てきている。

これまた、おもしろくない。

ところへ、妻のよねが大の惣次郎びいきとなってしまい、

「まあ辛抱して下さいよ。きっと、小さい店でも、のれんを分けてあげようから……」

などと、いい出す始末であった。

小兵衛は惣次郎と同年。よねは三つ下で、夫婦の間には一男一女がある。

病身のよねはよく寝込むが、そのたびに何かというと惣次郎が話相手によばれる。

だからといって二人の間に秘密めいたものがあったわけではない。惣次郎がよばれるときには必ず女中もついていることだし、この三年の間に、小兵衛も夫として、二人の間をうたがうべき何物も知悉していたわけではない。

それなのに……。

手代・藤七の軽口を偶然に盗み聞いたとき、心にもない罵声をあびせてしまったのは、妻のみならず、世間の評判にもてはやされる惣次郎への嫉妬が一度に爆発したものか……。

惣次郎について批判めいたことを口にするや、妻のよねは、

「なんですねえ、ばかばかしい」

の一言で片づけてしまう。

それに対しても口をつぐむよりほかに仕様がなかった小兵衛だけに、こうなると夢中になってしまい、

「……恩も忘れ、とんでもないことをしてくれたな!!」

叫ぶや否や、いきなり飛びかかって、ぽかぽかと惣次郎を擲りつけたものである。

「こら、おのれ……おのれ、こら」

「あっ……」

顔面蒼白となった惣次郎が、すさまじい目つきになって小兵衛を見返すと、

「こいつめ、こいつめ!!」

尚も、小兵衛は狂人のようにつかみかかった。

店のほうから番頭や手代たちが駆けつけて来る。

と……突然に、惣次郎が小兵衛を突放して大台所へ駆けこんだ。

台所にいた下女たちの悲鳴があがった。

惣次郎が出刃包丁をつかみ取った。

「あっ危ない」

「旦那。お逃げなすって……」

若い手代の中にも、お内儀さんの信頼をほしいままにしている惣次郎をこころよく思わぬ者もいる。この連中と番頭たちが駆け寄り、押しつぶすようにして惣次郎をつかまえ、烈しくもみ合った末に、やっと包丁をもぎ取った。

異変は、これだけですまなかった。

中庭の向うの離れ（よねの病間）から、けたたましい女中の声がおこったのである。

「た、大変……たれか来て……お内儀さんが、お内儀さんが……」

台所のさわぎが耳へ入り、

「どうしたのだえ？」

半身をおこしたとき、よねに発作がきたらしい。

ちかごろは大分に病状もよくなっていたというのだが、心臓病だけに油断はならない。

発作をおこし、あっという間に、よねは息絶えてしまった。

以来の壺屋小兵衛の混乱、動顛のありさまは筆舌につくしがたいものがあったろう。

二

すでに絶命をしたよねのところへも医者が駆けつけて来た。

台所から物置に引きずりこまれ、番頭・手代たちによって大仰に縛りあげられた惣次郎を取調べるため、町奉行所から臨時見廻りの同心・渡辺寅之助が、御用聞きの鎌吉をしたがえて壺屋へあらわれた。

「とんでもないことになりまして……」

「惣次郎が旦那を包丁で切りつけたのでございますよ」

番頭どもが、口々にわめきたてた。

「そりゃ、本当か?」

渡辺同心が、先ず壺屋小兵衛に問いかけると、小兵衛は妻の死体を見てきたばかりのことでもあるし、非常な興奮ぶりで、

「本当にも嘘にも、店の者が見ていたことでございます。恩を忘れて盗人猛々しいとはこのことだ」

と、惣次郎をにらみつける。

「惣次郎、どうだ?」

渡辺同心が十手をぬき取り、これで惣次郎の肩を突くと、

「とんでもないことでございます」

惣次郎は、青ざめていながらも落ちついた態度で、

「私は旦那を殺そうとしたおぼえはございませぬ」

「台所へ駆けこみ、出刃包丁を、つかみ取ったというじゃあねえか」

「はい」

「それじゃあ、お前……」

「いえ、お役人様。私は……私は、その包丁で自分の喉を突くつもりでございました」

店の者がどよめく。

渡辺は一同を去らせ、じろりと白い眼を惣次郎へ向けた。

（いまさら、ぬけぬけといい出したもんだな）

落ちつきはらっている惣次郎を、御用聞きの鎌吉も憎さげに見て舌うちを洩らした。

あらためて、渡辺同心が目撃者の手代・藤七をよび、調べにかかると、

「旦那になぐりつけられ、惣次郎どんは血相変えて台所へ駆けこみ、包丁をつかんで飛び上げましたので……みんな、旦那にもしものことがあってはと、いのちがけで飛びかかり押えつけました。へえ、そりゃもう、いのちがけだったので……」

藤七は、まるで舞台の上に立ってでもいるような興奮を押えかね、ぺらぺらとしゃべった。

「そいつは偉かったな」

ほめておいてから、渡辺同心は御用聞きにめくばせをした。この若い手代なら知っ

ていることを洗いざらいしゃべってくれるだろうという意味であった。

渡辺が惣次郎を尚も訊問している間に、鎌吉は藤七を別室へつれこみ、おだてたり脅したりして何も彼も吐かせてしまった。

「ふうん……そうか、惣次郎め、お内儀さんと密通していやがったのか」

「いえ親分。それは私がただ、おもしろ半分に惣次郎どんをからかっただけなので……」

「ま、いいやな」

「そりゃちがいますと思います」

「ま、いいやな」

「そりゃ、親分……」

「ちょいと旦那をよんで来ておくれ。さ、早くしねえ。いいから早くよんで来ねえというに!!」

がらりと凄まじい見幕に変ったので、藤七は狼狽して出て行き、すぐに小兵衛が入って来た。

「旦那。惣次郎はお内儀さんと……妙な顔をしなさるな。お前さんも何ですってね、藤七のいうことを陰でおききなすって、大層、お怒りになったっていうじゃありませんか」

「親分……ま、ちょいと待って下さいまし」

肝心のよねが急死をしてしまったのだから、これを調べることは不可能である。

そこが、この狡猾な御用聞きのつけ目でもあったし、また壺屋小兵衛の弱味でもあった。あらぬうわさを立てられては店の〔のれん〕に傷がついてしまう。将軍家をはじめ大名方の用達をつとめている大店だけに、もしも姦通事件のあつかいを受けることにでもなろうものなら、どのような波紋がひろがることか……知れたものではないのだ。

御用聞きの鎌吉は、近くの市ケ谷・田町で女房に〔鳥かま〕という料理屋を経営させ、自分はお上の御用をつとめているというので、大へんな羽ぶりであった。

「何事も、みな御内聞に……」

ということで、このとき、壺屋小兵衛から口どめ料として、同心・渡辺寅之助へひそかにわたされた金が五十両であったという。むろん、鎌吉のふところへも相当な金が入った。

「かまわねえ、もうすんだ。こいつをしょっぴけ！」

渡辺寅之助は、再び物置の前へ戻ると、鎌吉に癇声で命じた。

それでなくとも、渡辺は腹をたてていたところだ。

惣次郎は、あくまでも「自殺」するために包丁をつかんだといい張る。

主人から思いもかけぬうたがいをうけ、大恩ある内儀のよねへ対して申しわけがなかったゆえ、自殺しようとしたのだといい、それ以外のことは頑強に口をつぐみ、渡辺の辛辣な訊問にも臆するところがなかった。

これが、渡辺同心を激怒させたものと見える。

当時の警察制度は科学捜査の裏づけもなく、善きにつけ悪しきにつけ、それは調べに当る者と調べられる者との〔人間の血〕の交流が事をきめてしまう。

惣次郎は伝馬町の牢へ入れられた。

取調べは型のごとくすすめられたが、いずれも渡辺同心の手による一方的な報告によるものだし、惣次郎もまた、これを甘受する様子を見せ、落ちつきはらっている。

「主人殺しを仕出かそうというだけあって、まことにもって、ふてぶてしい奴だ」

というのが役人たちの意見となり、牢内で、ほとんど食を絶っていた惣次郎は間もなく発病し、二カ月後に牢内で死亡してしまった。

その死体が引き出され、死体の首が打ち落された。

それは、

「大恩ある主人の殺害をくわだてた罪」

を、着せられたからである。

姦通の件については、あかるみに出なかった。

そのかわり壺屋小兵衛は、尚もかなりの金をつかったらしい。

事件落着となって、翌明和八年の春が来ると、壺屋もようやくに落ちつきを取りもどした。

そのころ、惣次郎を壺屋へ世話した大津屋喜左衛門が六十二歳で亡くなっている。

三

亡妻よねの一年忌がすんで間もなく、その年の秋に、壺屋小兵衛は再婚をした。

これは、小兵衛の実家で本郷二丁目にある笹屋文六の世話によるものだ。

笹屋も同業の菓子舗で、当代の文六は小兵衛の長兄にあたる。この文六の妻の従妹で寡婦の千代という二十六歳になる女が、壺屋小兵衛の後妻となったのである。

さらに、一年が経過した。

すなわち安永元年の晩夏の或る日のことであったが……。

浅草・田原町にある鰻屋の〔喜田川〕という店へ、

「こちらさまに、もと池ノ端・仲町、加賀屋友蔵さんのお内儀さんがおいででございましょうか？」

と、たずねて来た女がある。

背丈の高い、やせぎすの三十女で、頰骨の張った……どう見ても醜女の部類へ入らざるを得ない顔貌であった。

「はい、はい、おしまのことでございましょうかね」

まだ昼前のことで、主人の佐平が丁度、そこに居合せて問い返すと、

「はい、さよでございます、おしまさんでございます」

妙に切口上で、その女がいう。

「お前さんは、どなたで？」

「はい、もと市ケ谷・左内坂の壺屋小兵衛方の女中をしておりました伝というものでございます」

「へえ……壺屋さんの……」

と、佐平が壺屋の名をおぼえていたのは、ほかでもない。

一昨年の晩秋に、悲惨な最期をとげた惣次郎が子飼いからつとめあげた加賀屋友蔵の女房・おしまは佐平の妹なのだ。

友蔵が心中さわぎをおこし、加賀屋が倒産して後、佐平は未亡人となった妹と、妹が生んだ女の子を引き取った。

だから、以前には加賀屋を訪問するたびに、佐平は番頭だった惣次郎にも会っている。

したがって、店の者の始末をつけるのに東奔西走していた惣次郎の懸命な姿も知っ

ているし、ようやく彼が壺屋へ奉公することになったいきさつも知らないではない。

「へえ、へえ。左様でございましたか……おしまはおります。ま、あがって下さいましょ」

〔喜田川〕は、浅草でも指折りの鰻屋であった。

ここのむすめに生まれたおしまが、加賀屋へ嫁入りしたのは〔喜田川〕の常客だった加賀屋の先代が、後つぎ友蔵の嫁にのぞんだからである。

先代は、おしまの柔順な気性と健康な肉体とを、

「顔だちは飛びきり上等とはゆかないが、あの娘なら申し分ない」

と、見込んだのである。

その先代が、加賀屋夫婦の破局を見ずして亡くなったことを〔喜田川〕の主人佐平は、せめてものなぐさめにしているのだ。

寡婦となって、当時十歳の姪と共に戻って来た妹のおしまは、以後〔喜田川〕にいる七人ほどの女中の束ねをしたり帳場にすわったりして、

「おしまさんは可哀想だけれども、おかげで、私は大助かりだ」

兄嫁のお才は、大よろこびである。

さて……。

奥の間へ通された壺屋の元女中・お伝を迎えたおしまは、このとき三十四歳。

ふっくらと肥えていた娘のころのおもかげはさらになく、十は老けて見える。

昨日までジリジリと照りつけていた残暑の苦しさが夢のようにおもわれるほどの、冷え冷えとしたうす曇りの午後であった。

「おしまでございますが……」

茶をはこんで出たおしまを、

「ま……あなたが……」

お伝は少し腰を浮かし、なんともいえぬ複雑な眼の色になって、

「あなたが、おしまさんなので……」

「はい。もと、壺屋さんの……？」

「伝と申します。亡くなった惣次郎さんとは、いろいろと……」

「え……？」

おしまの顔色が変った。

「いいえ、そんなのじゃございません」

あわてて、手を振って見せたお伝の顔に血の色がのぼって、

「私、壺屋におりましたときには、お内儀さんに可愛がられまして、いつも身のまわりをお世話していたんでございます。御承知でもございましょうけれど、惣次郎さんが壺屋へ奉公に上りましてからは、お内儀さんが大へんに肩入れをなさいまして……

ま、惣次郎さんも御存じの通りのお人でしたから、お内儀さんの御恩に何とかしてむくいなければいけない、こういうわけで、そりゃもうお店のことには一生懸命になって……お内儀さんも大層におよろこびなさいましてね、行く行くは、のれんを分けてあげようとまでおっしゃっていたんでございます」

「まあ……」

「御存じのように壺屋では、お内儀さんのちからが大きかったものでございますから……ま、主人の小兵衛……」

と、お伝は、もとの主人を呼び捨てにしたものである。

「主人の小兵衛も番頭どもも、そりゃ陰では惣次郎さんに辛く当ったものでございます」

おしまは緊張している。お伝は尚も、次第にわれとわが声に感情をそそられたような早口となって、

「お内儀さんが万事につけて、惣次郎さんへ御相談なさるものですから、しまいには、たとえ冗談にせよ、店の者たちがけがらわしいうわさをたてるようになったんでございます」

「お内儀さんと、惣次郎さんとが……」

「はい、根も葉もないことで……お内儀さんは、前に惣次郎さんと、あなたとの間に

あった隠し事を知っておいでなさいました」

おしまの口が開いた。

開いたが、声は出ない。

「御安心なさいまし。だれにも洩らしてはおりません」

きっぱりと、お伝はいった。

それは、こういうことであった。

四

六年前に加賀屋が倒産し、自分の身の始末をつけかねていた惣次郎をまねいて相談に乗ってやったのが、壺屋の亡妻・よねの叔父、大津屋喜左衛門である。

大津屋は加賀屋の先代とは心をゆるし合った友達だけに、

「私は小さいとき、両親に死別れをしただけに、大津屋さんが、まるで自分の父親のようにおもえます」

と、かねがね惣次郎がいっていたほどの温和な老人であった。

それだけに……。

大津屋喜左衛門が、

「毎日、安宿を泊り歩いて、のめもしない酒をのんでいるそうじゃないか。いけませんよ、惣次郎どん。なぜ、早く私のところへ相談に来てくれなかったのだえ？」

親身にいわれると、思い余ったように、

「大津屋さん。私はもう、死んでしまおうと考えているのでございますよ」

幽鬼のようにやつれ果てた惣次郎が突然にいい出したそうな。

「ばかな……何ということをいいなさる。よし、よし……いいから、みんな、その胸の中にあるものを吐き出してしまいなさい、よ」

老巧な大津屋がさぐりを入れて見ると、惣次郎は、

「実は主人の友蔵が、あのようなことになりましたけれど……私だって大きな顔をして世間さまを歩けるような男じゃございません」

と、いう。

四年前から、故友蔵の妻・おしまと只ならぬ仲になってしまったと、ついに白状をしたのである。

先代が死ぬや、遊蕩の味をおぼえて、これに狂いこみ、商売を顧みなくなった友蔵のために、おしまも惣次郎も非常な苦労をかさねた。

大番頭は六十に近い老人で、只もうおろおろするばかりなので、商売の責任は一手に惣次郎の肩へかかってきたものである。

むろん、おしまも惣次郎も友蔵から撲られ蹴られつつ、執拗にいさめたものだが、

二人が知らぬうちに、友蔵が勝手に借金をしてしまうのだから、どうにもならぬ。

なぐさめ合い、はげまし合いながら、いつか、この内儀と番頭は越えてはならぬ一線を越えてしまったのだ。

「そうだったのかい……」

聞き終えて、大津屋喜左衛門が、

「悪いことじゃああるけれど、私は、とがめませんよ。それよりも、ま、よくも私を見込んで、そこまで打ちあけてくんなすった。よし、よし、悪いようにはしないから……」

そこで大津屋が壺屋の内儀に、惣次郎の身をたのんだのである。

ここまで語って、お伝が、

「実は……」

息を吸いこむようにし、ぬるくなった茶を一口のんでから、

「実は、亡(な)くなった壺屋のお内儀(かみ)さんも、むすめのころに、出入りの大工……若い職人と相州(そうしゅう)へ駆落ちをしたことがあるんだそうです」

「まあ……」

「それを引き戻されて、いまの主人を養子に迎えたとかで……それで、お内儀さんも惣次郎さんとあなた、おしまさんのことを大津屋さんからおききなさいまして、そり

やあ他人事(ひとごと)でなく……気の毒に、気の毒にと、おっしゃってでございました」

「知りませんでございました、ちっとも……」

「お内儀さんも、このことをおもらしになったのは、私だけでございました」

「……………」

「それは、ともかく……」

　このとき、お伝が屹(きっ)となって、

「おしまさん。二年前の、あのとき、惣次郎さんが非業(ひごう)に亡くなりなすったことを、どうおもいます。死んだものをあなた、引き出してまた首を……」

　声をふるわせ、金壺眼(かなつぼまなこ)を白くむいてひざをすすめるお伝へ、おしまが、

「惣次郎さんは主人殺しをするような人じゃありません。包丁を取りに行ったのは、たしかにあの人のいう通り、自分で自分を……」

　と、これは押しころしたような低い声で言いさすや、たまりかねて絶句をした。それへ、のしかかるようにして、お伝がいった。

「惣次郎さんは、あなたひとりをおもいつづけていたんですよ。あなたと夫婦になれぬ身をあきらめて、そうしてあのとき、何年も何年も胸の中にくすぶっていたものが、いっぺんに……」

「お伝さん」

おしまも、凄い眼で見上げて、

「お伝さんは、惣次郎さんが好きだったのね」

ずばりといったものだ。

すると、お伝はへなへなと崩れ折れ、畳をかきむしるようにして泣き声をあげはじめた。泣き声がおさまってから、お伝は顔をあげ、のろのろと身を起しつつ、こういった。

「惣次郎さんを殺したのは壺屋の主人や番頭、手代どもでございますよ」

五

お伝が壺屋から暇をとったのは、この年の初夏のころであったという。

先の内儀のよねが亡くなってからは急に主人の小兵衛が威張り出し、よねの「忠臣」たるお伝が居辛くなったことはさておき、去年の秋に後妻の千代が入って来てからは、尚更に出て行けがしのあつかいを受けることになった。

お伝の故郷は、安房の乙浜で、そこに兄夫婦が百姓をしている。

三十をこえて身も固まらず、たのみにするよねにも先立たれて、いまさらとは思うが、お伝の帰るところといえば乙浜村より他にはない。

（いっそ、お内儀さんや惣次郎さんの後を追い、死んでしまおうか……）

何度も、そうおもったが、とにかく故郷へ帰って見る気になり、ついに暇をとった。

壺屋小兵衛は追いたてるようにこれをゆるし、それでも金三両を餞別(せんべつ)によこした。

壺屋を出た日に、お伝は近くの市ケ谷八幡宮(いちがやはちまんぐう)・門前の茶店〔くらや〕の内儀へ別れの挨拶(あいさつ)をしに行った。壺屋の亡妻・よねの供をして、八幡宮へ参詣(さんけい)するたびに立ち寄った茶店なのである。

〔くらや〕の内儀も、かねてからお伝の身の上に同情をしていたことだし、

「お前さんさえよければ、うちではたらいてごらんな」

と、いい出した。

これで、お伝の気も変りかけ、その夜はともかく〔くらや〕へ泊ることになったのである。

翌日から、お伝は何となく浅黄の前掛けをしめ、店の用事をはじめることになってしまった。

〔くらや〕は、店先で茶菓を出すが、かなり奥ふかいこしらえで庭も立派だし、小座敷もあって料理も酒も出る。

そのまま、はたらいているうちに、……それは昨日の夕暮れのことだが、帳場のお内儀が、

「お伝さん。いま、壺屋の旦那(だんな)が奥の座敷へ入っていったよ」

と、いう。

「へえ……？」

「先に来て待っている人があるのさ」

「女の……？」

「まさか……厭なやつだよ。ほれ、田町の御用聞きの鎌吉さ」

忘れるものではない。

片おもいの惣次郎を、同心の渡辺寅之助と共に、散々にいたぶった男なのである。

（もしや……？）

とたんに、そう感じた。

（なにかあるにちがいない？）

であった。

惣次郎の処刑については、腑に落ちぬことだらけのお伝だけに、そう思うと矢も楯もたまらず、庭からまわって、離れの一室にいる壺屋小兵衛と御用聞き・鎌吉の密談を盗み聞いたのである。

これですべてがわかった。

鎌吉は、以前の事件を種に、また金をせびったのである。

壺屋小兵衛は、後妻を迎えたことだし、年月も経ているし、以前のように弱味な態度を見せない。

それをなだめすかし、なんとか金をせびろうとしているのは、鎌吉も、このところ女房にやらせている料理屋の経営がおもわしくなく、御用聞きとして、土地の人気も落ちかけていたからであろう。

「じゃあ、これっきりという証文を書いてもらいましょうかね」

小兵衛がきめつけ、それでも、いくらかの金をわたしたらしい。

〔くらや〕を別々に出て行く壺屋の主人と御用聞きをひそかに見送って、

「そ、そのとき……そのとき、私はこころを決めたんです、おしまさん」

と、お伝が叫ぶようにいった。

おしまも、ぎらぎらと眼を光らせ、

「それで、それで？」

お伝が、おしまの肩をつかみ、あたりを見まわしてから口を寄せて何かささやいた。

おしまは硬直し、きき入っている。

ささやき終えて身をはなしたお伝が、

「その前に、おしまさんだけにはいいのこしておきたかったんです。惣次郎さんが、どうしてあんな目に会ったかを……」

「ええ、ええ……」

「わかって下さいましたか、下さいましたね」

「わかりました、ありがとう」

「では、私はこれで……」

「待って下さい」

「え……？」

「私も、あなたと一緒に……」

「いけません。なにをおっしゃる……私なんか一人ぽっちで、どうなってもかまやしません。けど、おしまさんは、こんな立派な実家もあるし、可愛いお子さんも……」

「かまやしません、かまいませんとも。憎い。惣次郎さんをあんな目に会わした壺屋さんも、それからお上の……お役人も私は憎い」

その場から血相を変えた、この二人の中年女の姿が消えた。

六

この日の夜……四ツ（午後十時）ごろに、市ケ谷の壺屋小兵衛方の表戸を叩く者があるので、居合せた手代の藤七が土間へ出てみると、

「藤七さんか。私は、お伝だけれど……」

と、戸外から声が返って来た。

「なんだ、お前かい。何の用だい？　お前ちかごろ八幡さまの〔くらや〕にいるそうじゃないか」

「ああ……ちょっとあけて下さいな」

「何の用事だ？」

「少し、お酒をもってきたのさ。お前さん方にのんでもらおうと思って……」

「へへえ、ほんとうかい」

店を閉めた後は、店の者たちもひそかに酒をのんだり、買い喰いをしたりする。どんな大店でも、これは店の者のたのしみであった。

それでなくとも軽薄な藤七であったから、

「よし、いまあける」

くぐり戸を開けると、藤七を突き飛ばすようにして女がふたり、飛びこんで来たものだ。

ふだん着の裾をからげ、素足にわらじばきで、二人とも紫色の御高祖頭巾をかぶっている。

「な、なんだ、なにをするんだ!!」

突き飛ばされた藤七が怒鳴った。

他の手代や小僧も数人、店先にいる。

女ふたり、これに答えず。

ひとりが手桶の蓋をはねて燈油を店の畳いちめんに撒き散らしたかと思うと、別のひとりが提灯の火をこれにうつした。

あっ……という間もない出来事だし、そこにいた壺屋の者は、むしろ呆気にとられて、これを見守っているのみであった。

めらめらと燈油が炎をふきあげた。

「ああっ……」

「大変……」

叫び声をあげたとき、もう一つの手桶から、またも燈油が撒かれた。

「何をする!!」

「こいつめ」

店の者が二人に飛びかかると、お伝が物凄い声で、

「寄るな、寄るな」

出刃包丁をつかんで振りまわす。

もう一人の……おしまは狂人のごとく、其処此処に火をうつしはじめた。

たちまちに壺屋内が大さわぎとなった。

この放火は、壺屋を全焼せしめてはいない。

左内坂に面した店先と中庭のあたりまで焼いて、あとは店の者が必死で消しとめた。

そのころには、あばれまわっていた女二人も取り押えられている。

おしまとお伝が捕えられ、牢へ入れられたことはむろんのことだ。

二人は、南町奉行・牧野大隅守成賢の取調べをうけ、何も彼も洗いざらい白状におよんだ。

奉行所での取調べは、このときかぎりであった。

以来、二人の女は伝馬町の牢へ入れられたまま何の調べもなく、翌安永二年の三月末になって引き出され、判決を受けた。

「……右の者、付け火いたし候段、ふとどきには御座候えども、生得愚昧にて、巧み候儀もこれなく、小児にも劣る仕わざに候につき……」

というものだ。

おしまもお伝も白痴あつかいされたわけだが、それで牢から出され、お伝は乙浜村の兄夫婦へ引き渡され、おしまは〔喜田川〕のこれも兄夫婦が受けとり、共に、

「押しこめおくべきこと」

と、申しわたされたのである。

この間、同心・渡辺寅之助は役を免ぜられ、家族ともども江戸から追放されている。

御用聞き・鎌吉は、これも同様に江戸追放となった。

どうもわけのわからぬ裁決なのだが、奉行所としても、惣次郎処刑については反省もし、かねがね後ろめたいものがあったにちがいない。

この点は臨機応変の裁き方で、そのころの日本の裁判は、又もくり返すが善きにつけ悪しきにつけ、平然として〔融通自在〕のおもむきを見せるのである。

放火犯人は必ずといってよいほどに死罪となる。女ふたりもそれを覚悟でやったことだ。単に訴え出たのでは、

「もみ消されてしまいかねない」

というのが、お伝の主張で、おしまもこれに同意をしたのである。

壺屋小兵衛には何のとがめもなかったけれども、この放火事件以後、すべての出入りは差しとめられ、二年後に壺屋の店をたたんでしまった。

おしまのその後は不明だが、お伝は数年後に〔押しこめ〕を差しゆるされ、乙浜の百姓の後妻となって五人の子を生んだという。

（「小説新潮」昭和四十二年十一月号）

女の血

一

八千代は、十七歳の春に嫁いだ。

新郎は、土屋金之助といい、藩の勘定方に属している。

この新郎新婦は、山城国(やましろのくに)・淀(よど)十万石、永井信濃守尚政(しなののかみなおまさ)の城下でも評判の美男美女で、

「まさに、似合いの夫婦じゃ」

といわれる反面には、

「金之助には、いくらも良い縁談があったのに惜しいことをした。いかに美女といえどもだ、自分(おの)が女房にして一年もたってしまえば醜女(しこめ)同様だ。女なぞ、どれもこれも同じようなものよ」

「御家老の佐河田さまのむすめごが、金之助へえらい執心であったというではないか」

「さよう。佐河田さまもそれでな、いろいろと手をまわし、事によったなら殿のお口ぞえをたまわってまでも、金之助を聟(むこ)にと、のぞまれていたそうな」

「惜しい、惜しい」

「金め、そうなっては身うごきもならぬというので、婚礼を急いだというわけじゃ

よ」

などという声もきかれる。

五十石二人扶持の、どう見ても高いとはいえぬ身分ながら、土屋金之助の算勘における才能はきわだってい、重役からも上役からも目をかけられていたし、まだ二十六歳という若さながら温和な、しかも明るい性格で、だれからも好かれた。

その上に家中の子女たちがあつまると、

「土屋源氏の君」

などとよんで、大さわぎをしているほどの美貌なのである。

家老の一人である佐河田喜六のみか、勘定奉行の荒木主馬、御納戸奉行の竹内伝右衛門などの上級藩士からも「ぜひ、むすめの聟に……」と、のぞまれていたらしい。

それをしりぞけて土屋金之助、同じ勘定方の同僚で平山佐兵衛のむすめ・八千代を、ひたすらにのぞんだ。

戦乱が絶え、徳川幕府の統治のもとに天下泰平の世となってから四十余年。武家の社会も、ようやくに官僚化しつつある状態が年ごとにあきらかとなって、さむらいたちも立身出世への手づる足づるをもとめ、血眼になるという風潮であったから、

「金之助め、惜しいことを……」

になるわけであった。

また一方、美少女の八千代のほうにも良縁が多かった。

それを父親の平山佐兵衛がことわりぬき、

「かくなっては一日も早く……」

と、土屋金之助の母・いさへもちかけたのは、平山・土屋両家のむかしからの親交によって、金之助と八千代の交情が幼少のころから好ましく育(はぐく)まれ、別に正式の〔婚約〕をかわしたわけではないが、

「ふたりが、たがいによければ……」

という暗黙のゆるしが、両家の親たちにあったからである。

二人が夫婦となったとき、金之助の父はすでに亡(な)く、八千代の母は十年も前に病歿(びょうぼつ)している。

まず、こうしたふたりであったから、夫婦になってからも悪かろうはずがない。

一年もたつと、金之助が、

「子ができぬのは、烈(はげ)しすぎるのではないか」

などと、同僚たちにからかわれたりした。

万治二年夏……。

十八歳になった八千代の美しさは、かくしてもかくしきれぬ人妻の色気をたたえはじめ、にわかに女体が成熟を見せて、まゆを青々とそりあげた、白いふくよかな顔(おもて)を

わずかにうつむけ、しっとりと歩んで行く姿を、城下のどこかで見かけた藩士どもが、

「他人(ひと)の女房ながら、実にもう、見ていてたまりかねるわい」

いささか興奮の態(てい)で、うわさし合ったりした。

ところで……。

この年の夏は、土屋夫婦にとって取り返しのつかぬ季節となった。

七月一日の朝。

八千代の実父・平山佐兵衛が急死をした。現在(いま)でいう脳溢血(のういっけつ)のようなものだったらしい。

佐兵衛はこのとき四十七歳で、平常は丈夫であっただけに、近しい人びとをおどろかせたものだが、長男・甚太郎(八千代の兄)が二十二歳になっているし、家督のことは心配もない。

やさしい父の死が、まだ実感をともなわぬ悲しみのうちに、八千代はつづいて、最愛の夫までもうしなったのである。

事件は、ほかならぬ平山佐兵衛の通夜(つや)の晩におこった。

二

身分はかるい藩士ながら人望あつかった平山佐兵衛だけに、通夜の客も多い。

その客の中に、馬廻役をつとめている石井弥十郎という士がいた。

かくべつに平山家と懇意の間柄ではない弥十郎なのだが、前に、

「ぜひとも、八千代どのを妻に……」

熱心に申し入れてきたことがある。

弥十郎は、その三年前に妻が病歿してい、以来ひとり身であった。家族は妹・みねが他家へ嫁いだばかりで両親も亡くなっている。

武術にきたえぬかれた逞しい弥十郎の体からは、いつもあぶら濃い精力的な、強い体臭がにおいたっていた。剣術は新陰流の達者だそうで、藩中に弥十郎をしのぐものはいない。

弥十郎の申し入れを、八千代も、父の佐兵衛もことわった。

弥十郎は、自分が再婚ゆえにことわられたとおもいこんだらしいが、平山父娘は他の良縁も弥十郎同様にことわっている。土屋金之助という目標があったからである。

だが、あまりにも弥十郎の申し入れが執拗であったため、温厚な平山佐兵衛が一度、かなり強い態度で何度めかの拒絶をしたことがあった。

「土屋金之助へ嫁入る身でござれば……」

いくらことわっても、

「そこをおして、拙者へ八千代どのをいただきたい」

と、石井弥十郎は異常な執心をみせ、平山父娘をあきれさせた。

弥十郎は百二十石余の中級藩士といってよく、金之助とくらべれば俸禄も家柄も格段の差がある。しまいには、そのことをもち出し、いかにも自分のところへ八千代をくれたほうが、そちらのためになる、とでもいうような態度をしめしはじめたので、たまりかねた平山佐兵衛が、

「相手のきまったむすめをよこせなどと……このように不当な、かくも面妖なことを、それがし、見たことも聞いたこともござらぬ」

きっぱりと、佐兵衛が拒絶をしたものだ。

そのとき、石井弥十郎は無言で、凝と佐兵衛を見つめたそうだが、のちに佐兵衛が、

「まったくもって……何ともいえぬ厭な、無気味な白い眼であった。そのとき以来、弥十郎殿は二度とあらわれなんだが……あのときの白く光った眼をおもい出すと肌寒うなってくる」

ごく親しい同僚の林意助へ、そっともらしたことがあるという。

その石井弥十郎が、酒に青ざめた顔を通夜の席へあらわしたときから、八千代は何か不吉な予感がした。

読経がおこなわれている最中にも、弥十郎はさも小気味よげなうす笑いをたたえ、亡き佐兵衛の死をよろこんでいるかのような態度を露骨に見せはじめたのである。

人びとは、不快の表情をおさえつつ、気味わるげに弥十郎をぬすみ見ている。

読経が終り、酒が出た。

弥十郎が、ぐいぐいと酒を呷る。

そのうちに、

「うわ、は、はは……」

突然、ひとりで弥十郎が笑い出した。

はじけるような高い笑い声なのだ。

そしてまた酒を呷る。

呷ったかと見ると、またも高笑いであった。

たまりかね、勘定方の林意助が弥十郎の前へすすみ出て、

「ちと、おしずかにねがいとうござる」

たたきつけるような弥十郎の返事が、こうであった。

「そろばん武士め、だまっておれ!!」

四十に近い林も、これにはさすがにたまりかね、

「なんと、おおせられた」

「そろばんをはじいて俸禄が頂戴できるしあわせなやつ、ということよ」

「何……」

「何だ？」

「むう……」

「文句があるのか!!」

このとき、廊下から通夜の席へ入って来た土屋金之助がその様子を見て、

「通夜にござる。いさかいはおやめ下され」

おだやかにいい、二人の間へ割って入ろうとした、その金之助の頰を、

「うるさい!!」

いきなり弥十郎が、なぐりつけたものである。

「何をなさる」

金之助も、顔色を変えた。

石井弥十郎の乱酒を知らぬではなかったけれども、満座の中のことではあるし、おとなしい性格だけに先刻から、金之助は弥十郎のふるまいを胸の底では腹にすえかねていたのであろう。

にらみ合った二人が、あっという間に、差しぞえの脇差を抜きはなって突立った。

転瞬……。

土屋金之助が、すさまじい絶叫をあげ、戸板でも打ち倒したように転倒した。

夢魔に抱きすくめられたように、満座の人びとが茫然としているうち、弥十郎はす

ばやく消え去っている。

台所にいて奉公人たちを指図していた八千代が、駆けつけたとき、おびただしい流血の中で、土屋金之助はすでに息絶えていた。

弥十郎は、間もなく淀城下から脱走した。

三

八千代は、まだ金之助の子を身ごもってはいない。

必然、土屋家は絶えることになる。

藩庁が、この事件に対してしめした態度は、土屋金之助一族に対して、冷たいといえば冷たかった。

弥十郎にも子がなかったから、石井家も絶えたわけだ。

武家の掟が〔喧嘩両成敗〕なら、この裁決は当然であったといえる。

もしも、八千代に子が生まれていたなら、その子の成長を待ち、夫の敵・石井弥十郎を討ち、武家の〔敵討ち〕の掟を果し、土屋家をたてることが可能であった。

しかし、その子がない。

八千代自身が夫の敵を討ったとしても、それが家名の存続にむすびつかないわけなのである。

武家社会の〔敵討ち〕は、肉親のうらみをはらさせるのと同時に、一種の法律の代行でもあった。

なにぶん、日本が六十余の国々にわかれ、それぞれに領主がいてこれをおさめている封建の時代であるから、殺人犯が他国の領内へ逃げこんでしまえば、藩庁として人数をくり出し、他国へふみこんで行くわけにはまいらない。

そこで、討たれた者の子なり弟なりが、公認の復讐をする資格を得て、犯人をさがしまわることになる。

ところで……。

妻が夫の敵を討とうとする場合は、それぞれの藩の見解によって、ゆるされる場合もあり、ゆるされない場合もある。

八千代の場合は、

「実家が身がらを引きとるべきこと」

であって、敵討ちの許可はあたえていない。

死んだ土屋金之助の母・いさについては、

「親族が身がらを引きとるべし」

と、命じられた。

いさは、実家の吉益家へ引きとられ、八千代は兄の平山甚太郎へ引きとられた。

だが、これで八千代の胸がおさまったわけではなかった。

少女のころ……いや、幼女のころからといってもよい。

(このひとをのみ……)

と、ひたむきにおもいつめ、その願望がかなって幸福な夫婦となった……その夫が、まことに理不尽きわまるかたちで斬殺されてしまったのである。

相手は、らくらくと他国へ逃げた。

こうした場合の、しかも女の身にとって、その情念がどのように凝り、どのように熱するものか、いうまでもあるまい。

現代でも、夫や我が子の轢死に直面したとき、女性が一様におもうことは、その自動車の運転手を、

「憎い、殺してしまいたい」

と、考えることだそうである。

まして十八歳の、純白一途な若妻である八千代であってみれば、

(なんとしても、石井弥十郎を討ちたい)

と、おもいきわめたのも当然であろう。

だれかが出て行って討たねば、他国へ逃げた弥十郎を罰すべき何ものもないのだ。

ことに……。

あの通夜の席における弥十郎の言動をふりかえって見るとき、彼のひとりよがりな自負心と狷介な性格が、平山親娘の拒絶をうけてみにくく屈折し、その逆うらみが、あの夜に激発したと見てよい。

それだけに、八千代はなおさらくやしかったのである。

「わたくし、どうあっても、弥十郎を討ちたく存じます」

その年も暮れようとするころまで、独り耐えていた八千代が、おもいきって、兄の平山甚太郎にいい出た。

兄は瞠目した。

あきれたように妹を見て、

「ばかな……」

舌うちを鳴らした。

「いえ、兄上……わたくしは……」

「討てるとおもうのか、弥十郎を……」

八千代は、兄をにらんだ。

もちろん、女の細腕で討てるわけがない相手である。

だからこそ兄へ、うちあけたのではないか……。

兄の助勢を期待すればこそ、うちあけたのではないか……。

自分ひとりで討てるものなら、すでに旅立っている。だれもたのまずに、だ。いくらも道はひらける」

「よせ。お前は、いつまでも実家におればよいのだ。まだ若いのだし、これからまた、いくらも道はひらける」

二十二歳の甚太郎が老成ぶって、にがにがしくいった。

妹のくやしさはわからぬこともないが、殺された義弟は、甚太郎にとって他人である。これがもし、亡父・佐兵衛が弥十郎に討たれたのだったら、彼も〔敵討ち〕の旅へ出なくてはならなかったろう。そうしなければ、家をつぐこともできぬし、武士としての彼の人生は断絶してしまうからだ。

（だが……なにも妹のために、あの弥十郎を討つなどとは……）

とんでもないことだ、と、甚太郎はおもった。

せっかくに藩庁のさばきがあって、あの事件は解決したのである。いまここで自分が妹の助太刀をねがい出るとすれば、その裁決にさからうことになるし、第一、こちらのねがいがききとどけられるかどうか知れたものではない。

甚太郎は、そのように自分へいいきかせたのだが、決定的な一事は、自分たちがいかにあがいても、絶対に、

（弥十郎は討てぬ）

ことにあったといえよう。

実の兄から、とりつく島もない拒否にあったのでは、ほかのだれをもたのむわけにはいかない。

土屋家の親類たちの中にも、だれひとり、

「よし。金之助のうらみをはらしてやろう」

と、いい出るものはなかった。

親類にひきとられている金之助の母は他人にめいわくをかけまいとし、すべてをあきらめているように見えるが、八千代だけは、

（義母さまのお胸のうちは、きっと、わたくしと同じにちがいない）

確信をもっていた。

八千代がだれにも知らせず、亡き土屋金之助の所持していた脇差・備前勝光の一刀を抱いて、淀城下から姿を消したのは、翌万治三年一月十七日の夜ふけであった。

八千代は十九歳になっている。

四

淀を出た八千代が、まずたよったのは、京都の醒井・五条上ルところに住む表具師の茶屋彦四郎であった。

京の表具師の中では、小さな店を張る彦四郎だが、彼の父親の卯六は、ずっと以前

に八千代の実家の奉公人だったことがあり、卯六が老いて、表具師として一人前になったせがれの彦四郎にひきとられてからも、よくみやげものなどをもって淀へたずねて来てくれたものである。

卯六は、二年前に病死していたが、彦四郎も実直な男で、年に二度ほどは、なにかと贈りものをとどけてくれたりする。

八千代を迎え、彦四郎夫婦もおどろいた。

はじめのうちは、

「なにごとも、おあきらめなされて、淀へお帰りなされませ。私めがついてまいりましょうゆえ……」

彦四郎はけんめいに説きふせようとかかったが、八千代は頑として承知をしない。

とにかく、江戸へ出てみたいというのである。

江戸には、名ある剣客の道場もあるときいているし、つてをもとめて、自分は剣術の修業をしたい。それに、夫の敵・石井弥十郎も、

「江戸にいるような気がしてなりませぬ」

と、八千代はいった。

そうこうしているうちにも、彦四郎宅へ、淀の兄が手をまわして来ることが考えられた。たとえ女の身であるにせよ、八千代は兄にも藩庁へも無とどけの脱走をしたわ

けであった。

淀から京都までは、わずかに三里。

うかうかとしてはいられない。

ついに……。

彦四郎夫婦は、八千代の復讐へかける情熱に押しきられた。

八千代の決心に、先ず賛同したのは、彦四郎女房のきちであったといわれている。

きちは、八千代をまもり、すぐさま大津へ出発をした。

大津には、きちの長兄の伊七が〔海老や〕という旅籠を経営している。

ここへ、八千代をかくし、伊七のはからいによって、八千代を江戸へ送りとどけてもらおうというのだ。

妹・きちの嘆願と、八千代の情熱に、海老や伊七は負けた。

伊七が引きうけてくれたので、きちは京へ帰ったが、留守中、淀から平山甚太郎自身が妹・八千代をさがしにあらわれたことを、表具師・彦四郎が告げた。

彦四郎は、あくまで、

「八千代さまはお見えになりませぬ」

と、いいぬき、甚太郎は仕方なく、淀へ帰ったそうである。

さて……。

海老や伊七は、八千代を自分の姪(めい)ということにし、下男ひとりをつけて、江戸へ送った。

伊七の女房・さとの伯父で庄蔵というものが、江戸の麴町(こうじまち)八丁目で印判師をしている。

そのころの印判師というものは、なかなか格式をおもんじたもので、店の表口には〔御印判師・鳥井近江(おうみ)藤原のなにがし〕などという看板をかかげ、庄蔵老人は白髪白(はく)髯(ぜん)もいかめしい風貌(ふうぼう)で、顧客には大身の武家が多い。

庄蔵老人も、八千代を迎えて、

「淀へ帰られたがよい」

しきりにすすめたが、きくものではない。

「それほどまでに、おもいつめられたか……?」

「はい。このまま淀へ帰りましても、わたくしは、生ける屍(しかばね)もおなじでございます」

「ふうむ……」

「敵を討ち果せませなんだとしても……いえ、敵の刃(やいば)に殪(たお)れましても、そうなればわたくし、泉下の夫のもとへまいれますゆえ、いささかも、こころのこりはありませぬ。実は……夜な夜な、亡(な)き夫の夢を見ます。そのたびに、夫が、わたくしをまねいておりいます。さびしゅうてたまらぬ、早(はよ)う来てくれと、わたくしをよんでいるのでございます」

「ふうむ……」

「おねがいでございます。おちからになって下さいませ」

老人に、こころあたりがないでもない。

武家屋敷へも出入りしている関係で、江戸に道場をかまえている剣客の評判も耳にしている。

現に……。

庄蔵老人が住む麴町八丁目を西へ……四谷(よつや)御門を出てすぐの塩町に、心貫(しんかん)流の剣客として割合に評判がよい海野平馬の道場がある。

海野平馬は六尺ゆたかの巨漢で、三十五、六歳に見えるが独身だそうだ。

一、二度、庄蔵老人のところへ印判をたのみに来たこともあるし、魁偉(かいい)な容貌(ようぼう)にしては温厚な性格らしい。

門人たちを教えるにも、手荒なやりくちではなく、かんでふくめるような親切さがあるとかで、旗本の子弟たちが多く入門している。

熟考したあげく、庄蔵老人は八千代をつれて海野平馬をたずね、いっさいの事情をうちあけてみた。

「ふむ、ふむ……なるほど、ふむ……」

おもおもしくうなずきつつ、半眼に八千代を見まもっていた平馬が、ややあって、

「よろしゅうござる」

たのもしげにうけ合ってくれた。

八千代は、次の日から印判師・庄蔵の家から海野道場へ通いはじめた。

そして……。

さらに一年がすぎた。

八千代の剣術は、いうまでもなく手ほどきからはじめたわけだが、これほどの月日で目ざましい進歩のあるわけがないし、海野平馬の教導も物やわらかく、

「急(せ)かずともよい」

木剣をとる八千代へ、あくまでもやさしく、心貫流の型を教えてくれる。

八千代は、なにか物足らぬ気もちもした。

けれども、三十余の門人たちを相手に稽古(けいこ)をつけている海野平馬の太刀さばきの、いかにもあざやかで、颯爽(さっそう)とした挙止を見ていると、平馬をたのむこころが一層にふかまってくるし、したがって師としての平馬の指導を信頼せざるを得ぬ。

それでも一年の歳月がむだにすぎたわけではない。

若いだけに五体の機能も敏感であったし、庄蔵老人の家へもどると、勝光の脇差(わきざし)をふるい、平馬に教えられた型をくり返してやまない。

やわらかくてなよやかな八千代の筋肉が、いくらかはひきしまってきた。

五

寛文元年……八千代は二十歳となった。

この年の、初夏の或る日の午後……。

海野道場からの帰途、四谷御門前の濠端の道へ出た八千代が呼吸をとめて立ちすくんだ。

すぐ眼の前を、剣客らしい四人の武士にかこまれ、石井弥十郎が通りすぎて行ったからである。

(やはり、江戸に……)

であった。

敵をさがすものの心得として、八千代は笠や頭巾で面をかくすことを忘れてはいない。

五人は八千代の塗り笠のふちを、ほとんどかすめるようにして行きちがい、北へ向う。

八千代が後をつけたのは、いうまでもあるまい。

五人は、外神田の佐久間町に新陰流の道場をかまえている横山五郎右衛門堅忠の屋敷へ入った。

横山堅忠は、江戸でも指折りの剣客である。

道場の近くに屋敷がある藤堂和泉守をはじめ、諸方の大名家へも出入りをしてい、門人およそ二百といわれる。

石井弥十郎が、その横山道場へ入って行くのをつきとめはしたけれども、

（ああ……とても、わたくしには討てぬ）

夕闇の中に立ちつくし、八千代は虚脱してしまっている。

弥十郎は、淀にいたころにくらべて、体躯も顔貌も見ちがえるほどに堂々たるもので、がっしりと大地をふみしめ、四人の武士をしたがえて行く姿は、道行く人びとがふり返って見るほどに勇健そのものだ。

八千代が茫然と、海野平馬の道場へもどって来たのは夜に入ってからである。

「どうした？」

平馬が抱え入れるように八千代を居間へみちびき、やがて小者の五市をよびつけて、

「案ずるな、と、つたえい」

と、印判師・庄蔵の家へ走らせた。

八千代からすべてをきいたとき、海野平馬が、こういった。

「ともあれ、今夜は、しずかにねむるがよい」

道場へ泊れ、というのである。

ここのところが、どうも妙なのだ。

道場へ泊めるほどなら、五市をつけて庄蔵老人のもとへ送りとどけてやってもよいのである。

八千代もまた、ゆだんをしていなかったとはいえぬ。

石井弥十郎の尾行で、八千代はつかれきっていたものらしい。

肉体の疲労のみではない。

(とても討てぬ)

という実感と絶望に、こころが萎(な)えきってしまっていた。

別室に、平馬が寝床をつくってくれたのへ、いささかも疑心を抱かぬまま、八千代は横たわったが、とてもねむられるものではなかった。

と……。

まだ小者がもどらぬうちに、暗い、その部屋へ、海野平馬がぬっと入って来た。

「あ……」

気づいた八千代が半身をおこしたとき、躍りかかった平馬が、おそろしいちからを双腕(もろうで)にこめ、

「ゆるせ」

叫ぶように、いいはなった。

「な、なにをなされます」

「もはや……もはや、がまんがならなくなった、ゆるせ。たのむ、八千代……」

熱した平馬の呼吸が、八千代の顔をおおい、おもい彼の体が押しかぶさってきて、乳房を腰を、脚を、男の四肢がきびしく締めつけ、

「あ……ああ……」

うめき、もがいてみても、八千代の五体はまったく自由をうしなっている。

平馬の手が、八千代の乳房をもみしだきつつ、

「妻に……おれが妻になってくれい、たのむ」

「あ……もう……い、いけませぬ……」

「そのかわり、かならず討つ」

八千代が闇の中で、目をみはった。

「おれが、石井弥十郎を、かならず討ってやる!!」

その声をきいたとき、八千代の抵抗が熄んだ。

女の弱さも強さも、ここにある。

いまも愛しい亡夫のうらみをはらすために必要な他の男へ、わが肉体をあたえるという矛盾が、八千代にとっては矛盾ではなかった。

亡夫への貞節までを平馬へゆだねたわけではない。

八千代が一生をかけた目的は只ひとつ、亡夫を殺した石井弥十郎へ罰を加えることにある。

ゆえに……。

海野平馬が掻き抱き、荒々しい愛撫をくわえた八千代の肉体は、単なる形骸にすぎない。

「討つ。かならず討ってみせる」

何度も、そのことばをささやきつつ、平馬は、八千代のからだをむさぼりつくした。

平馬にしても、はじめから、今夜のことをたくらんでいたわけではない。

八千代に剣術を教える一方では、平馬も弥十郎の所在をさぐっていたし、いざとなれば、この女弟子のために助太刀も買って出るつもりでいた。

同時に、木剣をつかんだときの八千代の、まばゆいばかりの美しさが汗にぬれて生き生きと躍動するそのさまに、平馬は何度も理性をうしないかけてきた。

そうした、彼の男の情念が、

「とうてい、わたくしごときには討てる敵ではございませぬ」

くやしげにくちびるを嚙みしめ、八千代が泣き伏したときに、突如として、ゆれうごいた。

八千代のはなし半ばで、小者を外へ出したのも、卑劣なふるまいというよりは、むしろ、無意識のうちに、彼の本能が命じたものといってよい。

その翌朝……。

海野平馬が居間にいると、八千代があらわれ、烈しい視線を射つけながら、

「昨夜の約定は、まさに？」

と、念を入れてきた。

平馬も悪びれない。

「申すまでもない、安堵せい」

と、こたえた。

この日から、八千代は海野道場へ起居するようになる。

平馬の愛撫は、夜毎に烈しさを加えるばかりとなった。

同時に、彼もうごき出している。

外神田の横山道場に、石井弥十郎が暮しているのは事実であった。

横山堅忠は、いま病床についてい、かなり重態だという。

同流のよしみがあって、去年の暮にたずねて来た弥十郎が、堅忠のかわりに横山道場のたばねをつとめているところを見ると、まさに彼の手練はなまなかのものではない。

海野平馬は、八千代に内密で、ひそかに横山道場へおもむき、石井弥十郎が門人たちへ稽古をつけるありさまを見た。

横山道場にくらべたなら、平馬の道場などはあまりにも規模がちがいすぎる。

見学という名目で稽古を見せてもらっても、あやしまれぬことは当然であった。

（これは……）

と、平馬は青ざめた。

（とても、おれが太刀打ちのかなう相手ではない）

のである。

六

夏が、すぎようとしている。

海野平馬は、石井弥十郎を討つことにふれようともせぬ。

八千代は待ちつづけた。

平馬の毛ぶかい胸肌や手足が、自分のからだへ密着し、耐えがたい苦痛をあたえるたびに、平馬が弥十郎を討ってのち、自害をして亡夫のあとを追うことのみをおもいつづけている。

秋となった。

たまりかねて、八千代が、

「弥十郎を、いつ、討って下されますのか?」

平馬をなじった。

平馬、こたえず。

「それでは、約定がちがいまする」

いいつのる八千代をなぐりつけた平馬が、ものもいわずに八千代を押し倒し、ほとんど暴力的に犯した。

海野平馬のこのごろは、異常である。

石井弥十郎へ対する劣等感と、八千代への恥じるおもいとが混合し、そのどちらも思いどおりにいかぬ苦悩が門人たちとの稽古で爆発する。

以前とちがい、平馬はむしろ、門人たちを荒々しく撃ちすえることによって、苦痛を忘れようとしている。

それに、八千代との同棲（どうせい）生活も門人たちから見ると奇妙なものに映るらしい。いつとはなく、道場へあらわれない門人が多くなった。

そのことがまた、平馬を苦しめる。

その苦しみは、八千代の肉体へ狂暴なちからをあたえることに転化される。

耐えに耐えた八千代であったが……。

この年の十月八日。たまりかねて、海野道場を逃げ、庄蔵老人の家へ走った。

老人に心配をさせまいとして、これまでは苦しみを語らなかった八千代であるが、

「かくなりましては……もはや、江戸にもおられませぬ。かたき弥十郎も討てぬわたくし……いえ、弥十郎へ一太刀もむくいず、返り討ちになるのがくやしゅうございます」

号泣をした。

いかに決死の覚悟で立ち向っても、自分の細腕で、弥十郎を討てぬことはわかりきっている。

むざむざと返り討ちになるよりは、江戸をはなれ、ひそかに淀(よど)へ帰り、亡夫の墓前で自殺しようと八千代は決意したのだが、そこまでは庄蔵老人に洩(も)らしたわけではない。

淀までの旅費をめぐんでもらいたいとおもったのである。

老人は、

「ともあれ、今夜は、ここへ泊りなされ」

八千代をなぐさめた。

海野平馬が乗りこんで来たのは、この日の夕暮れであった。

「おのれ、何で逃げた。すぐさまもどれ!!」

ずかずかと屋内へふみこみ、平馬が八千代をなぐりつけ、引き立てようとした。

「なにをなさる。お帰り下され」

庄蔵老人が割って入り、

「たれか、尾張さまの番所へ……」

と奉公人へ叫んだ。

近くの尾張侯屋敷の番所へすくいをもとめようとしたのである。

奉公人のひとりが走り出て行くのへ、平馬が飛びかかってなぐりつけるや、ぎらりと大刀をぬきはなち、血相を変えて、

「刀にかけてもつれ帰る!!」

と、わめいた。

四人の奉公人たちは腰をぬかして、うごけなくなった。

そこで庄蔵老人が、裏手から駆け出そうとする背後から、

「うぬ!!」

飛びかかった海野平馬が、ぬき打ちに斬った。

老人が悲鳴を発し、土間へころげ落ちた。

八千代が、海野道場を出るときに抱えてきた勝光の脇差を引きぬいたのは、このときである。

彼女は、平馬への怒りに我を忘れていた。

むしろ、石井弥十郎から返り討ちにあうより、憎い平馬に斬り殺されたほうがよいし、そのことを自殺とおもえばよい……瞬間に、八千代は、わが体でそう感じたのであろうか。

彼女は、引きぬいた脇差の柄(つか)を両手につかみ、夢中で突き出した。

「う、うわ、わわ……」

海野平馬が、すさまじいうなり声をあげた。

なんと……。

八千代の脇差が平馬の横腹を突き刺している。

「うぬ……おのれ……」

大刀をふって向き直った平馬の体の重みを、八千代が脇差の柄でささえきれず、刀から手をはなし、よろめいて小廊下へ仰向(あおむ)けに倒れた。

「う、うう……く、くく……」

一歩、二歩と近寄って来た平馬だが、おびただしい流血にそまりながら、それ以上は足がはこべず、大刀を落し、たまりかねたように両ひざをついた。

八千代は壁土のような顔色になり、張りさけんばかりに両眼をみはり、平馬を見すえている。

平馬が、ゆっくりとうつ向けに倒れ伏した。息絶えたのである。

平馬に斬られた庄蔵老人の傷は、いのちにかかわるほどのものではなかった。

夢からさめたように、奉公人たちが老人の介抱にかかり、急を告げるべく戸外へ走り出して行った。さわぎをきいた近所の人びとが、印判師・庄蔵の家へ駆けつけてきたとき、すでに八千代の姿は、勝光の脇差と共に、消えていた。

七

八千代の全身は熱していた。

あたまの中も、火のように燃えきっている。

海野平馬を刺殺したことによって自信を得た、というのでもない。

海野平馬は、八千代にとって夫のかたきでもなければ、父のかたきでもない。

だから八千代は、理由はともあれ、殺人を犯したことになるのだ。

こうなると八千代は、平馬を討つ前の彼女ではなくなっている。

自首をするか……。

または、自殺をとげるか、である。

今度こそ、あたまの中での考えだけで、すむことではないのだ。

ここまで追いつめられてしまうと、男のようにあれこれとおもい惑うことがないのが女である。

思案より先に、体がうごいて行く。

女の体に衝きあげてくるものが、彼女自身をうごかしてゆく。

八千代は、いつ、塩町の海野道場へもどったのか、それもおぼえていなかった。

雨がふり出していた。

晩秋というよりも、冬のように冷たい雨であった。

時刻も、わからない。

海野道場で、小者の五市がつかう菅笠と簑を身につけ、八千代は、またも戸外へ出た。

つよくなりだした雨の中へ出て行く八千代へ、五市が、

「先生とお出会いになりませぬでしたか？」

という問いに、なんとこたえたのか、それもおぼえてはいない。

笠と簑にくるまれた八千代が、外神田の横山道場の前へあらわれたとき、まだ夜に入ってはいなかった。

「使いのものにござりますが、御当家に、石井弥十郎さまはおいでになりましょうか？」

八千代は、すらすらといった。

玄関口へ出て来た門人が、うたがいもせずに、

「石井先生は御不在でござる」

「どちらへ、お出かけでござりましょうや?」

「本日は、近くの藤堂和泉守(いずみのかみ)さま御屋敷へまねかれ、つい先ほど、お出かけなされた」

「さようでござりましたか……」

「御伝言などござれば、うけたまわりましょう」

「いえ……急ぎの用ではござりませせぬゆえ、明日また、主……主人のつかいに参上いたしまする」

「御主人とは?」

「は……近江(おうみ)……近江庄蔵と申しまする。さよう、石井さまへおつたえ下されば、おわかりになりまする」

一礼して八千代は横山道場を飛び出した。

うす墨をながしたような町すじには、人影もなかった。

たたきつけるような冷雨の中を、八千代は佐久間町裏へまわった。

和泉橋からの大通りをへだてて、向い側に、藤堂和泉守の宏大(こうだい)な屋敷がのぞまれる。

この日……。

藤堂和泉守は、江戸在住の名だたる剣客数名を屋敷の宴にまねいた。

横山堅忠も、この中にふくまれていたわけであるが、病中ゆえ、

「もとは、淀藩士なれど、近年は諸国をまわりいて、その見聞もおもしろきかと存じられますゆえ……」

と、自分のかわりに石井弥十郎をさしむけたものである。

弥十郎は、土屋金之助を斬殺し、淀城下を脱走してから、

(しまった……)

と、おもった。

つまるところは、八千代をおもいつめた結果から、ああいうことにもなったのであろうが、考えてみればみるほど、

(ばかばかしいことをしたものだ……)

であった。

ともかく俸給とりの武士の人生を、われから捨ててしまったことになる。そうなれば行先、得意の剣術をもって身をたてねばなるまい。

弥十郎は、身をつつしんだ。

同流のつてを得て、江戸へあらわれ、横山堅忠の世話をうけるようになったのも、剣客としての彼の評判がわるいものではなかったからだといえよう。

この足かけ三年の間、石井弥十郎は、土屋金之助の妻・八千代が自分を討とうとしていることなど、おもってもみなかった。

淀にいる親類が、八千代の行方不明をつたえてきたときも、

（ああした事件があったので、国もとにもいられなくなったのだろう）

ほどにしか、おもっていない。

よしまた、だれが〔敵討ち〕にあらわれようとも、返り討ちにする自信はじゅうぶんにある弥十郎であった。

ちなみにいうと……。

〔敵もち〕が〔敵討ち〕を反対に討つ〔返り討ち〕も、武士社会の上では、むしろ立派なものとされる。

それは、逃げかくれもせずに返り討ったことによって、当人の以前の殺人を正しいと見るからである。しかるべき主張があっての、やむにやまれぬ争闘の結果として見るからだ。

ところで……。

八千代は、藤堂屋敷正門前の空地へ、身をかがめ、かなりの時間をすごした。

両がわは旗本屋敷であったが、空地は五百坪ほどもあろうか……。

一時、雨足が絶えると、その空地のどこかで、まだ生きのこっていた虫の声がひと

つ、か細げにきこえはじめた。

五ツ半（午後九時）ごろであったろうか。また、雨がたたいてきた。

藤堂屋敷の正門が開き、招待された剣客たちが通りへあらわれたのは、このときである。

中には、迎えの駕籠に乗り、門人の供を数名したがえて立去るはでやかな剣客もいた。

石井弥十郎が、横山堅忠の高弟・安藤勘右衛門ほか一名と共にあらわれたのが最後であった。

ほか一名というのは、女流剣士である。

名を佐々木留伊といい、父の武太夫は土井大炊頭利重（古河十万石）の武芸指南役をつとめ、一刀流の剣術、神道流の馬術、関口流の柔術をきわめた達人であったが、先年、病歿している。

子は、むすめの留伊ひとり。

それで、佐々木家も一応は絶えたことになっているが、旧主の土井利重は、

「留伊が聟をとれば、いつにても佐々木の家をたてさせてやる」

こういっている。

佐々木留伊はいま、浅草・聖天町に、ささやかながら道場をかまえ、父ゆずりの一

刀流をもって江戸でも知られた女剣客となっていた。

二十二歳の留伊は、髪を若衆まげにゆい、うすむらさきの小袖に黒縮緬の羽織、袴へ、細身の大小を帯すという男装である。

石井弥十郎と安藤勘右衛門を迎えに来た横山道場の門人が四名、三人をかこむようにして門前へ出て来た。

「この雨じゃ。われら方へお泊りなされ。横山先生もおよろこびでござろう」

留伊とは顔見知りの安藤勘右衛門がすすめたので、

「なれば、久しぶりに横山先生をお見舞させていただきましょうか」

佐々木留伊がこうこたえ、一行七名が傘をつらね、雨の幕を割って通りへ歩み出した、そのときであった。

笠をかぶり簑をまとい、裾をからげた素足の八千代が泥濘の中を走り寄って、

「亡き夫、土屋金之助のかたき、おもい知ったか!!」

叫びざま、簑の内がわに、抜身のままかくし持っていた備前勝光一尺七寸余の脇差を、わが体ごと、石井弥十郎へ打ちつけたものだ。

弥十郎も、まさかとおもっていた。

ほかの六名も、雨の中を急ぐ、どこかの町家の女ぐらいにしか見てはいなかったという。

「あっ……」

さすがに、身をよじってかわしたが、かわしきれず、八千代の脇差の切先が弥十郎の右脇腹を切り裂いた。

「おのれ!!」

いま流行の紅葉傘(もみじがさ)を投げすて、あわてて抜き合せた弥十郎へ、八千代が振りむきざま、

「やあ……」

気合声を発して、またも突きこむ。

「くせもの!!」

「斬(き)れ!!」

横山道場の者たちが抜刀する前へ、佐々木留伊が立ちふさがり、

「女のかたき討ちらしい。助太刀は無用じゃ!!」

りんりんといいはなった。

そのとき、八千代は弥十郎の一刀を左肩にうけつつ、抱きつくように敵の腹へもたれこみ、脇差を突きこんだ。

石井弥十郎の絶叫があがった。

八千代は弥十郎と共に倒れた。

そして、気をうしなった。

石井弥十郎を討ち果した八千代は、その後、女剣客・佐々木留伊の世話をうけたようである。

よくも、あの強敵を討てたものだが、弥十郎のゆだんはさておき、当夜の状況が何から何まで八千代へ有利にはたらいたといってよい。

はげしい雨を傘によけて、道へ歩み出たばかりの弥十郎は、まったく、八千代の襲撃にそなえることができなかった。

留伊も後に、

「私があのとき、八千代どのに斬りかけられたとしても、討たれたにちがいない」

と、のべている。

この事件は、佐々木留伊の奔走により、ときの北町奉行・村越吉勝が情状酌量の裁決を下し、海野平馬殺害（せつがい）の一件に対しては、佐々木留伊に〔身がらをあずける〕の判決があった。

こうなると、みごとに亡夫のかたきを討った八千代に対して、淀藩でも、

「ぜひに引き取りたい」

などと、手の裏を返したような申し出があったけれども、八千代はこれをうけつけ

なかった。
翌寛文二年の秋に、佐々木留伊が、小杉九十郎を聟とし、佐々木家をたてたとき、八千代はこれにしたがい、四十九歳の生涯を終えるまで、九十郎・留伊夫婦につかえた。

（「小説新潮」昭和四十四年七月号）

三河屋お長

一

その年は、夏がいつまでも逃げて行かなかった。

葉月（陰暦八月）を半ばすぎたというのに一滴の雨もなく、それでいて毎日がどんよりと曇った、その灰色の雲のすき間からの陽ざしが苛々するほどにむし暑く、

「ほんに気ちがい陽気だねえ」

「こんなときには、きっと大地震か大火事があるものだよ」

などと、江戸の町の人びとは語り合っていたようである。

お長が、弥市と一年ぶりに出会ったのも、こうした日の午後であった。

その日。

お長は、池ノ端・仲町の〔丁字屋〕へ、白粉や髪あぶらを買いに出かけたのである。

外神田の花房町にある足袋問屋〔三河屋治兵衛〕のひとりむすめに生まれたお長だから、化粧品の買物なぞは女中を使いに出すのが常であったけれども、

「うちにいても、こう暑くてはやりきれない。私もいっしょに……」

そういい出して、お長は女中のおさいをつれ、御成道をまっすぐに上野へ向った。

折しも丁字屋では〔天虹紅〕という新製品を売り出したところで、まっ先にそれを

買ったお長は、浮き浮きとなり、

「あれも、これも……」

と、そこは十九歳の、しかもあと一月後には人の妻となる身でもあり、さらに、三河屋の養子となり彼女の夫となるべき彦太郎が、

「女ごろし」

などとよばれているほどの美男だし、それでいて身もちは堅く、商才にも長けているという……養子に迎えるには願ってもない相手だけに、父親の治兵衛はもちろんのこと、お長までも、一年前の、あの弥市とのいまわしい出来事をまったく忘れかけていたのである。

彦太郎は、三河屋と同業の足袋屋で横山町一丁目の〔丸屋藤助〕の三男だ。

「女ごろし」などとよばれるのも、界隈の浮わついた女たちが勝手にさわぎたてるだけのことで、彦太郎は二十三歳のいままで、みっちりと父や兄に商売を仕こまれ、

「どうもね、彦太郎を他家へやるのは気がすすみませんよ」

と、父親の藤助が浮かぬ顔つきになっているらしい。

ところで……。

化粧品を買いととのえてのち、

「不忍池へでも、まわってみようかしら……」

と、お長が女中にいった。

「あ、それがようございます。あそこなら、いくらか涼風もたっておりましょう」

「ええ、だから……」

「さ、まいりましょう」

おさいは中年の女中で、もう二十年も三河屋へ奉公をしてい、お長が生まれたときからそばにつきそっていたのだが、一昨年の暮から去年にかけ、故郷の相州・平塚の在へ帰っていた。老母の死病を看とるためだったのだが、その間に、あの事件が起ったのだ。

（あたしがおそばにいれば、お嬢さんへ、弥市の指一本、さわらせやしなかったのに……）

それを思うと、おさいはくやしい。

お長の母親は五年ほど前に病死をしていたから、おさいも〔母親がわり〕のつもりで奉公をしていたのである。

だが、うまく今度の縁談がまとまり、日ごとにお長が元気をとりもどしてきているのがおさいにはうれしかった。

どちらかといえば平凡な顔だちで、小柄なお長を、

「今度の御養子さんは、もったいないね」

「身代が大きいと、ああいう養子をもらえるということさ」

などと、同業者の足袋屋が、こっそりとうわさし合っていた。

その、お長を〔傷もの〕にした足袋職人の弥市が、不忍池畔の忍川新土手の方向から、仲町の通りへあらわれたのを見つけたのは、お長であった。

そのとき、お長は丁字屋の店の外へ出たところで、おさいはまだ店の中にい、番頭へ買物の勘定をはらっていたのである。

はらって、おさいが外へ出たとき、

「あれ……?」

お長の姿が、どこにも見えなかった。

「どこへ、おいでなすったんだろう?」

つぶやいて、うろうろとあたりをさがしまわったが、ついに見えない。

そのころ、お長は、無我夢中で弥市の後をつけていたのだ。

弥市が自分の前を通りすぎざま、

(あ……)

と、気づいて、そのとたんにお長を見やった目つきが、実にどうも、お長にとってはたまらないものだったのである。

弥市はあれだけ、お長をもてあそんでおいて、

「ああ、つまらねえ」

と、いった。

「まるで、不作の生大根（なまだいこ）をかじっているようだ」

と、ほざいた。

そして、あっさりと、お長を捨てた。

そのときから一年ぶりで、偶然にお長の前を通りすぎ、それと気づいたときの弥市の眼の色に、お長は逆上した。

「不作の生大根め」

と、あきらかに彼の眼はいっていた。

一年前に、このことばを叩（たた）きつけられたとき、茫然（ぼうぜん）としているのみであったお長も、男が二度とあらわれなくなってから、そのことばがもつするどい屈辱をどうにか忘れかけるまで、一年もかかったのだ。

それがいま、男の声ではなく眼によって、またも自分へたたきつけられたのである。

丁字屋の少し先の閑清堂（かんせいどう）という文房具屋の角を右へ切れこんだ弥市の後を、われにもなく、お長は追っていた。

切れこんで、すぐにまた弥市は左へまがった。

お長もつづいた。

そのすぐあとで、おさいが、

「お嬢さん……」

よびたてながら閑清堂の曲り角へあらわれ、四方を見まわしたのだが、小路をまがりきっていたお長を見のがしてしまった。

お長は、弥市の後をつけていた。

全身の血が煮えたぎるようなおもいなのに、背すじがつめたかった。

あたまの中に熱い血のかたまりがゆれうごき、下半身が燃えあがるほどなのに、汗はひいている。

弥市は、かなり酒をのんでいるらしい。

ゆっくりと、ふらりふらりと歩いて行く。

一度も、うしろをふり向いて見ない。

「不作の生大根!!」

その弥市の声が、お長のあたまの中で鳴りひびいている。

いまのお長は、彦太郎のことも、父親のことも、何も彼も忘れきってしまっていた。

「不作の生大根」

の声を追っているのみなのである。

弥市は、上野・山下の盛り場をぬけ、常楽院門前の茶店で、水をのんだ。

それからまた歩き出した。

五条天神の裏を車坂口へ、さらに坂本へ出た。

その坂本三丁目の裏道、寺にかこまれた百姓地の中に小さな家があり、ここへ、弥市は入って行った。この畑地は、正洞院(しょうどういん)ほか三つの寺の所有地で、寺が入谷(いりや)村の百姓をやとって作物をつくらせていたのが、このごろは寺の坊主(ぼうず)たちが畑仕事をするようになり、百姓がいた家が空いた、そのあとを弥市が借りたのである。

正洞院の門前に立ち、お長は、弥市が畑の中の家へ入って行くのを凝(じっ)と見ていた。

ときに、七ツ(午後四時)ごろであったろうか……。

人気(ひとけ)もなかった。

畑道のあたりに、赤蜻蛉(あかとんぼ)の群がさらさらと流れている。

弥市は家へ入ると、ひしゃくで何杯も水をのみ、のめりこむように倒れたまま、ねむりこんでしまった。

お長が正洞院門前から歩み出して、弥市の家へ入るのを見たものは、だれもいなかった。

二

お長が、三河屋へ帰ってきたのは夕暮れになってからである。

「あっ……」

と、おもてに立っていた手代の一人が叫び声をあげ、

「お帰りになりました、お帰りに……」

店の中に駆けこんで行った。

女中おさいが、

「お嬢さまを見うしなってしまいまして……」

まっ青になって駆けもどってから半刻(はんとき)(一時間)ほどを経ている。

いったい、どうしたことだろう……と、主人の治兵衛も、むすめが婚礼をひかえているだけに気が気ではなく、店の者を八方へ走らせ、こころあたりをさがしまわっていたところであった。

「お前はまあ、いったい、どこへ行っていなすった？」

お長を抱きしめるようにして治兵衛が、

「おどろくじゃあないかね……」

「ちょいと、あの……」

お長が面(おもて)を伏せて、

「おさいが、なかなか出てこないもので……ですから、ちょいと、忍川(しのぶがわ)の新土手のほうへ行って、ふりむいて見ると、まだこないので……」

たどたどしく語るうちに、彼女の、青白かった顔へ見る見る血がのぼってき、それにしたがい、声もしっかりと落ちついてきた。

こうなると、男とちがって女という生きものは、嘘(うそ)が嘘でなくなってしまう。女の嘘は女の生理と一つものなのだ。嘘を本気でついているうち、肉体の機能が、むしろ、ととのえられてゆくのである。

「それで、また仲町の、あの丁字屋の前へもどって来ましたら、おさいが見えないものですから、ずいぶん、あたりをさがしまわっているうち、もう、くたびれてしまって……それからあの、一人で不忍池のまわりを歩いて、それから帰って来ました」

なんと、にっこりとしたものだ。

しばらくして、おさいが外からもどって来たのへ、

「おさい、ごめんなさい」

素直に、お長がわびると、おさいは、

「よかった、よかった……ああ、もう、ほんとうに……」

お長の腰のあたりへしがみつき、うれし泣きに泣いた。

これで、さわぎが落ちついた。

それから、四日目の朝であったが……。

坂本三丁目裏の正洞院の小坊主が二人、畑仕事で百姓地へ入って行き、弥市の家の

傍を通ると、異様な臭気がただよっている。

只のにおいではない。

そこは、寺のものである。

「死人のにおいじゃないか……？」

というので、すぐに寺へ知らせた。

土地の御用聞きがやって来て、戸を開けて見ると、まさに死んでいる。

弥市が、腐爛死体となっている。

弥市のくびに、彼のものらしい手ぬぐいが、からみついていた。

「しめ殺されたのだな」

御用聞きが、いった。

役人が出張って来て検屍がおこなわれたけれども、数日前に絞殺されたということのほかには何もわからない。

現代から二百年ほど前のそのころには、犯人の指紋をとる方法もなければ、正確な死亡日時を科学的に割り出すこともできなかった。

弥市の家の周辺に、聞きこみがおこなわれた。

しかし、得るところはない。

「弥市というのは、腕のいい足袋職人だったそうでございますが、どうも身性が悪くって、あの小屋の中へも妙な女を引きずりこんじゃあふざけちらかすというので……へい、まわりの寺でも、近いうちに出て行ってもらおう、なぞと相談し合っていたらしいので……」

御用聞きが、町奉行所の同心へ報告した。

「ふうん。そんなやつだったのか」

「へい、へい」

「女に殺られた、かな……？」

「さあて……ああもひとおもいに、女の手でしめ殺せるものじゃあねえと、おもいますが……」

「そうとも、いえねえぜ」

「旦那。それに弥市の野郎は大へんな博打好きで、ちょいと骨っぽいごろつきどもが、ちょいちょいあの小屋へ出入りをしていたといいます。へえ、もう、かんじんの足袋のほうも、このごろは手にかけねえとかで、毎日毎日、どこかをほっつき歩いていたようでございますよ」

「ふうん」

同心がうなずき、

「悪い野郎が死んだのだ。それならもう、かまうことはねえ」

と、いった。

これで弥市殺し一件は〔ほうり捨て〕のかたちとなったのである。

当時、新聞もテレビもない。

弥市殺しのことが、三河屋のものたちの耳へ入ったのは、その年も暮れようとするころで、それも〔腕のいい職人〕として、江戸の足袋屋の多くが弥市のことを知っていたから、三河屋へもきこえたのであろう。

すでに、三河屋へは彦太郎が養子に入り、お長と新婚の日々を送っていた。

「殺されたとさ、弥市が……」

「いつ……?」

「この夏だとさ」

別の一人が、

「いえ、春先だというよ」

「どっちにしても、いいきびですねえ」

「叱っ……声が大きいよ、伊之どん」

「へい」

「いいかい、みんな……」

と、三河屋の番頭が、

「このことは決して口にしてはいけませんよ。わかっているね、いいね!!」

きびしく、店の者へ念を押した。

だからといって、弥市の死と主家のむすめのお長とを、彼らはむすびつけて考えていたのではない。

弥市がお嬢さんを〔おもちゃ〕にしたことだけを知っている。

あのころ……。

夜ふけに裏木戸から庭へ入り、そこからお長の寝間へ、弥市は忍びこんで来たのだ。

当時、弥市は自分のこしらえた足袋を、三河屋へおさめていたのである。

当時、女中のおさいは故郷へ帰ってい、かわりに若い女中のおひさがお長についていた。

弥市は、このおひさを金で籠絡し、お長を外へ連れ出させて、うまくもちかけ、たくみに接近したのだ。

去年の夏の或る夜。三河屋の親類すじにあたる元飯田町・中坂の足袋屋〔みょうがや儀八〕方のむすめでお信というのが病死した。お信とお長はいとこ同士になる。

知らせが三河屋へとどき、主人の治兵衛が、急いでむすめの寝間へ駆けつけ、

「お長や。中坂のお信が亡くなったよ」

声をかけつつ障子を開けると、足袋職人の弥市が、なんと可愛いむすめと一つ寝床

に入っているではないか。

大さわぎになったのは、いうまでもあるまい。

そのとき、追い出された弥市が、数日してあらわれ、治兵衛と会って、

「むすめが傷ものになったことを世間にいいふらしてもらいたくなかったら、五十両で、この口へふたをいたしますがね」

ゆすりにかけたものだ。

治兵衛は、五十両をわたした。

お長が、その夜、三河屋からぬけ出し、住吉町・裏河岸の長屋に住んでいた弥市のところへ逃げた。

「お帰んなせえ、お長さん」

そのとき弥市はせせら笑い、

「不作の生大根なんぞに、もう用はねえや」

と、いったのである。

三

お長が、彦太郎と夫婦になって、二年の歳月を経た。

子が生まれた。

男の子である。

名を〔寿太郎〕とつけた。

つけたのは三河屋治兵衛である。

彦太郎は、見込みどおりの養子であった。

三河屋へ来て二年後のいまは、養父・治兵衛にかわって、りっぱに店を切りまわしている。

商才に長けてもいるし、腕のよい職人をあつめるためには金を惜しまない。

治兵衛は先代からの大きなのれんに安住していて、あまり職人へは神経をつかわぬところがあった。

「彦太郎。すこし、職人の手間をはずみすぎるのじゃないかね?」

と、治兵衛が養子に、

「あまり、職人たちをあまやかしても、どうかとおもうが……」

すると彦太郎が、

「いえ、新しいお得意が職人についてまいりますから、つまりは得になります」

と、こたえた。

四年もたつと、そのとおりになった。

また、女の子が生まれた。

名を〔おしの〕とつけた。

名をつけたのは、彦太郎である。

寿太郎とおしの、二人の子を彦太郎はむやみに可愛がった。

だが……。

お長は、ものたりなかった。

あの、足袋職人の弥市の愛撫にくらべると、彦太郎のそれは、まるで、あっけもなくて〔ままごと〕をしているようなものであった。

お長は、弥市の腕に何度抱かれたろう……。

いまになって、ふっと、そのことをおもう。

彦太郎に抱かれていて、おもうのである。

四年前のあのとき……。

坂本裏の小屋へ、そっと忍び入って、酔いつぶれていた弥市のくびへ、そばに落ちていた手ぬぐいを巻きつけたときには、弥市への憎悪に全身が燃えたぎっていて、すこしもおそろしくなかった。

(あ、あんなことを、私のからだにしておきながら……よくも、よくも……)

であった。

(よくも、不作の生大根なぞと、あんな、悪態を……)

その怒りは、父親から五十両という金を弥市がゆすり取っていただけに、

（金ほしさに……私のからだに、あんなことをしたのだ……）

層倍に怒りがつのったものだ。

四年たったいま、その怒りは消えている。

あのとき、手ぬぐいを男の、のどぼとけのあたりへ巻きつけ、両腕を張ってぐいとしめあげたら、あっけもなく、弥市は死んでしまった。お長は自分の腕力に瞠目したものである。

弥市が死んだとき、お長の憎悪は消えた、といってよい。

そのかわり、年ごとに、弥市が自分の体へ加えた愛撫がまざまざと想い出されてくるのだ。

弥市のくちびると舌の感触は、お長の足ゆびにまでおよんでいる。

それに、毛ぶかくて骨張った体のおそろしいちからと、あの、突出したたくましい喉ぼとけ……濃い男の体臭……。

弥市のそうしたものに、お長はひきつけられた。

はじめて、若い女中に手びきされ、浅草・本願寺門前の甘酒やで出会ったときからである。

弥市の愛撫はやさしくて、力強くて、執拗であった。

夫の彦太郎のそれは、弥市にくらべたら、

（ままごとのような……）

なのである。

四年たったいまでは、尚更に淡泊なものとなってしまい、商売に打ちこむのはよいが、夜になると、

「疲れた、疲れた……」

が、口ぐせになってきている。

色の浅ぐろい、瘦せぎすの骨張っていた弥市とはちがい、彦太郎はふっくらとした体つきで、抱かれると、つきたての餅にくるまれているようで、その夫の肌の感触はわるくもないのだが、抱かれたかと思うと、もう夫の体が、自分からはなれているのだ。

弥市のときのような、自分の神経と肉体が二つに切りはなされてしまうほどの烈しくてするどい……あの、筆にも口にもつくせぬ感覚をおぼえたことなど、ただの一度もない。

（ほんとうに……）

と、いまさらにお長はおもう。

（やっぱり……）

と、哀しくなる。

(やっぱり、私は、弥市にいわれたような、体なのだろうか……?)

不作の生大根なのだろうか……と、おもうのであった。

弥市によって体験した感覚は、激烈なものにはちがいなかったけれども、それが〔女のよろこび〕にまでは至っていなかったお長なのである。

弥市に抱かれたのは十度をこえていない。

「私は、いい女房なのでしょうか?」

と、いつだったか彦太郎に問うたことがある。

「ばかだね」

夫は、こだわりもなく笑った。

初夜のときも、彦太郎は体中にあぶら汗をかきかき、

「はじめて、だから……」

と、あえぎつつ、

「私は、はじめてだから……」

夢中でふるまった。

無意識のうちに、お長は、うけいれやすい仕ぐさをしたのだが、それにも夫は気づかなかったほどなのである。

この夫婦に足かけ五年の歳月がながれた。

三河屋治兵衛が病死した。

彦太郎が四代目の治兵衛となり、三河屋の当主となった。ときに二十七歳。

お長は二十三歳。

長男・寿太郎四歳。

長女・おしの二歳である。

女中のおさいは四十二歳で、いまはお長の子どもたちへつききりとなっていた。

四

彦太郎こと四代目・三河屋治兵衛が急死したのは、寛政二年も暮れようとする或る夜のことであった。

治兵衛は三十をこえたばかりであったが、色白のでっぷりとした体つきになってい、大店の主人としての貫禄もじゅうぶんといったところで、十歳は上に見えたという。

店は、いよいよ繁昌するばかりであったし、また治兵衛も多忙な明け暮れにみずからの身を、もみこむようにしてはたらきつづけてきたものである。

よほどに商売が好きな男だったのであろう。

酒も煙草もやらない。

なんの道楽もなく、決してぜいたくなものを口に入れようとはしなかった。

それでいて、そうした自分を他人へ押しつけようとするのではない。

お長なぞは、

「ええ、もう……まるで夫婦なのだかなんなのか……おなじ家にいて、しみじみといっしょに、御飯をいただいたこともありませんもの」

と、親類たちへ語っている。

子供たちや、おさいをつれて、お長はよく遊山に出かけたけれども、そうしたときには治兵衛、決していやな顔をせず、

「ああ、行っておいで」

きげんよく送り出してくれた。

また、奉公人たちへも自分を押しつけず、よくめんどうを見てやるものだから、この主人の精勤ぶりに、奉公人がよろこんでついて行く。これでは店がおとろえるわけがない。

(なんという、つまらない男なのだろう……)

お長は、十年もそうおもいつづけて暮してきたのだ。

死ぬ前の二年ほどは、めったにお長の肌へもふれることがなく、そのことをおもうと、ついつい、

「不作の生大根」

あのことばをおもいうかべずにはいられない。

たった一度、お長は浮気をしたことがある。

そっと、役者買いをしたのである。

金でもって男を買うのであるから、向うは気味がわるいほどにお長のどこもかしこもほめそやしてくれ、懸命に立ちまわってくれたものだが、すこしも、お長は燃えあがらず、

(ほんとうにもう、私は不作の……)

味気もなくなり、役者の細い腕から逃げるようにして、帰って来た。

それがきっかけとなったかのように、お長はむしろ、夫の治兵衛が兄か父親のようにおもえてきて、夜ふけまで、店から奥へ帳面をはこんで来てはしらべている治兵衛へ、茶をはこんで行ったり、これだけは夫が大好物のかき餅を焼いたりして、

「お前さんも、このごろは変ったねえ」

治兵衛が、おどろいたり、よろこんだりしたものである。

なんというか……。

三河屋という大身代をまもる同志のような親密さが、この夫婦の間にただよいはじめ、そこに二人の新しい出発が芽生えたかと見えた矢先に、治兵衛が急死をしたので

ある。〔女ごろし〕などとよばれた若いころから、治兵衛は顔も体も肉づきがよかった。

それが、ここ数年の間にむくむくと肥り出し、

「旦那は、ろくなものをあがらないのに、どうしてああ肥りなさるのかねえ」

お長がおさいへ、苦笑をもらしたことが何度もあった。

「それはもう、旦那さまはしんから御丈夫の証拠でございますよ」

と、おさいがこたえ、お長もそうおもっていたのだ。

また、治兵衛とて、これまでに一度も寝こんだことはないし、病気をうったえたこともない。

それが、急に倒れた。

その日も、年の暮のことで、治兵衛は朝から出入り先の紀州侯藩邸や、大名屋敷をまわり、夕暮れに帰って来てからは、帳場へつめっきりで食事もとらず、四ツ（午後十時）ごろに奥へもどって来て、

「ああ、つかれた……」

めずらしく、炬燵へもぐりこむようにして、いつもの口ぐせとはまったくちがう口調で、げっそりと弱音をあげたものだから、

「ですから、御飯をあがるようにと、あれほど、おさいを迎えにやりましたのに

……」

お長が熱い茶をいれて、

「なにをあがりますか？」

「なんでもいい」

「それなら、小豆粥でも……」

「あ、いいねえ、そうしておくれ」

治兵衛が炬燵へ伏せていた顔をあげ、うれしげにいった。

かき餅と共に小豆粥は治兵衛の大好物で、真夏でも、これを食べる。きちんとすわり、着物のえりもともくずさず熱い粥をいかにもうまそうにすすりこむのである。

「そのつもりで、仕度をしておきました」

「そうかい、そうかい」

治兵衛がもみ手をしながら、炬燵から出て、

「じゃ、ちょいと……」

小用に立つつもりで、廊下へ出て行った。

お長は、夜ふけのことだし女中たちの手を借りず、自分で粥をこしらえるつもりで、廊下とは反対がわの障子を開けた、その瞬間であった。

どーん……。

と、すさまじい音が廊下の向うできこえた。

（なんだろう……？）

立ちどまったお長へ、

「な、なんでございます、あの音は……？」

小廊下の向うの子供たちがねむっている部屋から、おさいが飛び出して来た。

女ふたり、顔色を変えて廊下へ出て見ると、

「あれっ……」

おさいが、たまぎるような声を発した。

廊下の向うに、治兵衛の大きな体がうつ伏せに倒れている。

「旦那……」

「どうなさいました……」

駆け寄って抱きおこすのが、女二人の手にあまった。

「だれか、だれか来て……」

おさいが叫んだ。

治兵衛は胸を押え、苦悶（くもん）のうめきをもらしつつ、お長を見て、こういった。

「私が、いなくとも……当分は、だいじょうぶ……」

それが最後であった。

お長の腕の中で息絶えている治兵衛の白い、ふっくらとした喉もとには、ほとんど〔のどぼとけ〕のかたちが見られなかった。

治兵衛の心臓は、ひどく悪くなっていたものらしい。

そのことに、お長も店の者も、だれ一人として気がつかなかったのである。

五

四代目・三河屋治兵衛が亡くなってから二十年がすぎた。

お長は、四十八歳である。

老女中のおさいが三河屋で病死してから八年目であった。

その日。

お長は、手代の留吉と女中二人に孫たちを抱かせ、駕籠をやとって、雑司ケ谷の鬼子母神へ参詣に出かけた。

三日ほど前から、急に涼風がたち、江戸の空も高く澄みわたって、

「夏の中は一度もおまいりをしなかったから……」

と、お長は朝のうちから、いそいそと身仕度をととのえた。

鬼子母神は、求児・安産・幼児保育の守護神だとかで、夫の治兵衛の死後に、お長が、まだ小さかった二人の子の成長へのぞみをかけ、合わせて三河屋の世帯をまもり

ぬく決意をかためたときから、鬼子母神を厚く信仰するようになったのである。

その子たちも……。

長男・寿太郎は三十に近くなり、妻を迎えて二人の子もちになっている。両方ともに男の子であった。

むすめのおしのは、大伝馬町二丁目の紙問屋〔伊達屋〕の後とり源太郎の妻となって三人の子を生んでいた。

いま、お長が鬼子母神へつれてきた孫は、寿太郎の子で、上の子には亡夫の前名〔彦太郎〕を名のらせ、下の子は〔宗次郎〕という。

雑司ケ谷の鬼子母神は、当時、江戸市中の西郊にあたり、豊島郡・野方領であった。

それはもう、まったくの田園風景の中に、杉、松、槙、銀杏などの古木が境内にそびえ立ち、門前にはわら屋根の茶屋、茶店がならんで、名物の芒の穂でつくったみみずくの玩具や、水飴、芋田楽、焼だんごなどを売っているものだから、お長の孫たちはここへ来るのをたのしみにしている。

参詣をすましたお長は、境内にある〔あやめ屋〕という茶店へ入り、奥の小座敷で、昼の食事をした。

「この間まで暑かったのが、まるで夢のようだねえ」

と、お長が手代や女中たちにいった。

寿太郎が五代目の三河屋治兵衛となったのは一昨年の春のことで、それまではお長が采配をふって店をもりたててきただけに、めっきりと白髪もふえている。

二十年前のあの夜。亡夫が息をひきとる前に、

「私がいなくとも、当分は大丈夫だ」

と、いい遺したが、実にそのとおりであって、番頭をはじめ二十何人もいる奉公人が一糸みだれずにお長を助け、三河屋の商売は小ゆるぎもしなかった。

いまさらながらに、お長は亡夫のなしとげたことへ、目をみはらずにはいられなかったものだ。

ふと、気がつくと、店先で何やらさわぎが起っていた。

老婆の無銭飲食であった。

よれよれの単衣を着た六十がらみの汚ない老婆が、酒を一本のみ、芋田楽を一皿食べ、店の者の隙をうかがって逃げかけたのを茶店の者が捕えたのである。

老婆は、酒で赤くなったしわだらけの顔に泪をうかべ、ぺこぺことあたまを下げては、

「かんべんしてくんなんしょう……」

と、くり返すのみである。

「なにをいってやがる。このくそ婆め。いけずうずうしいにも程がある」

茶店の男が息まくのへ、

「ま、ちょいと……待って下さいよ」

お長が出て行って、

「このひとのお代は私がはらわせてもらいましょうよ」

と、いった。

「さ、お前さんたちは、すこし腹ごなしに遊んでおいで」

お長は孫たちと、手代、女中を茶店の外へ出しておいてから、その老婆を座敷へ入れてやった。

「お婆さん、もう一つ、おのみなさるかえ?」

「ありがとうごぜえます。申しわけもござんせんで……」

「かまやしませんよ」

酒を一本、とってやった。

老婆は、うまそうに、うれしげに盃を口へはこんだ。

「お婆さんは、どこに暮していなさる?」

「どこにでも……」

「え……?」

「い、い、ねぐらもござんせんで……」

「あら……」

「お内儀さんのように、おしあわせなお人には、とてもおわかりになりますめえよ」

「なにが？」

「わっちどもの暮しがさあ」

語り合ううち、酒が三本になった。お長も相手をした。

「これでもねえ、お内儀さん……」

と老婆が、眼を細め、よだれをたらしながら、

「むかしはねえ……」

「男を泣かせたのかえ？」

「ええ、もう……ずいぶんとね。けれど、お内儀さん。商売で数も知れねえほど男に抱かれてきて、忘れねえ男というものがあるんですよねえ、この年になってもさあ」

「あら、あら……その人は、どんな人？」

「毛深くってねえ、その男……」

「あれまあ……」

「しつっこくてねえ……」

「あら、あら……」

「でも、忘れられないねえ」

「ごちそうさま」

「名前を、弥市っていいましたよ」

お長が、だまった。

「そいつ、口ぐせでね。手前なんか、不作の生大根をかじっているようなもんだ……って、どんな女にもいうんですよう」

お長の顔に、血がのぼった。

「ええもう、どんな女にもね……わっちらのような商売女ばかりか、しろうとむすめへも、ずいぶん手を出していたらしくてねえ」

ろれつがまわらなくなってきている老婆が、

「でもさあ、くやしいよう……あの弥市の野郎、ぬけぬけといやあがった。おれにも、たった一人、忘れられねえ女がある、なんてね……」

「………」

「その女、外神田のなんとかいう足袋問屋のむすめ、だとか……金ずくでものにしやがって、金をもらって別れて、その後んなって、忘れられなくなっちまった、なんていやあがってよう、弥市がよう……」

ぐったりと、老婆が横に倒れ、

「この年んなってよう……まだ、あいつが忘れられねえのかよう……」

お長が、小判一両を紙に包み、老婆の帯の間へさし入れ、

「お婆さん、お婆さん……」

「あい……あいよ……」

「お婆さんのはなしを、三十年も前にきいていたらねえ」

笑いかけた。

お長の笑顔には照りかがやくような歓喜の色があらわれていた。

「けれど……」

お長が、つぶやき真顔になった。

(それなら、三十年前のあのとき……一年ぶりに出会ったとき、弥市は、なぜ、あんな目つきをしたのだろう……?)

あのときのおもいは、自分のひがみであったのだろうか……。

「それでよう……」

老婆が寝返りをうって、

「それから間もなくよう、あいつは、だれかに殺されちまってよう……」

しずかに、お長が立ちあがり、店先へ出て行った。

うしろで、老婆のいびきがきこえはじめた。

お長は、茶店の女中をよび、生き生きとした声でいった。

「あのお婆さんを、そっとしてあげて下さいよ。これは、ほんのすこし、お前さんに……いいんですよ、遠慮をしなくってても……あのお婆さん、目がさめて、もっとのみたいといったらのませてあげて下さいね。これは、その分……いいえ、かまいません。そうそう、そうしてあげて……あ、それから、その辺に女中たちや孫がいるはずですから、ちょいと呼んで来て下さいな。え……門前で待っている駕籠(かご)の衆へも、もう帰る、と、そういっておいて下さいよ、たのみましたよ……あ、おかみさん。今度またね……いえもう夏は暑くてねえ。これからは月に一度、かならずやって来ますよ。え？　……いいえ、あのお婆さん、別に知ったひとじゃあない、ただね、前に永らくうちで奉公してくれたおさいという女中に、よく顔(おも)だちが似ていたものだから、つい、……物好きですねえ、私も……」

（「小説新潮」昭和四十四年十月号）

あいびき

一

春といっても名のみのことで、この二、三日は昼も夜も寒さがきびしい。

ここへ来るのに乗った町駕籠の中で、お徳のふっくりと肥えた躰も、あまりの底冷えの強さに、ふるえつづけていたものだ。

だが……。

上野・不忍池のほとりにある〔月むら〕という出合茶屋の、お徳が月に一度はかならずやって来る奥座敷の炬燵の中は燃えるように熱かったし、覚順があらわれるのを待つ間、猪口に三つほどの酒をのむと、健康な三十女の躰はたちまちに鮮烈な血の色をよみがえらせた。

間もなく、渡り廊下をつたわって来る覚順の足音がきこえた。

(ま、覚順さん。あんなにせかせかして……)

炬燵の掛蒲団に頬をつけ、わざと転寝でもしているようなかたちになり、お徳は眼を閉じた。

このごろでは、女中の案内もなしに、覚順は、この部屋へあらわれる。

襖が開いた。

「また、寝たふりを……」

いいさして覚順が、かぶっていた頭巾を引きむしるようにぬぎ捨てた。

青々と剃りあげられた覚順のあたまに汗がにじんでいた。若い上に、谷中の長円寺からここまで、走るように急いで来たのであるから、今日の底冷えなどは、なんでもない。

「寝たふりはいやじゃ、いや、いや」

と、覚順が母親に甘える小児のような声を出し、お徳の背中を恐ろしいほどのちからで抱きしめてくる。

「あ……」

お徳は、眼をとじたままで、二重あごの白い顔をあげ、おはぐろをわずかにのぞかせたくちびるへ覚順のそれが重なるのを待った。

お徳にとって、覚順は夫以外に知った二人目の男であった。

谷中の長円寺は、お徳の実家の菩提所で、覚順は、そこの青年僧なのである。

二人の〔あいびき〕は、去年の春からつづけられている。それも月に一度のことで、出会ったときに、お徳が翌月の〔あいびき〕の日を覚順に告げる。

「いつもいうことですけれど、決してむりはなさらないで下さいまし。そちらも私も、ね。ここへ来て、半刻（一時間）待って、もし、どちらかが来なかったときは、つぎの機会をたのしみにして、おもいきりよく帰りましょうね。ええ、そんなときにはかならず、つぎの日を私から、お寺の方へ知らせにまいりますよ」

と、これがお徳の〔あいびき〕の仕様なのだ。

覚順の手が、ゆびが、もうだいぶんになれた仕ぐさで、こちらの乳房や肩に這いまわるのを、お徳は、

（覚順さんも、ずいぶんとなれてきて……）

うっとりと、するがままにまかせている。

一年前……。

おなじこの部屋へ、お徳の手紙を受けとった覚順があらわれたときは、どうだったろう。全身を、まるで瘧のように烈しくふるわせ、

「あの、お手紙には、一生の大事とありましたゆえ、急いでまいったのでございます。それを、あの……そ、そのような……」

必死にうめき声を発しながら、ついに、ものもいわずにいざない、みちびいて行くお徳のいうがままになってしまったときの覚順の、

（あのときの、覚順さんの可愛かったこと……）

と、家にいてそれを想い出すたびに、気むずかしい夫の仁兵衛から、

「お徳。いい年齢をしてなんです。おもい出し笑いなぞ、見っともありませんよ」

きびしく叱りつけられたりする。

いまの覚順は、それどころではない。

わずか一刻のあいびきに、何度もお徳をもとめてやまない。

「は、早く、あちらへ……」

覚順が、お徳を抱え起し、次の間にのべられている夜具へさそった。お徳は眼をとじたまま、たっぷりと量感のある躰を覚順の痩身へもたせかけ、

「連れて行って……」

と、ささやいた。

「よ、よいとも……」

抱きあげようとして、お徳の躰の重さに、覚順が尻もちをついた。お徳が笑うと覚順はむきになり、引きずるようにしてお徳を次の間へつれて行くや、けだもののようなすさまじさで、見る見るお徳の帯や着物や襦袢をはぎとっていった。

一刻のちに、覚順は帰って行った。

頭巾をかぶり、お徳があたえた町人ふうの衣裳を身につけ、手には風呂敷包みを持って、である。覚順は、長円寺の墓地の外れにある物置小屋へ入って、包みの中の僧衣と着替え、何くわぬ顔で寺へもどっていくのだ。寺を出るときは、この反対の行動がなされること、いうをまたぬ。

覚順が帰ったあとで、お徳は、渡り廊下の突当りにある湯殿へ行った。汗で化粧もはげ落ち、髪もみだれているし、なによりも若い覚順の強烈な体臭がこちらの肌にしみついてしまっている。洗い落すのはつまらぬことだが、お徳も家へ帰れば二人の子の母親であり、神田・須田町にある江戸でもきこえた菓子舗〔翁屋仁兵衛〕の妻であった。

奥の湯殿は、本座敷のそれとは別にもうけられてい、小ぢんまりとしているが、外から見ると茶室めいて凝った造りである。

覚順のくちびるや歯の痕が胸や腹に残されているのを、湯殿で見て、お徳は満ちたりた微笑をうかべた。衣服の内に隠れている箇所にのみ、お徳は覚順のこうした行為をゆるすことにしている。

さっと湯を浴び、お徳は奥座敷へもどった。

その、渡り廊下を急いで行くお徳の姿を、奥庭をへだてた、もう一つの奥座敷から出て来た若い男が見て、はっと立ちどまった。

お徳は、これに気づかなかった。

部屋へもどり、顔なじみの女中に髪を直させ、女頭巾をかぶり、呼んでおいた駕籠に乗った。

帰りの駕籠は、神田明神下で下りることにしている。それから歩いて昌平橋をわたり、八辻ヶ原を横切って、須田町一丁目のわが家へもどり、夫の仁兵衛に、深川八幡だとか、浅草観世音だとか、月に一度の参詣を無事にすませたことを告げる。

仁兵衛は、いつものように苦虫を嚙みつぶしたような顔つきで、うなずくが、妻の月に一度の信心をうたぐっても見ず、帳場で熱心に算盤をはじいている。

お徳は、奥の部屋へ行き、待っていた長男の彦太郎（十二歳）と長女のおみつ（九歳）に、みやげのおもちゃなどをあたえ、みちたりた躰をゆったりとさせ、濃い茶をいれてのむのであった。

二

お徳は、浅草・並木町の料亭〔巴屋庄吉〕のむすめに生まれ、十八歳の秋に〔翁屋〕へ嫁入った。

そのころは、先代の当主夫婦が健在でいて、跡つぎの嫁にもなかなかきびしく、お徳は泣き暮したものだ。

お徳の実家も江戸では知られた料亭だが、須田町の菓子舗〔翁屋〕といえば〔唐饅頭〕と〔紹鷗おこし〕の名菓をもって世に知られ、加賀百万石の前田家をはじめ、諸大名の藩邸への出入りも多い。

それだけに、万事がいかめしく、奉公人のしつけもやかましい。

跡つぎの宗太郎も、この両親にはまったくあたまが上らなかった。宗太郎は翁屋の実子でない。

翁屋仁兵衛夫婦には一人の子も生まれなかったので、浅草・誓願寺前の菓子舗〔よろずや九兵衛〕の次男が十歳になったとき、養子にもらいうけた。これが宗太郎なのである。

お徳が嫁入ったとき、宗太郎は十二も年上の三十で、跡つぎがそれほどの年齢になるまで翁屋仁兵衛は嫁を迎えようとはしなかったのか……と、いうとそうではない。

宗太郎の嫁は、前に二人も、

「翁屋の家風に合わぬゆえ……」

というので、追い出されてしまっている。

離別させるときには、多額の金をつけてやるわけだが、それほどのことは大金持の翁屋仁兵衛にとって、なんでもないことであった。

仁兵衛が〔巴屋〕のむすめ・お徳に目をつけ、

「おとなしいむすめだ。あれなら、宗太郎の嫁がつとまりましょう」

見きわめをつけ、

「せがれの嫁に……」

と、申し入れて来たときには、お徳の母も兄も姉も口をそろえて反対をしたものである。

お徳が気のすすまなかったのはむろんのことだけれども、なにしろ〔巴屋〕は、翁屋から二百二十何両もの借金をしていたし、先々代から厚いひいきになっている。

「強って……」

といわれると、ことわりきれないものがあったのだ。

怖わ怖わ、嫁入って見ると、いやどうも大変なところで、翁屋仁兵衛夫婦は、新婚の夫婦から目をはなしていると、夫婦ともに精をうしなってだらけきってしまい、店の仕事にも家事にも隙が出て、

「それでは奉公人にしめしがつきませんよ」

などと奇妙な理屈をこね、夜の寝間も別にさせるのはもちろん、夫婦が寝間を共にするのは、やれ七日に一度だとか十日に一度だとか、いちいち親どもが決める始末なのである。

現代のようにセックスについてやかましくとりあげられぬ時代であったから、お徳は別に、その点に不満をおぼえたわけではなく、彦太郎を生んでからは、母親としての明け暮れに夢中となった。

だが、しかし……。

三十をこえた夫が、なにごとにも両親のいうままにうごき、ぺこぺこと頭を下げ通

して、妻のお徳はまるで、

「子を生むための道具」

ほどにしか考えていないのを、お徳は知った。

たまさかに、寝間へ入って来ても、何が何だかわからぬうちに、骨張ってごつごつした躰をこちらへ押しつけて来たかとおもうと、もう終っていて、ものもいわずに、さっさと自分の部屋へ引きあげて行く夫なのである。

先代の仁兵衛は、お徳がおみつを生んだ年に亡くなり、翌年に口うるさい姑のさつが先代の後を追うように病歿した。

お徳が、ほっとしたのはいうまでもないことだが、夫の宗太郎も名を〔仁兵衛〕とあらため、ようやく翁屋・五代目の当主となれたのだから、辛抱の甲斐があったというものだろう。

さ、そうなると……。

俄然、宗太郎あらため仁兵衛の態度が変ってきた。

長い間、このときを待って、苛酷な養父母につかえてきた仁兵衛は、いよいよ翁屋の主となるや、かねて手なずけておいた手代の利助と金四郎を〔番頭〕に引きあげ、この二人を腹心として、先代からの老番頭たちの勢力を押え、三年後には完全な独裁者となってしまった。

そして、こうなると彼は、手もなく先代そっくりの口やかましい主人になってしまったのである。

若いとき、先代夫婦の重圧をこらえにこらえていただけに、その反動は大きく烈しく、

「まだしも、先代のほうが鷹揚だったね。いまのは、やかましいだけではなく、まるでその、重箱の隅までほじるというやつ、たまったものじゃあない」

などと、奉公人が蔭口をきいている。

酒ものまず、煙草も吸わず、つき合いの宴席へ出たときなど、

(いったい、どんな顔をしているのかしら？)

と、お徳はつくづく考えてみたことがある。

まるで、何一つ趣味というものがないのだ。

それでも男である証拠には、三月に一度ほど、あわただしくお徳の寝間へ飛びこんで来て、

「さ、早く、早く……」

と、何が早くなのだかわからぬうちに、躰を押しつけてきて、例のごとく呆気もないことをすまし、そそくさと出て行く。

ま、それはそれでもよかったのだが……。

三年前の初夏の或る日に、翁屋が出入りをしている常州・笠間八万石の城主・牧野備後守の家来で、伊藤忠三郎というのが、

「前を通ったのでな」

ふらりと、翁屋へ立ち寄った。

伊藤は江戸藩邸の納戸役をつとめているところから、かねて翁屋仁兵衛をよく知っている。

お徳は、このときはじめて伊藤忠三郎を見た。

当時の伊藤は三十七、八であったろうか、代々の江戸詰めだけあって風采も灰汁ぬけてい、ことばつかいもくだけてさわやかに、

（このような、お武家さまがあるものだろうか……）

と、お徳は一度で、好感を抱いてしまった。

端正な面もちでいながら、笑うと左頬に深い笑くぼが生まれる伊藤忠三郎は、それからも二度ほど翁屋へあらわれ、お徳の給仕で酒食のもてなしを受けた。

この伊藤に、夏のさかりの上野・広小路で出会ったときの、お徳の胸のときめきは、筆舌につくしがたいものがあった。

その日。

お徳は、浅草の実家へ用足しに出かけ、つきそって来た女中を先に帰し、父や兄と

り合ってのち、駕籠で帰る途中、久しぶりで不忍池の景色が見たくなって駕籠を降りたところを、偶然、伊藤に声をかけられたのである。

「さようか。では私が、不忍池へお供をしよう」

と伊藤がいい、恐縮するお徳について来てくれた。

それからあと、どのようにして伊藤に出合茶屋の〔月むら〕へ連れこまれたものか……いまも、お徳はよくおぼえていない。

ふわふわと、足が雲を踏んでいるようであった。

気がついたときは〔月むら〕の奥座敷で、お徳は一糸まとわぬ姿にされ、おなじような伊藤忠三郎のしなやかな躰に抱きしめられていたのである。

そのあとが、またわからない。

夫の仁兵衛とは天と地の、雪と墨との相違。男女のことが、このようなものだとは、はじめて知ったおどろきと陶酔に身も世もなく、

「月に一度、こうして会おう。よいか、よいな」

と、伊藤にいわれたときは、無我夢中でうなずいたお徳であった。

家へ帰って来て、夫の顔を見ると、ばからしくなってきた。

一日中、千振をのみつづけてでもいるような夫の苦い顔が、たとえようもなく滑稽に見えたものだ。

そして……。

伊藤忠三郎との月に一度の〔あいびき〕は二年にわたってつづけられた。伊藤の、たんねんな愛撫によって、お徳の肉体は見る見る豊熟したわけだが、それでいて、年に何度か妻の躰を抱く仁兵衛が、そうした妻の肉体の変化に、すこしも気づかぬのである。

(私は、もう伊藤さまのもの……)

と、お徳は夫に抱かれても、なんの感興もわかず、冷たい眼を闇の中でみはっているだけであった。

伊藤忠三郎が急病で亡くなったのは、去年の正月である。

夫の仁兵衛は、藩邸内の伊藤の住居へ弔問に出かけたけれども、お徳はもちろん行けなかった。

伊藤の死顔を見ていないだけに、嘆き悲しむというよりも、むしろ、伊藤とすごした愛撫の時間のみが、なつかしくたのしく、お徳の胸底にしまいこまれた。

その年の二月に……。

今度は、お徳の実父が亡くなった。

そのときに、谷中の長円寺へ行き、お徳は青年僧の覚順を見たのである。

(今度は、私が伊藤さまになって、あの覚順さんを……)

であった。
月に一度の〔あいびき〕のたのしさがなくて、これより先、どうして夫・仁兵衛と、
仁兵衛の独裁に縮かんでいる翁屋の生活にがまんができよう。
現実的な女の舌は、いったん味わった味覚を忘れきれないものだ。

三

まったくの春となった。

その日。

お徳が、出合茶屋の〔月むら〕を出たのは、七ツ（午後四時）前であった。

不忍池の南端から広小路へ出たお徳の頬をかすめるようにして燕が一羽……。

「あれ……」

地を低み、そして矢のように舞い上って行く燕を眼で追うお徳の面は紅の血の色に照りかがやいて見える。

いま、別れたばかりの覚順の猛々しい喘ぎが、まだ耳の底に残り、躰中がけだるくここちよく、

（もう、ほんとうの春なのだねえ……）

わずか一カ月のうちに、日足がのび、夕暮れも間近いというのに広小路の雑踏は昼

間と変りがない。

お徳は、摩利支天横丁の駕籠屋へ行くつもりで、広小路を突切りかけた。

うしろから、

「もし、翁屋のお内儀さんじゃあございませんか」

声がかかったのは、このときであった。

「え……？」

「お忘れでございますか、井筒屋の文吉ですよ」

「まあ……」

近寄って来た若い男は、お徳の実家の近くにある葉茶屋で井筒屋孫八のせがれの文吉であった。

お徳にとっては幼なじみというわけだが、文吉はたしか七つも年下で、子供のころは躰が弱く、町内では、

「青瓢箪」

だとか、

「胡瓜の尻尾」

だとか、なさけようしゃもなくからかわれ、年中ぴいぴいと泣いているのを、お徳なども面白がって、あたまを叩いたり鼻をつまんだりしておもちゃにしたものである。

その文吉、子供のころのおもかげも残っていて、なんだかたよりなげな若者だが、父親はまだ元気であるし、二十五歳のいまも名のみの跡とり息子なのだ。

実家の兄からも、お徳は、

「井筒屋のせがれは、いつまでたっても骨がかたまらないものだから、井筒屋さんも、いっそ、妹のおきねさんに養子をもらって跡をつがせよう、などといっているらしい」

と、きいたことがある。

「あれ、まあ、文吉さん」

「しばらくでございますねえ」

「どちらへ？」

何気なく聞いたお徳へ、文吉がひょろ長い顔をぐっと寄せ、

「池ノ端の月むらへ、ね」

ずばりといった。

お徳の顔から血の気が引いた。

「お内儀さん。拝見しましたよ」

「…………」

「先月もね、湯殿から出て来なさるところを、とくと拝見いたしました」

お徳、だまっている。

くちびるを噛みしめ、凝とこちらをにらみつけているお徳にはかまわず、

「どこかへ、ちょっと、おはこびねがえませんかね。いかがです。ことわろうといったってそうはいきませんよ。あのことを、翁屋の旦那へ……」

「どこへ行くんです？」

「すぐ、そこまで」

「でも、どこへ？」

「ご案じなさるにゃあおよびません。ほんのちょっと、つき合って下さいまし」

もう仕方がない。

お徳は、文吉のうしろから歩み出した。うすい頭巾をまたかぶってきたことを、お徳はいまこのとき、

（よかった……）

と、おもわずにはいられなかったけれど、これから後のことを考えると、躰中に冷汗が浮いてくる。

お徳がつれこまれたのは、北大門町の〔富金〕という鰻屋の二階座敷であった。

お徳が身をかたくし、緊張しているのをながめ、文吉がにやりと、

「別に、お内儀さんをどうしようというのじゃあない。並木町のあたりで私のよくな

いうわさをおききなすったろうが……いやはや、このところどうも、女と博打(ばくち)で、すっかり首がまわらなくなりましてねえ」

「………」

「親父(おやじ)はどうも、この道楽者にゃあ跡をつがせないつもりらしい。ばかにしているじゃあございませんか、ね、そうでしょう、お徳さん」

「………」

はこばれて来た酒を、文吉は手酌でたてつづけにのんでから、

「月むらでのことは、だまっていますよ、これからもね。そのかわりにお徳さん。三十両ばかり都合して下さいませんか、この十五日までにね」

と、いった。

文吉の両眼は不気味にすわっていて、有無をいわせぬものがある。お徳は、もしも自分がことわったら、きっとこの男は翁屋へ乗りこんで来るにちがいない、と直感をした。文吉はもう半ば自暴自棄なのだ。このところ、浅草の実家へも寄りつかぬらしい。勘当同様になっているともきいている。

お徳は、うなずいた。

うなずいたが、あと十日ほどの間に、三十両の金を調達する自信はなかった。

三十両といえば、現代の二百万円ほどにもあたろうか……。

翁屋の内所の金の出し入れはお徳がしていることだし、月に一度の〔あいびき〕の入費ぐらいは何とか出来るけれど、それ以外のたとえ五両の金だとて、ままにはならない。

夫の仁兵衛のきびしい目をかすめて、三十両の大金が都合できるはずはないのだ。

実はいま、ひそかに五両ほどをためている。残る二十五両は、なんとかして、

(実家へ泣きついてみるより、仕方がない)

と、おもいきわめた。

だが、その借金の理由を何とつけたらよいものであろう……。

実家も手びろく商売をしてはいるが、なにしろ水商売のことであるから、派手な割合に内へ入ると火の車なのだ。お徳が翁屋へ嫁いだときにあった借金だとて、いくらも減ってはいないだろう。

「あの、来月いっぱいまで、待って……」

辛うじていいかけたお徳へ、

「だめですね。十五日が精いっぱいのところさ」

ぴしりと、文吉がいった。

すさまじいばかりの、するどい口調であった。

お徳はうなだれ、そして、うなずいた。

「よし、きまった」

いうや文吉が、手をたたいて女中を呼び、駕籠をいいつけ、

「乗ってお帰りなさるがいい。十五日の八ツに、この鰻屋で待っている。忘れたらお徳さん、お前さんとんだことになりますよ」

勝ちほこったように、もう一度、釘(くぎ)を刺してきた。

四

二日、三日……五日、六日と、日がたって行った。

お徳は、まだ決心がつかなかった。

二十五両の金を、どこから手に入れるか、についてである。

はじめは実家へ、たのみに行くことを考えていたのだったが、物堅くて、あたまの切れる兄の伊之助が自分のたのみを、どのようにうけとるであろうか……。

いろいろと、もっともらしい理由をつけては見たけれど、そもそも翁屋(おきなや)ほどの大身代の内儀であるはずの妹が夫に内密の金を二十五両も借りに来るという一事をとって見ても、

(兄さんは、うたがいをもつにちがいない)

と、お徳はおもった。

問いつめてくる兄にかかったら、すべてを打ちあけてしまわなくてはならないだろう。

約束の日は、さらにせまった。

お徳は、尚も決断がつかなかった。

いよいよ明日、文吉に金をわたさなくてはならぬという十四日の朝が来た。

お徳は、ついに、実家の兄へ相談をもちかけてみることにきめた。

店へ出ている夫の仁兵衛に、ちょっと実家へ行かせていただきます、と、いいに行くつもりで腰を浮かせたとき、仁兵衛のほうから奥へあらわれ、

「急に、越前さまへ行かなくてはならなくなった。金蔵へ行って、二十両ほど出して来ておくれ」

お徳へそういって、鍵束をわたした。

〔越前さま〕というのは、越前・大野四万石・土井能登守のことで、その江戸藩邸へ出かける、というのである。

先代から出入りをゆるされている〔越前さま〕へ、二十両もの金を持って仁兵衛が出かけて行くのは、役向きの家来から借金でも申しこまれたにちがいない。

こうしたことは、間々あることだ。

仁兵衛は、自分のところで菓子を納めている大名屋敷ならば、親密な家臣たちへ金

を惜しまない。そのかわり、貸したりあたえたりした金品を、かならず商売で取り返してしまう。そこのところは先代の仁兵衛にみっちりと仕込まれたのがものをいって、絶対に損はしないのである。

「私の仕度は、お吉にさせるから、お前早く、お金を……」

「はい」

お徳は、鍵束を受け取り、金蔵へ向った。

金蔵といっても、他にある土蔵のことではない。

奥の納戸の、さらに奥の金蔵は住居の中の一部ではあるが、まわりは土蔵造りで、防火・盗難のための設備が完全にととのって、三つの鍵を使わなければ中へ入れぬ。

仁兵衛は、お徳に命じて、よく金の出し入れをさせる。

金蔵へ入って行くとき、お徳は、つい今まで気づかなかったこのことにはっとおもいあたった。

(やっぱり、私のことは信用していなさるのだ……)

夫が妻を信用したとて、これは当然なことなのだが、金蔵へ向うときのお徳に突如として、

(ついでに、明日わたす二十五両を……)

盗みとってしまおうという気もちがうごいたため、あらためて、金銭にきびしい夫

の仕様が思い返されたものであろうか……。

金蔵の中は、いくつもの戸棚と小引出しが整然とならんでいる。現金が入っている金戸棚の鍵を開け、引出しの中から、お徳は先ず、夫にいいつけられた二十両の小判を取り出して袱紗につつんだ。

そして……。

お徳の右手のゆびが、わずかに空間を迷ったけれども、一瞬のちに、彼女は二十五両包みをつかんで、これを胸もと深くへしまいこんだ。

仁兵衛が、金蔵の現金を調べるのは月末になってからである。

その日が来るまでは、お徳の犯行もどうやら知れずにすむ。

しかし、その後はどうなる……。

(どうにかしなくてはいけないけれど……いまは、もう仕方がない)

と、お徳はおもった。

このような急場になると、現在の自分のみを確認することで精いっぱいになってしまう女の血が、かっとお徳の頭へのぼってきてしまい、行先のことへ細かく思案をめぐらすゆとりは消えてしまう。

「では、行って来ます。あとをたのみましたよ」

と、仁兵衛が例の苦虫を嚙みつぶしたような顔つきで出て行くのを、

「お早く、お帰りなさいまし」

見送って、奥の部屋へもどって来たときのお徳は、むしろ、落ちついていた。

とにかく、明日の危急は逃れることができた。

金蔵を夫が調べたときのさわぎを想うよりも、

(二度と、こんなことをしないように、あの文吉から証文を取っておかなくては……)

そのことのほうが心配であった。

お徳は長火鉢の前へすわって、好きな茶を入れながら、次の間で女中と遊んでいる二人の子へ、やさしく声をかけた。

「彦太郎や。おみつも、ここへおいでなさい。お八つには何をあげましょうかねえ」

五

次の日の昼すぎに、お徳は、

「昨日、旦那(だんな)がお留守中に、並木町の兄から末の妹の縁談のことで何やらはなしがあると申して来まして……」

夫にいうと、

「いっておいで」

面倒くさそうに仁兵衛はこたえ、すぐに店へ出て行った。

お徳は、三十両をふところにして、家を出た。

春が終ろうとしている。

もう頭巾はかぶれないので、よほど注意をしないといけなかった。これから秋にかけて、覚順は頭巾のかわりに坊主あたまを浅黄の布でつつみ、その上から塗笠をかぶって寺を出て来るのだが、お徳は女だけに笠もかぶれない。

実は……。

この前に覚順と会ったとき、

「来月は、親類に婚礼があって、いろいろといそがしいので、月末の二十七日に、月むらで待っていますよ」

と、お徳はつたえてある。

(けれど、もう、やめよう)

夫以外の男との〔あいびき〕を、である。

お徳は、今度おもいもかけぬ文吉のゆすりをうけて、つくづくと、

(悪いことは、できない……)

と、おもった。

(どこで、だれがみているか、知れたものじゃあない)

のである。

いつも〔月むら〕へ行くときのように、お徳は昌平橋を北へわたり、湯島一丁目代地の角に〔出駕沢山―いさみや〕と書いた軒行燈をかけた駕籠屋へ入り、

「上野の広小路まで、たのみますよ」

と、声をかけた。

広小路で駕籠を下りたとき、約束の時間には、じゅうぶん間に合う、と、お徳はおもった。

空は、おも苦しく曇ってい、それだけに何やらむしむしとして、肥えたお徳の躰は汗にぬれている。緊張しているので尚更に汗ばむ。それが、お徳の体質なのであった。

ふところの、三十両の袱紗包みをおさえて見て、お徳はためいきを吐き、人ごみの広小路を突切って行った。

北大門町の北端の小道へ入って四、五軒先の右側に、この前、文吉がお徳をつれこんだ鰻屋〔富金〕がある。小体なかまえだが店も凝った造りで、上客が多い。

お徳は〔富金〕への小道へ入ったとき、道の向うから文吉がやってくるのを見た。

お徳は、十間も向うに見える文吉をにらみつけた。

このとき、小道には文吉とお徳だけであった。

文吉もお徳に気がついたらしく、うなずいて見せ、にやにやと笑い出した。

（ひとの気も知らないで、笑っている。まあ、あの人ったら、いつの間に、あんな悪(わる)になったのだろう。子供のころは、めそめそ泣いてばかりいたくせに……）

お徳は、文吉を先に〔富金〕へ入らせるつもりで、ちょっと、足の運びをゆるめた。

実に、そのときである。

文吉の背後から走りあらわれた男が、ものもいわずに文吉へ飛びかかった。

男の手に、刃物が光った。

その刃物の光芒(こうぼう)がすばやく、二度三度と文吉の背中や腹へ吸いこまれたかとおもうと、文吉がうなり声を発して、道へのめりこむように倒れた。

男は刃物をしまい、すぐに身を返して逃走した。

男の逃げる方向で通行の人びとの叫び声がきこえた。

お徳は、夢の中にいるような気がした。

足も躰もすくみあがり、うごけなかった。

文吉が、うめきつつ両手を突張り、顔をあげて、お徳をにらみ、

「畜生。よ、よくも……」

といった。

その声が、お徳の耳へはっきり入った。

文吉は、またも倒れ伏し、もう、ぴくりともしなくなった。

(文吉さんは、私が、人をつかって自分を殺した……と、おもいこんだらしい)

なにしろ、急にうしろから刺し倒され、文吉はその男の顔さえ見るひまがなかった。お徳にしたって、逃げて行った男の顔をよくおぼえていない。何やら遊び人らしい風体と、ちらり自分を見たときの白く光っていた両眼のすさまじさだけしか、おぼえていなかった。

「どうしたんだ」

「や、死んでる。もうだめだ、こりゃあ……」

「こりゃあ、ひどい血だ」

たちまちに、駆けつけて来た人びとで小道がいっぱいになった。

「いったい、どうしたので？」

どこかの老人に問われたとき、お徳は、ようやくに正気をとりもどし、

「さあ……何が何だか、ちっともわかりません」

と、こたえた。

お徳は、そのまま小道を広小路へ出て、徒歩で家へ帰った。

三日後に、仁兵衛がお徳へ、金を出させにやったとき、お徳はすかさず二十五両を隠して金蔵へ入り、元のように引出しの中へ納めておいた。

六

ずっと後になって、実家の兄が翁屋へ来たとき、お徳にこういった。

「お前も知っている葉茶屋の井筒屋さんのところの文吉ね。先々月だったか、上野・広小路の、何とかいう鰻屋の前で、人に殺されたそうだよ。え？……いや、それがわからない。なにしろお前、親泣かせの道楽者で、文吉の女出入りだけでも井筒屋さんはずいぶん泣かされていたものねえ。そうさ、悪いやつどものつきあいもあったらしいよ。博打仲間のいざこざじゃあないか、などと近所ではうわさをしているけれどね。なんにしても、おどろいたことさ。井筒屋さんも、いまのところはお上のゆるしがあるまで店を閉めていなさるが……なあに、そのうちに元通りになるさ。井筒屋さんではなんだろうね、内心は、厄介ばらいができてよろこんでいるのじゃあないかねえ。そうさ、それほどにお前、あの文吉というものは、ひどいやつになってしまっていたのだよ」

お徳がだまっていると、そばにいた仁兵衛が苦々しげに、

「それはね、巴屋さん。親の仕つけが悪いのだよ。だから、そういうせがれが出来あがるのだ。いいかえ、お徳。お前もよくよく気をつけて、彦太郎たちを育ててくれなくてはいけませんよ」

「はい」

仁兵衛が部屋を出て行ったあとで、お徳は兄にきいた。

「文吉さんを殺した男というのは、お上に捕まったのでしょうか？」

「それが捕まらないのさ。なあに、お上だって、あんな下らない連中のことなどは放りっぱなしにしてしまうそうだよ」

お徳は、ふっと、

（あのときの三十両は、自分を殺した男に文吉さんがわたすつもりでいたのじゃないだろうか……？）

と、おもった。

けれども別に文吉が気の毒だとも、おもえなかった。

（それにしても……私が、あの男をつかって自分を殺したと、そうおもいこんだまま死んじまった文吉さんという人は、どこまで間が抜けていたのだろう）

むしろ可笑しくなってさえくるのである。

夏が来て、去った。

お徳は、あれきり覚順に会っていない。

あのときの約束の日に、おそらく覚順は〔月むら〕へあらわれたことだろうが、お徳が来ないので寺へ帰ったろう。

半刻(はんとき)待って、どちらかが来ないときは、すぐに帰ることと決めてあることだし、そのときは覚順もなっとくしたろうが、いつまでたっても、お徳から連絡がないので、

(きっと、じりじりしているにちがいない)

と、お徳はおもった。

けれども、もう二度と男あそびはしないと、こころに決めたお徳であった。

お徳は、子供たち二人を育てることに懸命となった。

このごろは、商売もいそがしい上に、四十をこえた仁兵衛はめったにお徳の寝間へもあらわれぬ。

年が暮れ、年が明けた。

正月も終ろうとする或(あ)る日のことであったが……。

昼に近い炬燵(こたつ)にぬくもっていると、急に、お徳の体内へ衝(つ)きあがってくるものがあった。

お徳は半眼を閉じた。

伊藤忠三郎の、とても武士にはおもえぬやわらかい肌や、巧妙な手ゆびのうごきや、香ばしい体臭や……そして覚順の若わかしい脂くささや、けだもののような四肢の烈(はげ)しいうごきなどを想(おも)いつづけるうち、われにもなく、お徳は、次の間の老女中へ、

「お吉(きち)。久しぶりに、実家(さと)のお墓詣(はかまい)りをして来るから、子どもたちをたのみますよ」

と、いい出ていたのである。

夫の仁兵衛は、朝から商用で出ている。帰りは夜になるらしい。

昼すぎに、お徳は谷中の一乗寺の前で駕籠を下りた。

(うまく覚順さんをさそい出せたら……でもむりならば、月むらで会う日を告げて……)

と、お徳はおもいおもい、寺ばかりの道を北へすすみ、宝蔵院の角を左へ入った。

頭巾の中のお徳の顔は上気している。

風も絶えて、あたたかい日和であった。

どこかで、しきりに雀がさえずっている。

覚順がいる長円寺は、小道を突当り、右へ曲がった三浦坂の上にある。

自分が実家の墓詣りに来たことを告げれば、かならず覚順が出て来てくれるはずであった。

(あ……？)

恭龍寺の角まで来て、お徳は、はっと身を引いた。

前方の小道を、覚順が急いでやって来るのを見たからである。

僧形の覚順なら、こちらから声をかけもしたろう。

だが覚順は、お徳があたえた頭巾に顔をかくし、お徳が買ってあたえたあの町人風の衣服を着て、手に風呂敷包みを抱えていた。お徳との〔あいびき〕のための扮装で、彼はどこかへ出て行こうとしているのだ。お徳は、あわてて恭龍寺の門内へ駆けこんだ。

かくれて見ているお徳の前を、覚順が駈けるように通りすぎて行った。

お徳は、道へ飛び出した。

覚順は、物につかれたような足どりで、一乗寺の前を松平伊豆守下屋敷に沿った道へ入って行く。

左側は、鬱蒼たる上野・山内の森であった。

息を切らしつつ、お徳が後をつけて行くと、松平屋敷の土塀に、駕籠が二つ。

その駕籠のうしろに、女頭巾に顔をかくした年増がひとり立っているではないか。

女は、駈けて来る覚順を見るや、大きくうなずき、先の駕籠へ吸いこまれるように入った。

つづいて覚順が、うしろの駕籠へ入る。

待っていた駕籠かき四人が二つの駕籠をかつぎ上げ、そのまま、不忍池の方向へ道を下って行ってしまった。

(まあ、覚順さんたら、あきれたものだ。いつの間に……あんな女を……)

汗びっしょりとなり、お徳は其処に茫然と立ちつくしたままである。

（あの女には、覚順さんのほうから、手を出したのかも知れない……）

そのように、おもえてならなかった。

やがて……。

お徳は、上野・広小路まで出て来て、摩利支天横丁の駕籠屋で駕籠をたのんだ。

わが家へもどる駕籠の中で、お徳の脳裡（のうり）をいっぱいに占めているのは、夫の気に入りの若い番頭の金四郎の顔であった。

ひげあとの青々とした金四郎の精悍（せいかん）な顔だちや、突出した喉ぼとけを想い浮かべつつ、

（今度は、金四郎がいい）

と、お徳はきめた。

（「小説現代」昭和四十六年二月号）

お千代

一

炊いた御飯へ、鰹節のかいたのをまぜ入れ、醤油をふってやんわりとかきまぜ、ちょいと蒸らしてから、これをにぎりめしにして、さっと焙った海苔で包む。

これが大工・松五郎の毎日の弁当であって、

「よくまあ、飽きないものだねえ」

女房のおかねがあきれるほどに、二人が世帯をもって足かけ三年の間、松五郎は、この弁当が大好物で欠かしたことがない。

「なあに、お前、食いものに飽きるようじゃあ、一人前の職人にはなれねえのだ」

これが口ぐせであった。

「そういうものかねえ……」

などと、さり気もなくうけこたえしていながらも、おかねは胸の内で、

(勝手にしやがれ、でくのぼうめ)

ののしっているのである。

(手前の女房ひとり、まんぞくに可愛がれないくせに、一人前の職人が、きいてあきれる)

であった。

松五郎は、浅草・元鳥越新町に住む〔大喜〕こと棟梁・喜兵衛の右腕といわれるほどの男で、

「そりゃあもう、仕事は大したもの」

なのだそうな。

十三歳のときから〔大喜〕で修業をし、二十二のときに一本立ちの職人となった松五郎だが、それから十年もの間独身を通してきた。

喜兵衛夫婦が、いかに妻帯をすすめても、

「とんでもねえ。まだ当分、気楽に暮してえ、気ままにさせておくんなさい」

松五郎は、頑として取り合わなかった。

そして、いつのころからか、白い牝猫を飼いはじめた。

「女より、猫のほうが、よっぽどおもしろくてね」

などという。

仕事場で、松五郎が仲間の大工にこんなことをいった。

「うちのお千代（猫の名である）がね。夜になって、おれが酒をのむので、火鉢に金網をかけて目刺を焙っているとね。お千代が火鉢のへりにつかまっていて、目刺が焼けるとね、ひょいと引っくり返してくれるのさ。それから夜中にね、おれがひょいと

目をさますと、お千代がね、まくらもとで猫じゃ猫じゃを踊ってやがるのさ。……でね、おれが『おい、お千代。踊りがうめえな』そういうとね、お千代め、尻尾を、こう軽く振ってね、はずかしそうに笑うのだよ」

仲間たちは、あきれて、

「とにかく、松つぁんは変ってるよ」

「猫が目刺を引っくり返すなんて……へっ、冗談じゃねえ」

「三十をこして、女も知らねえらしい」

「ほんとかえ?」

「見ねえな、あいつは、そういう顔をしているじゃねえか」

三年前に〔大喜〕の棟梁がたまりかねて、

「おい、松。今度はゆるさねえ。とびきり上等の女を見つけてきてやった。外神田の大芳のところではたらいていた与吉というのが、一昨年の暮に病気で亡くなった。その与吉の女房で、おかねさんという……年は二十四だ。色は浅ぐろいが細っそりとしていて、いかにもいい女だ。ああ、おれもちゃんと下見をしてきている。お前と同じ大工の女房だったのだし、万事に気がまわって大芳の棟梁もつくづく感心していなさる。このまま寡婦で通させるのは、まことにしのびねえというので、おれのところへはなしをもってきた。どうだ、松」

「へ……いえ、そいつはどうも……」

「何をいやがる。おれもな、大芳にはきっぱりとうけ合ったのだ」

「そ、そんな……むちゃだよ、親方」

小肥り（こぶと）の躰（からだ）をすくめるようにして、松五郎が、

「あっしは、女がきらいではありませんが、世帯をもつのがきれえなんで……」

「ばか。三十二にもなって寝床に蛆（うじ）をわかせてどうなるんだ!!」

「でも、寝床には、お千代がいますよ」

「な、な、なにをいやあがる。十年も生きている婆（ばば）あ猫を抱いてどうするつもりだ。いいや、今度は承知をしねえ。お前が、どうしてもいやだというなら、この大喜を捨てて行け」

喜兵衛が、きびしくいいわたした。

女房をもらわなければ、縁を切る、といったのである。ここにいたって松五郎はうなだれたまま沈思すること約半刻（はんとき）（一時間）。ついに、

「両親（ふたおや）がいねえあっしは、親方を、ほんとうの親父（おやじ）だとおもっています。それを、勘当されるというのでは仕方もねえ。もらえばいいのでございましょう。ええ、もらいます。へい、よろしゅうございます。もらいましょう」

「なんだ、こいつ。泪（なみだ）をこぼしていやがる」

そこで松五郎は、おかねを女房にもらったのである。好物の弁当の味を松五郎におぼえこませたのは、だから、おかねということになる。おかねは〔食べものごしらえ〕をするのが大好きな女で、手を変え品を変えて、いろいろなものをこしらえるのだが、弁当にかぎって松五郎は件(くだん)のにぎりめし一点張りとなった。

その朝も……。

例の弁当をもたせて、おかねが松五郎を送り出した。

「足場に気をつけておくんなさいよ」

と、先の亭主の与吉のときから口ぐせになっていることばで松五郎を送り出し、障子をしめると、おかねはぺろりと舌を出した。

すると、土間の一隅にうずくまっていた白猫のお千代が、なんともいえぬ嫌な目つきでおかねを見上げているのである。お千代は、もう十年も松五郎に飼われている。人間なら七十をこえているだろう。

「捨てちまいなさいよ」

と、いくら、おかねがすすめても、松五郎はにやにやと長いあごを撫(な)でつつ、取り合おうともせぬ。

「お前を捨てても、お千代は捨てられねえ」

などと、いいにくいことをはっきりというのである。

夫婦になって以来、松五郎がおかねの躰にふれるのは月に一度がせいぜいのことで、それも、

(あっという間に……)

終ってしまう。

それもいいが、そのあとで、

「お千代。ごめんよ、ごめんよ」

と、かの白猫を抱きあげ、自分の寝床へさっさと引きあげてしまうのであった。

(なにが、ごめんよなんだ。ばかばかしい)

おかねは、はじめからおもしろくなかった。だが、稼ぎの金は全部こちらへわたすし、これといった道楽もなく、一日置きに一合の晩酌をあたえておけば、もう松五郎は上きげんなのである。

その点、まことに申し分のない亭主だといえようが、おかねは二十六歳の女ざかり。生身(なまみ)の躰をもてあまして気が狂いそうになることがある。これまでにも何度か、はずかしさをしのんで松五郎の寝床へもぐりこんで行くと、松五郎が、さもあきれはてたかのように、

「よせよう、そんなこと……」

と、いうのだ。

これには、おかねも、げっそりしてしまう。このごろでは、そのようなまねもしなくなった。

「あっちへ、行け」

おかねが、土間にいるお千代を蹴飛ばした。

お千代は一声も発せず、凝と、おかねをにらみすえ、やがて、老年の痩せおとろえた躰をしずかに戸外へ運んで行った。

おかねは、もう一度、舌を出した。

それから、たのしげに朝食をすませ、家の中を掃除しはじめた。

一月前までのおかねは、こうではなかった。

松五郎を送り出してから、ひとしきり、お千代に当り散らし、あとは髪をくさくさと掻いたり、舌うちをもらしつつ煙草を吸ったり、昼すぎまでは寝ころんでいて、ぶつぶつとひとりごとをいったり、癇をたてて皿小鉢を割ったりしていたものなのである。

二

大工・松五郎の家は、坂本三丁目の通りを東へ切れこんだところにある正洞院という寺の裏にあった。そこの二百坪ほどの土地は正洞院のもので、以前は菜園になってい、これを管理する百姓を雇っていたころ、寺が建てた二間きりの小さな家に、松五郎夫婦は住みついている。

　それまでは、親方の〔大喜〕の家に近い福井町一丁目の長屋に住んでいたのだが、去年の春先に火事があって、松五郎の長屋が焼けてしまった。

　すると〔大喜〕の出入り先である正洞院の和尚が、

「松五郎ならよい。うちの小屋へ住んだがよかろ」

　こういってくれたので、すぐに夫婦は、いまの家に引き移って来たのである。

　菜園あとの空地は雑草の生い茂るにまかせてあったが、その中にぽつんと建っている松五郎の家は、まことに閑静そのものだ。

　家の裏手は正洞院の土塀で、そこの塀内に、四、五丈もある朴の木がある。

　いま、朴の花がひらいていた。

　晩春の、なまあたたかい夕闇の中で、ふっくらとした白い花が微風にゆれうごき、香気をはなっているのを仕事帰りの松五郎は、このところ毎日のように見とれている。

　どこからかあらわれて胸へ駈けあがってくるお千代を抱き、そのあたまを撫でてやりながら、

「お千代。お前も以前は、あの朴の花みてえに肥えていて、まっ白で、毛なみがふくふくしていたのに……ずいぶんと、痩せおとろえてしまったな」

などと、松五郎が語りかけると、お千代が骨の浮いた躰をすりつけ、甘え声で鳴きこたえるのであった。

ところで……。

松五郎はいま、わが家からも程近い下谷・山崎町一丁目にある長光寺の庫裡の改築にかかっていた。親方の〔大喜〕は、別の大きな仕事にかかっているので、長光寺の仕事は松五郎がすっかり任され、大工七人を指図して相変らず念の入った仕事ぶりを見せ、長光寺の和尚は大よろこびだという。

昼になって……。

職人たちが弁当をつかいはじめた。

寺からもいろいろの接待があるし、弁当をもたなくてもよいのだが、松五郎はいつものように例の弁当を抱えて、三門を入った右手にある弁天堂の木蔭へ行った。他の職人たちとはなれて「めしぐらいは独りで食いてえ」というのが、松五郎の持論なのである。

こういうところがまた、彼が変人よばわりをされる所以なのであろう。

弁当をひらいた松五郎へ、寺の小坊主が、

「和尚さまが、ちょいと来てもらいたいそうで」

と、よびに来た。

松五郎は弁当を木蔭の莚の上へ置き、すぐに庫裡へ行き、和尚との用をすませ、もどって来ると、

「おや……」

弁当がなくなっているではないか。

(どうしたんだ、一体……)

きょろきょろあたりを見まわすと、弁天堂の縁の下で、妙なうめき声がする。

のぞいて見た。

「この野郎……」

叫びかけて、松五郎はだまった。

弁天堂の縁の下にもぐりこみ、盗んだ松五郎のにぎりめしを無我夢中で頬張っているのは、このあたりをうろうろしている老乞食であった。

枯れ柳の一枝のような老乞食である。あまりに見すぼらしくあわれなので、松五郎は一度、銭をめぐんでやったこともあった。気も少し狂っているらしい。

その老乞食が、十日も食わぬ野良犬のように、歓喜のうめきを発しつつ、にぎりめしにむしゃぶりついているのだ。

「おい。かまわねえよ。ゆっくりと食いねえ」

縁の下をのぞきこんで、松五郎が声をかけても、こっちを見ようともせぬ。

松五郎は微笑をうかべ、そこをはなれた。

庫裡へ行き、寺で出してくれたものを食べようとおもったのである。

すると、そのときである。

三門から走りこんで来たお千代が甲高く鳴いて、松五郎の足もとへ前足をそろえ、いきなり、松五郎の股引をくわえ、強く引くのである。

「お千代。お前はまあ、どうしたのだ？」

仕事場が近いので、松五郎はお千代を一度、つれて来たことがある。それですっかり道をおぼえてしまい、二日に一度は長光寺へ松五郎の顔を見に来るお千代なのだが、いつもは、いきなり胸もとへ駈けあがってくる。こんなまねをしてみせるのは、はじめてのことであった。

「なんだ、おい。どうして引っ張るのだよ、お前は……どうした、え？」

お千代は、くわえた股引をはなそうともせず、老猫ながら必死に、松五郎をどこかへつれて行こうとしている。

「どこへ行こうというんだよ、おい……よし、こうか。おもてへ出るのか。よし、よし……」

引かれるままに、長光寺の三門を出るや、お千代が股引から口をはなし、

「う、うう……」

低く、うなりつつ、松五郎を見返り見返り、道を歩みはじめるではないか。
ここにいたって松五郎も、
(こいつ、ただごとではねえ)
と、おもった。
女房おかねの身にでも、
(なにか、間ちがいがあったのではねえか?)
それとも、
(うちが火事にでも……?)
と、すこし顔色が変って、
「よし、さ、お千代……」
足を速める松五郎の先に立ち、お千代が烈(はげ)しく尾を振って走り出した。

三

正洞院の空地に走りこんだ松五郎の肩へ、お千代が飛びあがって来て、低くうなった。いままで松五郎が耳にしたこともないうなり声であった。
もう初夏のものともいってよい陽ざしに空地の草が光り、その向うの板屋根の松五郎の家が、ひっそりとしずまり返っている。

このあたたかさなのに、障子がぴったりと閉ざされている。

（火事ではねえ。おかねのやつ、買物にでも行ったのか……？）

それにしては、家のほうをにらみすえて、松五郎の肩へ爪を立て、うなりつづけているお千代の様子が、

（どうも、妙な……？）

であった。

（もしや、空巣でも入っているのじゃあねえか……？）

よし、それならそれで覚悟がある……と、松五郎が草むらに落ちていた棒切れをひろいあげたとき、通りかかった正洞院の若い僧が二人、これを見かけて、

「松五郎さん、どうなさった？」

「叱っ……」

「え……？」

「う、うちに、空巣でもいるらしいので……」

「それは大変だ」

「なに、大丈夫。そこで見物しておくんなさい」

棒切れをつかみしめ、そろそろと家へ近づいて行く松五郎の肩で、お千代が昂奮のうなり声を高めた。

垣根をそっと乗りこえ、縁側へ近づいた松五郎が、閉めきった障子を猛然と引き開けた。

開けて、松五郎が愕然となった。

寝床がしいてある。

その上に、裸形の男と女が、からみ合っている。

女は、女房おかねであった。

女だてらにおかねが、男の上へおおいかぶさっていた。

ながれこんだ外光をうけたおかねの臀部が、恐ろしいまでの巨大さで松五郎の眼へ入った。

(こ、こんなに大きな……)

おかねのそれを、まともにたしかめたこともなかった松五郎だけに、先ず、そのことに瞠目した。

「あっ……」

おかねが、悲鳴をあげて、仰向けに寝ていた男から飛び退いた。

ぬぎ散らしてあった着物を引きかぶり、おかねはそこへ、突伏してしまった。

男も顔面蒼白である。

「お、お前さんは、道竹先生……」

これにも、おどろいた。

「あ……う……」

まる裸の前もかくさぬほどに狼狽し、むしろ一種の虚脱状態になっている男は、近くの山崎町一丁目に住む町医者・吉田道竹なのである。

道竹は、このあたりでも評判のよい町医で、おかねがこの正月に風邪をこじらせて寝込んだとき、往診に来てもらったことは松五郎も知っている。

吉田道竹は、ごく温和な三十男で診察もうまく、妻との間に二男一女をもうけていたし、骨張った長身を折りまげるようにして町を行く姿を、松五郎は何度も見かけ、そのたびに、あいさつもかわしていた。

医者だというのに顔色の冴えぬ道竹の細い顔に生やしているひげのことを、

「なあ、おかね。道竹先生の、あのあごのか細いひげだけはいただけねえね。まるでお前、天神さまが労咳を病んでいるようだ」

などと、松五郎は女房にいったことがある。

その〔天神さま〕を裸にして、これも裸の女房がのしかかっていた、というのは……これつまるところ、女房が姦通をしていたことになるではないか。

「おかね。てめえ、なにをしていやがった!!」

松五郎が怒鳴った。怒鳴りはしたが、それほど昂奮をしていない。われながら、ふしぎであった。

おかねが、すすり泣きをはじめた。

道竹は両手を合わせ、必死懸命の眼つきになって、松五郎を伏しおがんでいる。

ゆるしてくれ、内密にしてくれ、と、道竹は眼にものをいわせて嘆願しているのだ。

しかし、もうおそい。

松五郎のあとからついて来た寺僧がこの様子を見るや、眼の色を変えて怒り出し、

「松五郎さんが人の善いのをいいことに、まことにもってけしからぬ」

「すぐに、御役人を……」

と、駈け去ってしまったのである。

「道竹先生もまた、なんてえことをしておくんなすったのだ」

「す、すまぬ。つい……つい、その」

「困るじゃあありませんか。私に見られただけならいい。だが、正洞院の坊さんたちが知らせに行っちまったよ」

早くも、空地の向うの道へ、近くの人びとがあらわれ、こちらを見ている。

松五郎は舌うちをした。

「若え坊主なぞというものは、まったく、どうにもならねえ……あ、先生。それからおかね。早く着るものを着ちまいねえ」

障子を閉めて、松五郎が外へ出た。

すると……。

そこへ、

「大変だ!!」

長光寺で仕事をしているはずの若い大工が二人、血相を変えて空地へ駈けこんで来た。

「どうしたのだ、お前たち」

「松つぁん。大変だよ。お前さん先刻、あの老いぼれ乞食に弁当をおやんなすったろう？」

「ああ……それがどうした？」

「やっぱり……いつものお前さんの割子（弁当箱）と風呂敷が傍にあったもんだから、てっきり……」

「だから、どうした？」

「乞食が、中のにぎりめしを喰って、死んじまったよ」

「げえっ……」

「口から血を吐いてた」

「ほ、ほんとかよ、おい」

「すぐに来てくんねえ。長光寺には、もう御役人が出張っていなさる」

四

この事件は、寺社奉行所から町奉行所のあつかいに移った。

吉田道竹とおかねの姦通と、乞食が食べて死んだ弁当とが、一つの事件としてとりあつかわれた。

つまり……。

姦通した二人が、松五郎を殺そうとして弁当へ毒を入れたということになってしまった。

それにはまた、吉田道竹が医者であるところから、

「女にそそのかされて毒物をあたえた」

と、きめつけられてしまったのである。

乞食は、三つのにぎりめしを全部、腹の中へ入れてしまっているから、毒物をたしかめることはできなかったが、あまりにも条件がととのいすぎている。

乞食の死体を解剖して、毒物を発見するなどということは、現代から百五十年もむかしのその当時、考えても見られぬことであった。

吉田道竹は、奉行所の調べに対して、おかねとの姦通はみとめざるを得なかったけ

れども、松五郎毒殺の件については、

「まったくもって、身におぼえなきことでござります」

と、いい張った。

おかねも同様である。

しかし、奉行所は二つの罪を、

「逃れざるところ」

として、二人を伝馬町の牢獄へ送った。

秋になると、吉田道竹は牢獄で病死してしまった。

このため、死刑になるはずであったおかねに、お上のおなさけがかかったのかして、三宅島へ遠島の刑に処せられることになった。

そして、おかねが島へ流されてから、二年の歳月が経過した。

「もう、いいだろう」

と、〔大喜〕の親方が松五郎に、

「後妻をもらえ」

こういうのである。

「親方、じょ、冗談を……」

「いや、おれは罪ほろぼしをしてえのだ」

「何の、です？」

「あんな、お前、おかねのような女をお前に世話してしまった、その罪ほろぼしをしてえ」

「してもらわねえでも、けっこうですよ」

「いいや、それでは、おれの気がすまねえ」

「ねえ、親方、ここだけのはなしですがね。おかねは毒入りの弁当なんかこしらえませんよ。私もね、あのとき御奉行所で何度もいったのだが、お取りあげにならなかった」

「だってお前、現に、その乞食が……」

「いえ、そいつはちげえまさ。あんまり空ッ腹だったところへ、いきなり、むしゃむしゃと米の飯をたたきこんだものだから、乞食の腹の虫がびっくりしやがったにちげえねえ。血を吐いたっていいますがね。あの乞食は病気だったにちげえねえ。胃の腑がくされかかっていたのかもしれねえし……ほかにも、いろいろと病気が……」

「ばか!!」

「へ……？」

「お上のお裁きが、とっくに済んだというのに、大きな声でばかをいうものじゃあねえ」

「へい」

「わかっているだろうな」

「そりゃあまあ……」

「とにかく、もう一度、女房を持て」

「ですから、そいつはもう……」

「いけねえ、もうそろそろ四十の坂へ足をかけようというのに、独り身でいては、お前の……いや、おれの信用にかかわる」

「親方、でも……」

「とにかく、おれがえらんだ女に会ってくれ。会っていやなら、むりにとはいわねえ、どうだ」

「会うだけなら、そりゃ、まあ……」

「よし、そうしてくれ」

〔大喜〕が世話しようというのは、京橋・あさり河岸（がし）にある料亭〔萬屋（よろずや）〕の座敷女中をしているおふさという女で、これも四年前に亭主に死なれたという。……年齢（とし）は三十一歳。当時としては〔大年増（おおどしま）〕であるが、いたって気だてのよい、まじめな女だそうだ。

〔萬屋〕が新築をしたのは、八年ほど前のことで、そのころ、おふさはまだ前の亭主と暮していた。

〔萬屋〕の普請をしたのは〔大喜〕で、松五郎も一年近くその仕事にかかっていたので、萬屋夫婦もよく見知っているし、萬屋のほうでも、松五郎の二年前の事件をわきまえての上で、

「松五郎さんなら、ぜひにも、はなしをすすめてもらいたい。棟梁が見こんだだけあって、あのおふさは見目形はあまりよくないけれども、そりゃもうしっかりした女ですよ」

といってくれた。

なにしろ、棟梁の喜兵衛は六十歳になる今日まで、二十何度も仲人をしたというだけあって、

「うまくゆかなかったのは、松五郎とおかねのときだけだ。これだけは、おれの眼の黒いうちに、なんとしてもやり直しをさせなくては死んでも死にきれねえ」

意気込みもすさまじいのである。

結局、松五郎が負けた。

それにまた〔萬屋〕方で見合いをしたとき、松五郎はなんとなく、おふさに好感を抱いてしまったのだ。

前のおかねとちがい、おふさは肉置きのゆたかな……どちらかといえば、ずんぐり

とした体つきなのだが肌はぬけるように白く、やさしそうな細い両眼や、低い鼻の愛嬌も、松五郎にとっては好もしくおもわれた。

きれい好きで針仕事もうまい、ときいている。

（こんな女なら、いいかも知れねえ）

ともかく、一度見合いをしたからには梃子でも引かぬ〔大喜〕の親方なのである。

「ええ、もう、こうなったら仕方がありません。おふささんをちょうだいしましょう」

と、松五郎は喜兵衛にこたえた。

松五郎は、まだ、正洞院の空地の家に住んでいた。

よく晴れた秋の式日に、松五郎とおふさの簡単な祝言が〔萬屋〕でおこなわれ、夕暮れになってから、正洞院裏の家へ、松五郎はおふさをつれて帰った。

すでに、おふさの道具類は運ばれて来ている。

熱い茶をのんでから、二人して、新しい夜具をのべた。

松五郎もまんざらうれしくないこともない。

行燈におおいをかけ、夜具の中へ入った。

おふさは、もう息をはずませている。

「ごめんよ」

とささやいて、松五郎がおふさのえりもとから手を入れ、乳房へさわった。

松五郎の手にあまる量感であった。

おかねが島流しになってから、松五郎は仲間にさそわれ、女を買いに行くようにもなっていたし、人づき合いも、だいぶんによくなってきている。

それだけに、おそまきながら、女の味もおぼえかけてきた、ということにもなろう。

鼻息を荒(あら)げて松五郎が、おふさの乳房へ顔をうめた。

その瞬間であった。

「きゃっ……」

おふさが悲鳴をあげた。

「どうした？」

「ね、ね、猫が、……」

「え……？」

見ると、お千代が二人の枕(まくら)もとへ凝(じっ)とうずくまり、おふさをにらみすえているのである。

お千代、まだ生きていた。人間なら八十をこえている。

白猫というよりは〔ねずみ猫〕といったほうがよいほど、白い毛が灰色にくすみ、鼻面(はなづら)も乾いて艶(つや)をうしない、歯もぬけ落ち、鳴声もめったにはたてなくなっている。

そのお千代が、蒼い眼に不気味な光をたたえ、いまや松五郎のくびすじへ、ふっくらとした双腕を巻きつけようとしたおふさのあたまの上にうずくまって、低くうなったのである。

五日後に……。

おふさは〔萬屋〕へ帰って来た。

「どうしても、松五郎さんとはいっしょになれません」

という。

「もどれ、というのなら、松五郎さんのところにいる化け猫を始末してくれるように、いって下さいまし」

という。

萬屋から、そのことをきいた喜兵衛が松五郎に、

「あの猫、まだ生きていやがったのか」

「へい」

「捨ててしまえ」

「どこへ捨てたって、帰って来ます」

「ばか、殺してしまえ」

「とんでもねえ」

「いいか、お前は、その化け猫にとりつかれているのだ。いまに、お前も、とり殺されてしまうぞ」

「まさか……」

「どうする?」

「へ……?」

「おふさをもどすか、猫を殺すか」

「仕方がねえ。おふささんをあきらめますよ」

「ばかやろう!!」

「だって、親方、お千代はもう十何年も、あっしといっしょに暮しているんです。殺すなんて、とんでもねえ」

「よし。いうことをきかねえのなら、勘当だ」

と、喜兵衛が取っておきの切り札を出すと、

「仕方がありません」

このときは松五郎が、きっぱりと、

「お暇をいただきます」

いいきって、さっさと帰ってしまった。

「勝手にしやがれ!!」

さすがに、喜兵衛も激怒して、

「あんな馬鹿野郎は、二度と敷居をまたがせるな!!」

と、わめいた。

五

それから十二年の歳月がながれ去った。

すなわち天保八年四月。

十一代将軍・徳川家斉が引退し、新将軍・徳川家慶の世となったので、幕府は重罪人に恩赦をおこなった。

三宅島にながされていたおかねも、この恩赦をうけ、十四年ぶりで江戸の土をふむことができたのである。

おもいもかけぬことであった。

おかねは、四十歳になっていた。

だれ一人、出迎えてくれる者もないと、おもいきわめていたおかねに、

「やあ、帰って来たな」

出迎えてくれた男がいる。

「あっ!」

おかねは仰天した。

「お前さん、もしや……？」

「松五郎さ、老けてしまったろう。もう、そろそろ五十だ」

おかねは茫然となったまま、口もきけない。

「おかね」

「あい……」

「ずいぶんと、苦労をしたろうなあ」

「え……」

四十のおかねは、十も老けて見えた。

髪の毛が半分、白くなっている。島の暮しは、女にとって、それほどにすさまじいものなのだ。

「けれど、松五郎さん。お前さん、なんでまた、私を迎えに……？」

「おれはね、まだ、正洞院の裏に住んでいるよ」

「まあ……」

「一時はね、大喜の親方に勘当をされてしまったが……親方は五年前に亡くなってね。お前もおぼえているだろうが、一人息子の喜太郎さんが後をついで、いまも大喜の棟梁さ。喜太郎さんになってから、おれも勘当をゆるされたのだよ」

「けれどお前さん……」

「おかね。また、いっしょに暮そうじゃあねえか、どうだ？」

「ま、まさか……？」

「うそじゃねえ。今度はきっと、うまくゆくぜ」

おかねは、感動して泣きくずれた。二人が、正洞院裏へ来たとき、夕闇が濃かった。

「お前さん……」

「え……？」

「朴の花が、むかしのまんまに……」

「おぼえていたかい」

「この花のにおい、島にいても、よくおもい出しましたっけ……」

「正洞院の和尚さんも亡くなってなあ」

「そうでしたか……」

「今度の和尚さんは若い人だ」

「まあ、そう……」

「今夜は、おれが膳ごしらえをしてやるぜ。魚も買ってある」

「ああ、もう……なんといっていいか……夢のような気がしますよ」

「さ、中へ入んねえ」

戸障子を開けた松五郎のうしろで、おかねがはっと立ちすくんで、

「ま、まさか、お前さん……お千代がいるのじゃないでしょうね？」

「ふ、ふふ……安心しねえ、おかね。さすがのあいつも、五年前に、あの世へ行ったよ」

（「別冊文藝春秋」昭和四十六年春号）

梅屋のおしげ

一

二歳になるおみつを背負って家を出たときから、その若い妙な男が自分の後をつけていたことを、おしげは知っていた。

知ってはいたが知らぬふりで、平気で、いつものように三囲稲荷の境内へ入って行った。

十三歳のおしげは、三囲の社からも程近い小梅にある寺本屋弥兵衛の妾宅で、下女（兼）子守をしている。

いま、おしげが背負っているおみつは、寺本屋弥兵衛の妾のおたかが、去年のいまごろ生み落した弥兵衛の子であった。

境内の木立に、蟬が鳴きこめていた。

梅雨が明けたばかりの夏空が目眩めくほどにかがやき、日盛りの境内には、あまり人影もなかった。

おしげは、日傘をすぼめて絵馬堂へ入った。

背中で、おみつはぐっすりとねむっている。

何十度となく見た絵馬をながめているおしげのうしろへ、ついに、あの男があらわれた。

地味な単衣(ひとえ)をきっちりと着て角帯をしめた風体は、どう見ても、〔御店者(おたなもの)〕なのだが、それにしては月代(さかやき)もくろずんでいるし、髷(まげ)のかたちもくずれている。

小柄で、ふっくりとした顔つきの若者だが、両眼が血走ってい、顔も手足も汗とほこりに汚れていた。

「あんた、だれ?」

おしげは、ふり向きもせずに、切りつけるような声をかけた。いつの間にかおしげは右手に小石を、左手に土をつかみしめていた。いざとなったら、その両方を相手の顔にたたきつけ、大声をあげて救いをもとめつつ、逃げるつもりであった。

十三の子守にしては、落ちついたものである。

だからといって、おしげは、うしろにいる若い男が、なんで自分の後をつけているのか……それは、わからない。

寺本屋弥兵衛が、小梅に妾をかこい、子まで生ませたことは、本所・松坂町一丁目の〔紙問屋〕である本宅でも、知っているものは二人か三人であろう。

本妻のお常も、これを知らない。

となれば、お常が感づいてさし向けて来た寺本屋の手代でもあるのか、と、はじめはおしげもそう思ったが、それにしては男の様子が異常であった。

「だれなのさ、あんた……」

またいって、おしげがふり向いた。

痩せて骨張っているおしげの顔は、いちめんの痘痕であった。

おしげが天然痘を病んだのは七つのときで、一時は、いのちもあぶなかったが、死んだ父親の寅吉が懸命の看病をしてくれ、ようやくに癒った。現代とちがって予防の方法もなかったそのころ、痘痕顔の者は別にめずらしいことではなかったが、それにしても、女の場合は精神的に、

「死ぬほどの苦しみ……」

に、さいなまれることはいうまでもない。

事実、当時は、痘痕を苦にして自殺をとげた若い女がいくらもいたのである。

おしげは、ふり向いた自分の顔を間近に見た若者の表情のうごきを、冷やかにながめた。

はじめて、自分の顔を見た人びとの表情には、

（まあ、なんという顔を……）

という嫌悪と、

（これでも女だ。可哀相に……）

そのあわれみとが、ないまぜになってあらわれる。

はじめは、それが辛く苦しく、たまらなかったものだが、いまのおしげは、そうした相手の表情のうごきをたじろぎもせずに凝視している自分の視線に、相手があわてて眼をそらすのを見て、

(ざまを見やがれ)

と、おもうようになっていた。

そうしたとき、おしげのか細い躰を、一種異様な快感と、するどい悲しみが疾りぬけるのである。

だが、このとき、

(おや……?)

おしげは、あてがはずれた。

若者は、おしげの顔に関心をしめすよりも自分の激情をもてあましているかたちであった。つきつめたおもいが彼の両眼を目ばたきもさせなかった。かえって、おしげのほうがたじろぐかたちとなった。

「どうしたのさ?」

「おしげ、ちゃんですね?」

「あんたは?」

「宗助（そうすけ）、といいます。おうめさんの、知り合いの者です」

「姉さんの……」

「ええ……そうです」

「姉さんが、あたしのことを、あんたにいったの？」

「ええ……きいたことが、ありました」

「だから、どうなの？」

「おうめさんは、お前さんのところへ来ているのじゃありませんか？」

「姉さんは、上野の広小路の、大むらっていう汁粉屋の女中をしているんですよ」

「そりゃあ、知っていますけれど……でも、いまは、いないんです」

「えっ……」

「あ……おしげちゃんは知らなかったらしい。いま、おどろいた顔はうそじゃない」

「あたり前ですよ。でも、どうして……？」

宗助は、うなだれた。

精も根も、つき果てた感じで、くたくたと絵馬堂の石だたみへすわりこんでしまった。

二

やがて……。

おしげは、家へ帰った。

寺本屋の妾・おたかは、本所・四ツ目の裏町に住む木地師・音五郎のむすめで、一度、嫁入ったのだがすぐに亭主が亡くなり、実家へもどっていたところを寺本屋弥兵衛が人の世話で〔かこいもの〕にしたのである。

二十四歳になるおたかは、とりわけて美しいというのではないが、色白のしんなりとした躰つきの女で、気だてがおとなしく、おしげのことも親切にあつかってくれている。

それというのも……。

おしげの亡父・寅吉と、おたかの父・音五郎とは、以前、切っても切れぬ間柄であった。つまり木地師の音五郎が竹で編んだ葛籠を〔つづら屋〕の寅吉が渋とうるしを塗って仕上げるという関係であったのだ。

だから、おたかは、おしげが生まれたときから知っているし、おしげの姉のおうめとも〔幼ともだち〕なのである。

寺本屋弥兵衛の妾となり、小梅の百姓家を改造した家をあてがわれてからも、おたかはつつましく暮し、少女のおしげ一人を相手に、御飯ごしらえも自分の手でやる。

そうしたおたかの気もちが寺本屋にとっては、まことにうれしいらしく、

「行先、きっと悪いようにはしないからね」

と、心底からおたかにいっているらしい。

夕飯がすむと、おたかはおみつを抱いて、自分の部屋へ入って行き、おしげは台所で後かたづけにかかる。

そのとき、おしげは急いで、大きな〔にぎりめし〕を三個つくり、香の物をそえて竹の皮に包み、戸棚の中へかくした。

夜がふけて、おたかもおみつも眠りこんだのを見すまし、おしげは台所のとなりの小部屋からぬけ出した。

竹藪（たけやぶ）の中の道を出ると、向うに常泉寺の塀が見え、その塀がつきたところに常泉寺が持っている畑地がある。畑地の中に物置小屋があった。畑地といっても、いまは放り捨てになっていて、小屋の中には何一つ入っていないし、したがって戸じまりもしてなかった。

おしげは、その物置小屋の戸をたたき、

「宗助さん……」

と、よんだ。

「おしげちゃん？」

「ええ」

戸を開けて中へ入ると、蒸し暑くたれこめた闇（やみ）の底から、宗助があらわれた。

せまい小屋の中に、若い男の汗くさい体臭がたちこめている。

わけもなく、おしげは、そのにおいに胸がときめいてきていた。

「おあがんなさいよ」

おしげが竹の皮包みをわたしてやると、宗助は、むさぼるように食べた。昨日から何も食べていない、と、三囲の絵馬堂で語った宗助だけに、

「ああ……ありがたい、ありがたい……」

欲も得もなく、むしゃぶりつくように食べながら、感きわまって泣声をあげはじめたものである。

(まあ……こんなに、ひもじかったんだねえ)

つりこまれて泪ぐみつつ、おしげは、なんだか十三の自分が、宗助の母親にでもなったおもいがした。

(けど……こんな、いい人を、なんで姉さんは騙したのだろう。姉さんも、ずいぶんひどい人だ。こんなにひどい姉さんだとは、おもっても見なかった……)

だが、それにしても、

(宗助さんのいうことは、ほんとうなのだろうか……)

とも、おもう。

姉のおうめとは、もう一年ほど会っていなかった。

この前に会ったときは、おうめがきちんとした身なりをして、菓子折をたずさえ、小梅の妾宅へあらわれ、昔なじみのおたかへ、くれぐれも妹のことをたのんだのち、ずいぶん長い間、二人きりで語り合っていたものだ。

帰りぎわに、おうめは、水戸家の下屋敷の塀のところまで送って来たおしげに、こういった。

「これは、おたかさんにもいってはいないことだけれど……もし、急に、何か起りでもして、あたしのところへ来たとき、もしも、あたしがいなかったら、池ノ端の仲町にある柏木というお茶屋でたずねてごらん」

つまり、住込み女中をしている汁粉屋の〔大むら〕に自分がいなかったら……と、いうことなのだ。

ところで宗助は、その柏木という茶屋で、何度もおうめと会っていたらしい。

宗助は、神田・今川橋にある瀬戸物問屋〔豊島屋長兵衛〕方の手代だそうな。

今川橋の豊島屋といえば、姉のおうめが四年前まで女中奉公をしていた御店である。

だから、四年前に姉妹の父親が亡くなったのをきっかけにして、おうめが豊島屋を出て、汁粉やの〔大むら〕へ入るまで、おうめと宗助は同じ御店ではたらいていたことになる。

宗助が、おうめに再会したのは去年の二月はじめのことで、上野・広小路の人ごみの中でばったりと出会い、

「ま、ちょっと寄っていらっしゃいよ、宗助さん」

おうめが、しきりにすすめるものだから、宗助は〔大むら〕へ立ち寄り、汁粉をよばれて店へ帰った。四年ぶりに見るおうめの美しさに、宗助は目をみはったものだ。

〔大むら〕は、元黒門町と北大門町の境の小路を入った右側にあり、店も瀟洒なつくりだし、中庭の向うには小座敷が三つほどある。汁粉屋だからといって客は女ばかりではなく、男の客もかなり出入りをする。それはつまり、当時の汁粉屋というものが現代の〔同伴喫茶〕のごとき役目を果していたからで、素人女が男に会う場所としては最適なのである。

その後の宗助は、足しげく〔大むら〕へ通い出した。

手代ながら宗助は、主人の長兵衛や番頭たちの信頼が厚く、金銭の出し入れをすることもあったし、外まわりの機会も多かったので、おうめと会うのに都合がよかった。

宗助とおうめが、池ノ端の茶屋〔柏木〕でむすばれたのは今年に入ってからで、そうなると宗助は夢中にのぼせあがり、おうめのいうままになり、御店の金を合わせて三十両余もつかいこんでしまったという。

このうちの五両は、三日前に宗助が決意をし、おうめに、

「他国へ、いっしょに逃げてくれ」

と、たのむつもりで豊島屋を脱走したときに盗みとった金である。

宗助のつかいこみも、いつまでも隠しおおせるものではなかった。

ところが宗助、あちらこちらへ、おうめをさがして歩いているうち、ふところの五両を失ってしまった。

落したものか、人ごみで掏摸盗られたものか……それすら、宗助にはおぼえがない。

すべてを宗助からきいて、おしげは沈黙した。

二人きりの姉妹であったし、おしげが四つのときに母親が病死して後は、八つ上のおうめが母がわりとなってめんどうを見てくれた。このことは、おしげにとって、

(忘れようとしたって、忘れられるものじゃあない)

のである。

(でも、宗助さんのいうことにうそはないようだし……だからといって、姉さんのいいぶんもきいて見なくちゃ……)

おしげは、そうおもった。

もっとくわしくききたかったが、宗助は疲労しきってい、泣き寝入りにねむりかけている。姉より二つ年上の二十三歳だというが、まるで七つか八つの子供のように、おしげの眼には見えた。

おしげは宗助をゆり起し、自分がためている巾着(きんちゃく)の銭をわたし、

「朝になったら、ここを出て、夜になったら、また、この小屋へもどって来て、あたしの来るのを待ってて」

といいのこし、家へもどった。

翌朝、おしげは、久しぶりに姉と会いたくなったから、といい出して、おたかのゆるしを得るや、すぐに小梅を出て、上野・広小路の〔大むら〕へ向った。

三

上野へ向う途中で、おしげの気が変った。

汁粉やの〔大むら〕へ行くよりも、池ノ端・仲町の〔柏木(かしわぎ)〕へ行ったほうが、

(手っとり早いのじゃないか……?)

と、おもったのだ。

むろん、宗助は〔大むら〕と〔柏木〕へ行き、おうめに会おうとしたが、双方とも
「もう、おうめはどこかへ行ってしまって、その行先も知れません」といい、宗助を相手にしなかったそうである。

しかし、実の妹のおしげが何くわぬ顔をしてたずねて行けば、これはまた別のはなしになるのではないか……。

〔柏木〕は、不忍池（しのばずのいけ）に面した仲町の北側の一角にある茶屋だが、これは汁粉やとは別の意味の男女の出合茶屋でもあって、身分の上下を問わず、密会にはまことに都合よくできている。

少女のおしげは、姉からお茶屋といわれたままを信じこんでいた。

〔柏木〕へ着いたときには、おしげは汗びっしょりとなっていた。

その、おしげの顔を一目見るや、

「なるほど。この顔は、おうめの妹にまぎれもない」

と、柏木の亭主・与七（よしち）が、いった。

与七は、六十がらみの老人である。おしげの痘痕（あばた）だらけの顔のことを、かねておうめからきいていたものと見える。

「お前が、おしげか？」

「はい」

おしげは、にらみつけるように与七を見た。姉が与七に、自分の顔のことをあからさまに告げていたことが、おしげには不快であった。名前もつげぬうちに、与七はおうめの妹だと知ったのである。それが、くやしかった。

「妹のお前になら、かくしてもおけまい。何か、急な用なのか？」

「ええ。大事の用なんです」

「そうか、それなら仕方もねえ。だがな、お前。姉ちゃんの居所を他のだれにもしゃべっちゃあいけないよ、いいかえ」

「しゃべりません」

与七が、教えてくれた姉の居所は、下谷・坂本二丁目裏の〔吉兵衛横町〕の長屋であった。

井戸端にいた四、五人の長屋の女房たちの中から、

「ひどい痘痕だねえ」

というのがきこえた。そのとたんに、井戸端を通りすぎようとしたおしげがふり向き、

「乙松さんの家は、どこでしょうか？」

と、きいた。

女房たちが、顔を見合せた。

「どこなんです？」

「突当りのこっちの方さ」

おしげは、礼もいわずに、教えられた家の前へ立ち、

「ごめんなさい。おうめさんはいますか？」

と、声をかけた。

しばらく、返事がなかった。

道の突当りは寺の土塀で、そこの木立にも、蟬が暑苦しく鳴きしきっている。

「ごめんなさい、もし……」

いいかけたおしげの目の前の戸障子が、内側から開き、まぎれもない姉のおうめの顔があらわれた。

おしげは、息をのんだ。

一年見ないうちに、姉が、人のちがったような顔つきになっているのを、おしげは感じた。

どこが、どう変ったときかれても、すぐにはこたえられないが、姉の眼のふち、が妙にくろずんでい、化粧をしていない肌のつや、が青白く沈んでいて、

「仲町のお茶屋できいたのかえ?」

という声も、妙にしわがれて、何か押しころしたような口調なのである。

「ま、お入りな」

二間きりの家である。おうめのほかにはだれもいなかった。

火のない小さな箱火鉢が放り出されたように置かれてあるきりで、これといった世帯道具もなかった。

「姉ちゃん……」

「お前に、こんなところへ来てもらいたかなかった……」

と、おうめは洗い髪をむぞうさにたばねたままの顔を、そ向けるようにした。

「姉ちゃん。豊島屋さんの手代で、宗助さんという人を、知っているね?」

「なんだって……」

「あたしを、たずねて来たの」

「ばかな……ほんとかえ?」

「宗助さんは、姉ちゃんと会うために、御店のお金を三十両もつかいこんだんだって
……知っているの、姉ちゃんは……」

「知らないねえ」

「でも……」

「うるさいね、おしげ。そんなことがお前と、なんのかかわり合いがあるのさ」

「会ってよ、宗助さんに……」

「おたかさんのところに、いるんじゃないだろうね、まさか……」

おしげは、昨日からのことを、すべて姉に語った。

おうめは、だまって煙草を吸いはじめた。おしげは煙草を吸う姉の姿を、はじめて見た。

おしげは、家の中を見まわした。

壁に、男物の単衣(ひとえ)が掛かっていた。

(姉ちゃんは、別の男と、ここで暮していたらしい)

のである。

「おしげ。お帰り」

煙管(きせる)を投げ捨てて、おうめがいった。

「帰ったら、宗助さんにおいい。どこをさがしても、姉ちゃんを見つけることはできなかったと……ね、そうおいい、そしてね、あとは知らん顔をしていりゃいいのさ、お前は」

「そんなら姉ちゃん……やっぱり、宗助さんのいったこと、ほんとなの？」

「向うが、好きでしたことさ。姉ちゃんだって……あたしだって、金をもらうたびに、肌身を切り売りしていたのだもの、おたがいさまじゃないか」

「姉ちゃんは、そ、そんなことを……」

「ばか。いいかげんにおし。いいかえ、おしげ。あたしだって、いつかはお前と、いっしょに暮そうとおもえばこそ……」

いいさして、おうめは口をつぐみ、おどろきあきれて声もないおしげをちらと見やったが、やがて、

「それもこれも、みんな、だめになっちまった……」

吐き捨てるようにいった。

「姉ちゃん……」

「お帰り。お帰りよ」

「宗助さんは、姉ちゃんと夫婦になるつもりで、御店を飛び出して来たんだよ」

「なにをいってるのさ。そんなことができるものかどうか、考えて見てもわかることだ」

「だって……それじゃ、宗助さんが可哀相だ」

自分があたえた銭で腹をみたしながら、どこかをうろうろしている若い宗助のみじめな姿が、おしげの脳裡に浮かんだ。

「とにかく、会ってよ、宗助さんに……」

「会って、どうするのさ」

「お金を返してあげてよ」

「なにをいってやがるんだ」

おうめの、このように乱暴なことばづかいを、おしげはかつてきいたことがなかった。

おしげの、まったく知らぬ生活が、おうめにかくされている。おしげは不安になった。

（姉ちゃんと宗助さんが、そろって豊島屋さんへおわびに行けば、豊島屋の大旦那さんもゆるしておくんなさるにちがいない。なさけぶかい大旦那だって、死んだ父ちゃんもいっていた……）

おしげは、そうおもうと、どうしても姉を宗助に会わせなくては、とおもった。

おしげは懸命に、姉を説きふせようとした。おしげの顔に血がのぼると、痘痕が青黒くふくれあがり、少女の顔ともおもえぬすさまじさになった。

「ばか」

と、おうめが、たまりかねて、

「世の中は、お前のような子供のおもうように、うまくいかないんだよ。さっさとお帰り」

怒鳴りつけた。

おしげも昂奮し、姉の白っぽい単衣の袖をつかみ、

「どうしても、連れて行く」

と、叫んだ。

「なにをするんだ。おはなし」

「いやだ、いやだ。姉ちゃんを宗助さんのところへ連れて……」

「うるさい」

　おうめが、むしゃぶりついて来るおしげの顔を打った。

「ぶったね。自分が悪いくせして、なぜ、ぶつの」

「帰れ、帰れ」

「連れて行く、どうしても……」

　もみ合っているうち、おうめのえりもとがみだれ、ふっくらとした乳房がこぼれて見えた。その乳房の白さを、何故(なぜ)だか、おしげは憎らしく感じた。

　痩(や)せている小むすめながら、おしげのちからは労働にきたえられていて、なかなか強い。

　妹に押えこまれかけて、おうめは怒りもし、おしげの腕ぢからに気味が悪くもなった。

「出て行け、化けもの」

　と、おうめが叫んだ。

「化けもの」

　といわれて、今度は、おしげが逆上した。

　これが他人にいわれたのなら、別のことであった。これまで一度も、おしげの顔のことにふれたことのない実の姉が「化けもの」よばわりをしたのである。おしげは我を忘れた。

必死に、おしげを突きはなして逃げようとする姉の胸もとから、左の乳房がはみ出している。

おしげは無我夢中で、火鉢の中の金火箸（かなひばし）をつかんでいた。

「畜生!!」

と、一声。おしげが金火箸ごと、おうめの乳房へぶつかっていった。

四

それから後のことを、おしげはよくおぼえていない。

我に返ったとき、おしげは生ぬるい夜の闇（やみ）に抱きすくめられていた。

自分が躰（からだ）を横たえている夏草の香りよりも強いにおいが、あたりにただよっている。

それは、おしげの躰から発散していた。汗といっても、単なる汗のにおいではない。

人間の心身が極限に追いつめられたときにふき出す〔あぶら汗〕のにおいが、おしげの躰にこびりついている。

あのときの、姉の異様な悲鳴と、白く見ひらかれた両眼と、乳房のあたりへ突き刺さった金火箸と、仰向けに倒れていったときの姉の姿が、おしげの脳裡（のうり）へよみがえってきた。

倒れたきり、おうめはうごこうともしなかった。

青白い乳房の上へ、血がにじみ出て、まだ火箸は突き立ったままなのを見て、

(姉ちゃんを、殺してしまった……)

そう感じた瞬間の恐怖は、なんともいいようのないものであった。

おしげは、姉の家から飛び出した。

何か、叫んだようにもおもうが、まったくおぼえてはいない。

長屋の細い道が、夏の陽に白く光って見え、その道に、人影はなかったようにおもえる。

それから、どこをどう通って、ここまで来たのか、おしげの記憶は断絶してしまっていた。

(ここは、どこなんだろう?)

おしげが、草の中から身を起した。

そこは、木母寺(もくぼじ)と田圃(たんぼ)をへだてて大川(隅田川)沿いにある水神(すいじん)の社(やしろ)の木立の中だったのである。

月も無い夜空が赤茶けた色に見えた。

おしげは、歩き出した。

(姉ちゃんを……姉ちゃんを、殺してしまった。いまごろは、大さわぎになっているだろう)

こうなったからには、とても、おたかの家へは帰れない。

このあたりの地理にくわしいおしげだけに、闇の中を物につかれたような足どりで突きすすみ、やがて、常泉寺の畑の物置小屋の前へ、おしげは立った。

「もし……宗助さん……」

よびかけると、小屋の中から、

「おしげちゃんか？」

「ええ……」

宗助は、待ちかねていた。

小屋へ入って戸をしめると、おしげが、

「姉さんに、会ってきました」

「ほ、ほんとかい……」

「ええ」

「ど、どこでだ。どこにいた？」

宗助が、おしげの肩をつかんでゆさぶりながら、

「どこにいる、どこに？」

「坂本の、吉兵衛横町というところに……」

「そ、そんなところで、なにをして……？」

「ほかの男と、いっしょに、暮していました」

「なんだって……見たのかい、その男を……」

「いいえ。けど、男の着物が、掛かっていたんです」

口をききはじめると、おしげは一気にしゃべった。しゃべらずにはいられなかった。

「宗助さん。姉ちゃんのことなんか、あきらめておしまいなさい。あたしも、もう、あきらめちまったんです。姉ちゃんは悪い人です、宗助さんをだましたんです。ほかに何人も男がいたんです。お金で身を売っていたんです。だから、あきらめておしまいなさい」

宗助は、いきりたった。

「いま、私は、なんとしても、おうめに会うよ。会わずにおくものか。私は、おうめのために、一生を棒に振ってしまったのだからね」

「姉ちゃんは、宗助さんと夫婦になる約束なんか、してはいないと、そういってましたよ」

「うそだ。夫婦になる。きっと、なると、そういったからこそ、私は、御店を逃げ出して来たのじゃないか」

「およしなさい、宗助さん。ね、わたしが姉ちゃんのかわりに、豊島屋さんへ行って、おわびをいいます。ね、そうさせて下さい」

「ばかなことを……おしげちゃんは子供だ。そんなことをしてくれても、むだにきまっている」

「むだかどうか、やってみなきゃわかりません」

「それよりも、おうめの居るところを、もっとくわしく教えておくれ。坂本の……？」

「行っても、むだです」

「お前の知ったことじゃない。私と、おうめのことだ」

「行ったって、姉ちゃんはいません」

「なんだって……？」

「姉ちゃんは、あたしが殺しました」

おもいきって、そういったとき、おしげの躰が火のついたようになった。

おしげが、わっと泣き声を発して宗助へしがみつき、男の、はだけた胸肌へ痘痕(あばた)の小さな顔を押しつけ、

「姉ちゃんは、宗助さんをだまして、ちっとも悪いとおもってない。だから殺したの。宗助さんのために殺したの。宗助さんにあやまらないっていうから殺したの」

泣きじゃくりつつ、おしげは宗助の肌の感触と体臭に惑乱し、尚(なお)も、しっかりと男のくびへしがみついて、

「あたし、金火箸で、姉ちゃんのおっぱいを突き刺してやった。一突きに、突き殺してやった……」

うわごとのように、しゃべりつづけた。

宗助の躰が、わなわなとふるえ出した。

「ほ、ほんとに……こ、殺したのかい？」

「うそじゃない、うそじゃない。宗助さんにあやまらないから、姉ちゃんを殺したんだ。宗助さんの悪口をいったから、姉ちゃんを殺した。姉ちゃんは、宗助さんのことを化けものだって、そういった。だから殺したの。ひどい、ひどい姉ちゃんだ。宗助さんのことを化けものだなんて……」

そのとき、おしげは、いきなり突き飛ばされた。

「あっ……どこへ行くの、宗助さん」

「お前は、恐ろしい子だ。おそ、ろしい……」

「逃げちゃいや。逃げないで……」

こたえはなかった。

宗助は、気が狂ったように小屋の戸を開け、外へ走り出して行った。

飛び起きて、後を追おうとしかけたおしげが、そのまま、うごかなくなった。

おしげは、また倒れ伏し、いまは声も発せず、死んだようにうごかなくなった。

豊島屋の元手代・宗助は、このときより行方知れずとなり、消息を絶ってしまうわけだが……。

おしげは、翌日いっぱいを物置小屋の中で、ぐったりと横たわっていた。

小屋をぬけ出したのは、夜がふけてからである。

このときもおしげは、どこを通ったものか、おぼえていない。

虚脱したおしげの耳に、蛙(かえる)の声だけがきこえてい、その声も、やがてきこえなくなったとき、雨がふり出してきた。

雷鳴はなく、稲光りだけがして、なぐりつけるような雨がふりつけ、すぐにやんだ。

雨がやんだとき、おしげは、新大橋の上に立っていた。

新大橋は、両国橋の川下(かわしも)にあり、浜町から深川(ふかがわ)・六間堀(ろっけんぼり)へかかる橋で長さ百八間(けん)、元禄(げんろく)六年に大川へ架けられたものである。

おしげは、この新大橋の上から大川へ身を投げた。

川水にもぐって、鼻と口から水がごぼごぼとながれこんだとき、おしげは、

(死ぬなんて、楽だ……)

と感じ、すぐに、何も彼(か)もわからなくなった。

そして……。

おしげは、毎夜のねむりからさめたかのごとく、翌朝を迎えたのであった。

気がついたとき、おしげは、自分をのぞきこんでいる男の顔を見た。

五十がらみの男で、その顔は、おしげよりもひどい痘痕に埋まっていた。

「うごいちゃあいけねえ」

と、男がいった。

塩辛い声だが、やさしく、あたたかい口調で、

「お前は、新大橋の上から身投げをして、いったん死んだのだ。そしてなあ、また生き返ったのだぜ。心配はいらねえ。小父さんは、深川の漁師で友五郎というものだ。お前が大川へ投びこんだ、そのすぐ近くを舟で通りかかってな。すぐに、おれも飛びこんで、お前を助けたのさ」

「あ……う、う……」

「口をきいちゃあいけねえ。心配はいらねえ」

「あ……」

「この家には、小父さんが一人っきりだ。わけはゆっくりときくから、いまはじっとしていねえ。安心して、もうひとねむりするんだ。いいか、ぐっすりとねむるんだ」

おしげは、眼をとじた。

ふたたび、目ざめたのは夜に入ってからであった。

漁師の友五郎は、深川の亀久橋・北詰の小さな家に住んでいて、当時五十二歳であ

ったそうだ。

卵を落した、あたたかい粥を友五郎が煮てくれた。

おしげは、われながらふしぎにおもえるほど、その粥をむさぼり食べたものである。

「小父さんはねえ、お前が身投げをした、くわしい事情は知らねえけれども……だが、なんとなく、お前のこころもちが、わかるような気がするぜ」

と、友五郎がいった。

「というのはなあ、小父さんも、ほれ、お前と同じ痘痕面だ。男でせえも、こんな面になっちまうと、ずいぶん、ひでえ目に会うものさ。まして、お前は女だものなあ……だからよ、小父さんには、なんとなく、お前のこころもちがわかるのさ」

この夜の、おしげが得た安息のおもいは、これまでにおぼえのなかったものである。

友五郎が、ほんとうの父親のような気がしてきた。

小さな家の中で二人きりで向い合っていると、この世の人間たちの顔が、みんな痘痕面であるようにさえ、おもえてきた。

おしげは、この夜。

つつみかくすことなく、すべてを友五郎に語った。

友五郎が、おしげをつれて江戸を脱け出したのは、つぎの日の夜ふけであった。

五

文政七年の初夏というと、おしげが新大橋から身を投げ、漁師・友五郎にたすけられてから十五年後のことになるが……。

二十八歳になったおしげと、六十七歳になった友五郎とを、東海道・藤枝(ふじえだ)の宿場(しゅくば)に見出(みいだ)すことができる。

二人は、だれが見ても親子であったし、おしげは友五郎を、

「お父(とっ)つぁん」

と、よんでいた。

友五郎も、おしげのことを、

「うちのむすめ」

と、いう。

ただし、十五年前から、おしげは名を〔およね〕と変えていたし、おしげ自身にも〔およね〕の名が身についてしまっていたが、この物語では、おしげの名で通してゆきたい。

駿河国(するがのくに)(静岡県)志太郡・藤枝宿は江戸から五十里。近くの田中は本多家四万石の城下町であるし、宇都谷(うつのや)峠の難所と瀬戸川の渡しをひかえた宿場だけに、旅籠(はたご)も五十

を数える繁昌ぶりであった。

宿場の高札場わきにかかっている清水橋のたもとを東へ入る道があり、蔵小路とよばれている。

この蔵小路を入って一町ほど行った左側に〔溜屋彦兵衛〕という酒問屋があり、溜屋では造酒業も兼ねていて、老主人の彦兵衛の人徳は、近辺で評判が高い。間口八間の表がまえも立派なもので、醸造場も大きい。

酒倉と醸造場をつなぐ通路の奥に小屋が一つあり、ここに番人が住んでいる。

この老番人が、漁師・友五郎のいまの姿であった。

そして、おしげは溜屋の女中をしていたのだが、老主人をはじめ、若夫婦にも気に入られ、奥向きの用事は、おしげがほとんど切ってまわしていた。

十五年前の、あのとき、友五郎は、

「おれも、もう江戸には飽きちまったところだ。二十年ぶりに故郷へ帰ってみよう。どうだ、お前いっしょに来ねえか。そうしろ。な、そうしろ」

おしげをつれて、ひそかに江戸を発ったのである。もとより、おしげに否やはなかった。生きるあてもなくなってしまったが、死に損ねがもう一度、死ぬ気にもなれなくなってきた。それというのも、自分と同じ痘痕顔の「新しい、お父つぁんのような小父さん」というものが、できたからであろう。

相州・小田原の外れの酒匂村というのが友五郎の故郷で、次弟の宇之吉ほか二人の弟たちが、百姓をしたり漁師をしたりしている。三人の弟も、その女房も、二十年ぶりに帰って来た友五郎を、あたたかく迎えた。

友五郎が故郷を出奔した事情について、

「下らねえことさ。女のことでね」

と、おしげにもらしたことがある。

友五郎は、弟たち夫婦に、

「こいつは、おれのむすめだ。因果なことに、おれと同じ面になっちまってねえ」

むしろ、さばさばとした声で、おしげを引き合せたものである。また、そうしてもらったほうが、おしげには却ってうれしかったものだ。

友五郎も、おしげも、一生懸命にはたらき、五年ほどすぎたころ、小田原城下で旅籠をいとなんでいる遠縁の〔亀屋九八〕に、友五郎が、

「旦那。いつまでも弟たちの厄介になってもいられませんので、ひとつ、むすめ共々はたらける口がございませんでしょうか」

と、たのみこんだ。

亀屋九八も、小田原へ帰って来てからの友五郎の実直な人柄を「若いころとは、まるで人が変ってしまった」と大いに買ってくれていた。

亀屋とは親しい溜屋彦兵衛が、商用で江戸へ行った帰途、亀屋へ泊って友五郎のことをきくや、

「よし、よし。わしのところへおよこしなさい。決して悪いようにはせぬ」

たのもしく、引きうけてくれたのである。

友五郎とおしげが、藤枝の溜屋へ引きとられたのは、八年前の夏のことであった。

はじめのうちこそ、痘痕の父娘（おやこ）だというので、いろいろといやなおもいもしたが、いまさらおどろいたり怒ったりするような二人ではない。二人はちからを合わせて懸命にはたらき、溜屋彦兵衛も「あの二人は、掘り出しものだ」と可愛（かわい）がってくれたし、おしげの縁談についても心配をしてくれたようだが、まとまるはなしは一つもなかった。

○

その日の昼下りに、おしげは主人・彦兵衛の用事で、宿場の本陣・青島治右衛門方へ行き、用をすませたのち、宿場の本通りを清水橋のたもとまで、もどって来た。

空はまっ青に晴れあがってい、燕（つばめ）が地面をかすめるようにしては舞いあがって行く。

いつものくせで、うつ向きがちに足をはこぶ二十八歳のおしげは、四十女のように老（ふ）けて見えた。

真昼のいまごろは、宿(しゅく)の人通りも少なかった。

橋の手前の左角が質屋・九兵衛の家で、そこを曲ると蔵小路になる。

蔵小路を曲りかけ、何気もなく清水橋のほうを見やったおしげが、

「あっ……」

するどい悲鳴を発して、立ちすくんだ。

橋をわたりきった商人ふうの、中年の旅の夫婦らしい二人づれを見て、おしげは愕(がく)然(ぜん)となった。

「あ……ああっ……」

両手を泳がせ、腰がぬけたようになり、おしげは瘧(おこり)にかかりでもしたかのように五体をふるわせつつ、そこへすわりこんでしまった。

旅の夫婦も、びっくりして、おしげを見つめたが、その瞬間、女房と見える色白の肥えた女が白い脚絆(きゃはん)の足を一歩ふみ出し、

「お前……おしげじゃないかえ?」

叫ぶように、いった。

「あ……ね、姉さん……」

「おしげだ。ほんとうに、おしげだ」

「生きて……生きていた、姉さんが……」

「ああ、生きていたとも」

おしげに飛びつき、これをしっかりと抱きしめた旅の女房は、まさに姉のおうめではないか。

「生きていた、姉ちゃんが、生きていた……」

「死にかけたが、生き返ったんだよ。傷の手当が早かったのでね」

「ごめんなさい、ごめんなさい」

「ああ、お前……こんなに老けちまって……ずいぶん、苦労をしたのだろう」

「姉ちゃんを殺したとばかり……そのことを、一日も忘れたことはない、一日も、一時も……」

「あたしが悪かった……」

「ごめんな、ね。ごめんなねえ……」

「おしげ。お前が金火箸（かなひばし）で突いてくれて、死にかけてから、あたしもものの考え方が変った。ずいぶん、お前のことを、さがしたんだよ」

姉妹抱き合って泣きくずれるのを、宿場の人びとが道へ駈（か）けあらわれ、遠巻きに見まもっている。

おうめの夫らしい旅の男は、かねてから、おしげのことをきいていたらしく、これも手ぬぐいで目を押えていた。

おうめの夫は、江戸・木挽町六丁目に住む煙管師で重蔵という者で、実家が京都にある。

このほど、京都の実父が亡くなったため、その法要のためと、まだ実母や親類たちに顔を見せていなかった女房・おうめをつれて京へのぼっての帰途、藤枝宿へさしかかったわけだ。

「もしも、あのとき、溜屋の大旦那さんから、御本陣への用事をいいつかりませなんだら……姉にも会えず、いまも私は、姉を、この手で殺したものとばかり、おもいこんでいたにちがいございませぬ。そのことをおもうと、ぞっといたします」

と、後年に、おしげは語っている。

姉のおうめは、あれからのち、暮しをあらため、蜱のように自分からはなれず、稼いだ金を巻きあげていた男とも手を切り、日本橋・通り三丁目の煙管問屋〔名張屋幸七〕方へ奉公をしたが、縁あって煙管師・重蔵と夫婦になり、おしげと再会をしたとき、二人の子が生まれていたという。

姉と再会したのちのおしげは、人が変ったように明るい気性の女となり、躰にもみっしりと肉がついてきたし、四年のちに、義父・友五郎と共に溜屋を出て、宿外れの瀬戸川のほとりへ、

〔梅屋〕

という茶屋を出した。

店の名は、姉のそれからとったものと見てよいだろう。

おしげの茶店でも、このあたりの名物といわれる〔染飯〕を客に出した。

これはもち米を山梔子の煮汁につけて蒸らした黄色い強飯へ、煮た黒豆を散らしたものだ。

宿場の人びとも、

「染飯は、梅屋にかぎる」

といい、わざわざ買いに来る客も多かった。

その後、おしげに二度ほど縁談がもちこまれたようだが、おしげは、

「いまはもう、せっかくに、うれしい気もちで暮しているのだから、男といっしょに別の暮しをするつもりにもなれませんねえ」

と、屈託なげに笑うのを常とした。

（「小説現代」昭和四十六年七月号）

平松屋おみつ

一

梅雨が明けたばかりの、その日は朝から暑かった。

風も絶えた狭い仕事場で、父親の徳之助がわき目もふらず、細工にはげんでいるのへ、

「お父っつぁん。夕飯は、お豆腐でいいね」

声をかけたおみつへ、徳之助はこたえようともせぬ。

四十五歳になる徳之助は〔煙管師〕であった。

といっても、自分で店をもっているわけではなく、深川・蛤町の小さな家でこしらえた煙管を、京橋・銀座一丁目にある煙管所〔柳屋平兵衛〕方へおさめていた。

柳屋では、徳之助のほかに、何人もの煙管師から品物をおさめさせているけれども、

「蛤町の徳さんのが、ほしい」

という客が多い。

これも煙管師だった父の与吉の指図で、徳之助は十七歳のときに京都へおもむき、二条・富小路にある〔後藤兵左衛門〕方へ修業に出ただけあって、武家方からの注文も立派にこなせる。

十五歳のおみつは、徳之助の〔ひとりむすめ〕で、母親のおこうは一昨年の夏に病死をしていた。

仕事場には、父の汗のにおいがこもっている。

おみつはその、香ばしい父の汗のにおいが好きであった。

「じゃあ、行って来ますよ」

台所から出がけに声をかけたが、今度も返事がない。いつものことである。

仕事に熱中しているときの徳之助の耳には、むすめの声も入らぬらしい。

裏手の細道を右へぬけると、そこは富岡八幡宮の門前町の一隅であった。

ものの本に、

「当社門前・一ノ鳥居より内、三四町が間は、両側に茶屋・料理屋軒をならべて、常に絃歌の声絶えず、遊客の絶える間とてなし」

と記されているような、その門前町の参道にも、淡い夕闇がただよいはじめてい、人通りもまばらになっていた。夜に入ると、また、にぎやかになってくるのだ。

参道を突っ切ったおみつは、山本町の横道の豆腐屋で、豆腐を買い、参道へもどって父親の好きな〔松風せんべい〕を越後屋で買った。

冷たい水をたっぷりと張った鉢へ豆腐を入れて酒を出し、それに土用蜆の味噌汁と紫蘇飯をこしらえるつもりのおみつであった。

深川名物の蜆は、父親の膳に欠かせないものだ。

徳之助は、このごろ柳屋の主人から、しきりに再婚をすすめられているらしいが、

「いえ、おみつがおりますから……」

どうしても承知をしないそうな。

「それじゃあお前さん、むすめさんが、いつまでも嫁に行けませんよ」

そういう柳屋平兵衛に、徳之助は、

「大丈夫でございます。むすめを不しあわせにはいたしません」

「きっぱりと、こたえている。

おみつは、うれしかった。

いっそもう、

(お嫁になんか、行かなくたっていい。いつまでも、お父っつぁんのそばにいて、御飯ごしらえをしたり、洗たくをしたり、していりゃいいもの)

と、おもったりしている。

十三のときから、母親がわりの仕事いっさいをおみつはしてきているし、それがまた少女のはげみともなり、こころの支えともなり、したがって生甲斐ともなっていたのだ。

「お父っつぁん、ただいま」

声をかけて、すだれを掛けてある台所口から入ったとき、何か妙なにおいがした。

その生臭いにおいは、父親の仕事場のほうからただよってきている。

おみつの手から、豆腐を入れた手桶（ておけ）が音をたてて土間に落ちた。

「お父っつぁん……」

無我夢中で、おみつは六畳の部屋を駈（か）けぬけ、堀川沿いの道に面した父親の仕事場へ駈けこんだ。

仕事場は、血の海であった。

脳天を刃物で割りつけられた徳之助は、うつ伏せに倒れたまま、もう息が絶えていた。

おみつの小さな躰（からだ）がぐらりとゆれ、そのまままくずれるように倒れた。

気をうしなったのである。

二

犯行の現場を見たものは、近辺に一人もいなかった。

しかし、土地（ところ）の御用聞きや、町奉行所のお調べでは、

「犯人は、さむらいにちがいない」

とのことであった。

なにしろ、唯の一太刀で徳之助の脳天を鼻柱まで割りつけている手ぎわは、なみなみのものではなかったからだ。

夏のことで、通りに面した戸口も窓も明けはなしてあったのだし、夕暮れといっても、あたりはまだ仄明るかった。

小さな徳之助の家の右どなりは草地で、左は数珠師・七右衛門の家である。

七右衛門は外出をしてい、女房と二人の子が台所にいたのだが、

「そういえば何か……どこかで妙な声がきこえたようにもおもえます」

と、女房がいった。その声は、おそらく徳之助の悲鳴ではなかったか……。

家の前の道と堀川をへだてた向う側は亀戸村の飛地で、ひろびろと草原が横たわっている。

徳之助が何故、このような殺され方をしたのか、それは、おみつにもわからなかった。気むずかしく無口で、仕事一途の徳之助であるが、人の恨みを買うはずがない。

手がかりが、一つ、あった。

翌日、このさわぎをきいて駈けつけて来た漁師の甚五郎という老人が、昨日の夕方に、徳之助の家の前を通った、といった。

甚五郎は平井新田に住んでい、徳之助と親密の間柄だ。

「へい、前を通りかかったもんで、徳之助さんの顔を見て行こうとおもい、ひょいと

見ると、四十がらみの浪人ふうのさむれえと徳之助さんが、何やら、はなしこんでいたものだから、えんりょをして通りすぎてしめえました」

甚五郎は、くやしそうに役人へ申したてた。

気にもとめず通りすぎただけで、その浪人の顔かたちも、はっきりとおぼえていないらしい。

袴はつけていたようだが、何かみすぼらしい身なりで月代ものびていたので、甚五郎は〔浪人ふうの侍〕と見たのであろう。

「大男でござえましたよ。わっしよりも背の高え徳之助さんが、小さく見えましたからね」

と、甚五郎は、出張って来た南町奉行所の同心・井坂宗太郎へ申したてた。

それ以上のことは、何もわからなかった。

物盗りなら、何も徳之助の家を襲うことはないだろうし、事実、金品は何ひとつ、盗まれていなかったのである。

とすれば喧嘩か、または怨恨による殺人と見るよりほかはない。

ともかく、それからのおみつは、ただもう茫然と日を送るのみであった。どのようにして一日一日がすぎていったか、ほとんどおぼえてはいなかった。

よくはたらくので、顔も手足も陽に灼け、むっちりと肥り気味だったおみつの躰が、たちまちに痩せおとろえていった。

食べるものも、ろくに食べなかったからであろう。また食べる気にもなれなかった。

五十をこえて尚、気楽な独り身暮しをしている漁師の甚五郎が、

「万が一ということもある。とにかく、おみつ坊を一人でおいてはおけねえ」

といい、蛤町の家へ寝泊りをしてくれなかったら、おみつは虚脱状態のまま、重い病気にでもかかってしまったろう。

一時は、

（このまま、死んじまいたい。死んでお父っつぁんのところへ行ってしまいたい……）

と、おみつは考えていたのである。

漁師の甚五郎は、がっしりとした体格で、当時の五十といえばもう老人といってよいのだが、身のこなしは見るからに軽々としてい、声にも若々しい張りがあった。子供のころから海と魚を相手の稼業をしつづけてきている甚五郎の、汐風にさらしつくされた顔貌も、その気持も、さっぱりとして男らしい。

甚五郎はろくに稼ぎにも出ず、親身に、おみつの世話をしてくれた。

亡くなった徳之助が甚五郎と知り合ったのは、三年ほど前のことだ。

黒江町の「みよしや」という居酒屋で知り合ったらしい。徳之助は毎日の晩酌が唯

ひとつのたのしみであったし、甚五郎のほうは底なしの酒量である。

「おじさん。あたしのところにいてくれるのはありがたいけど……でも、稼ぎのほうが……」

と、おみつがいったとき、甚五郎は事もなげに、

「なあに、おじさんは漁に出ねえでも、一年や二年はらくに食っていけるのさ」

そう、こたえた。

甚五郎は博打が好きで、土地の大名や武家の下家敷の仲間部屋でひらかれる博打場をまわっているらしい。

夏がすぎようとするころになっても、徳之助を殺した犯人は捕まらなかった。

「お上じゃあ、もう、忘れちまったんだろう」

と、甚五郎はいった。そのとおりである。現代のような科学捜査が発達していない当時、犯人の面体がわからなくてはどうにもならぬし、殺された徳之助のほうにも、これといった原因がないというのでは、糸をたぐる術もないのだ。

「畜生め……」

或る夜、おみつと膳に向っていた甚五郎が、酒をのみほした茶わんを畳へ叩きつけて、

「あんな、いい人を……よくも殺しゃあがった」

たまりかねたように叫んだ。

「殺した野郎を見つけたら、只じゃあおかねえ。おれが叩っ殺してやる。おれはな、おみつ坊、お前のお父っつぁんと同じに人ぎれえで、これといった友だちもなかったんだが……この年になって、はじめて、友だちができた。それが、お前のお父っつぁんだったのさ。……それをおもうにつけ、くやしくてならねえ、殺した野郎が憎くてたまらねえ」

酔いもあったろうが、その声には、すさまじい憎悪がこめられていた。

おみつは、夢からさめたような顔つきになり、口へはこびかけた炒り玉子を落し、甚五郎を見まもった。

おみつが見たところでは、二人の友情が、それほどに深いものだと、このときまではおもえなかった。

十日に一度ほど、甚五郎が魚を持って来てくれ、それを肴にして、二人は酒をのみはじめる。二人ともあまり口をきかず、向い合って、さしつさされつしているだけで、夜がふけてくる。

おみつは、

(お父っつぁんも、おじさんも、いったい何がおもしろいんだろう?)

あきれてしまい、先へねむってしまうのが常であった。

いまになって、おもい出されることだが、いつであったか徳之助が、

「私はね、おみつ。お前がお嫁に行っても、さびしくないよ。だって、甚五郎さんがいるものね」

おみつに、そういったことがある。

それに、

「これは、気に入った出来だから……」

といって、柳屋へもおさめなかった自慢の煙管を一つ、甚五郎にあげたことも、徳之助にしてはめずらしいことであった。

「おみつ坊には、よくわかるめえが……この年になって、ぴたりと気の合った友だちができるなんて、夢にもおもわなかったのに、畜生め、よくも殺しゃあがった」

甚五郎は、尚もわめきつづけた。

「敵を……徳さんの敵を、きっと、おれがとってやる」

「おじさん。その浪人の顔を見たら、わかる?」

ひきこまれて、おみつも興奮してきた。

このときはじめて、おみつは長い虚脱状態からさめたといってよい。

「わかる……ような気が、しねえでもねえ。いや、なんとしても見つけ出す。そうしねえじゃあ、徳さんにすまねえ。人の一心をかけてやることだ。神さまも助けておく

んなさるだろう」

「おじさん……」

「おみつ坊。お前だって、くやしいだろうが……」

「ええ、くやしい、憎たらしい」

火がついたように、おみつが叫んだ。

「あたしだって、お父っつぁんを殺した奴を、見のがしちゃあおかない!!」

三

それから、おみつと甚五郎の新しい生活がはじまった。

甚五郎は、ほとんど漁に出なくなり、毎日のごとく江戸の町を歩きまわったり、諸方の博打場へ出入りしたり、ときによると二日も三日も帰って来ないことがあった。

人の世の裏道にも通じている甚五郎だけに、

（おれはおれなりに、きっと、徳之助さんを殺った浪人をさがし出して見せる）

と、意気ごみ、深川から本所、浅草などにかけて、さぐりをかけたり、ききこみをしたりしているようだ。

年の暮が近くなるころ、甚五郎はめったに、おみつの家へもどって来ないようになった。

おみつは、平井新田にある甚五郎の家（小屋といってもよいほどの、一間きりの住居）へも何度か足をはこんだが、鍋（なべ）も釜（かま）も埃（ほこり）をかぶったままなのである。

おみつは、こころぼそく、文化三年の新年を迎えた。

徳之助が死んだとき、二十余両の金を、おみつはあずかっていたのだが、

「稼いでくる。ちょいと、貸してくんねえ」

と、甚五郎が一両、二両と持ち出して行き、三度か四度は返してよこしたけれども、そのうちに、おみつが留守の間にもどって来ては、押入れのふとんの下に入れてある金を持ち出してしまうようになった。

稼ぐというのは……博打で稼ぐという意味なのであろう。

おみつの手に、小判一枚きりが残った。その正月の十日に、おみつは京橋・銀座の煙管（きせる）所〔柳屋平兵衛〕方へ出かけて行った。

「おお、よく来てくれたね」

と、主人の平兵衛がおみつをやさしく迎えてくれ、

「こころが決まったかえ」

「はい」

おみつは両手をつかえ、

「よろしくおねがい申します」

「いいとも、いいとも」

平兵衛は、徳之助が死んでから、何度も番頭の伊四郎を使いによこし、

「よい奉公先があるから、気ばらしのためにもはたらいてみたら……」

と、親切にすすめてくれていたのである。

だが、甚五郎は気負いこんでいて、

「これからは、おじさんといっしょに暮らしながら、お父っつぁんの敵をさがすのだぜ」

しきりにいいたてるものだから、おみつもその気になり、柳屋平兵衛のさそいにものらなかったのだ。

しかし、

(こうなっては、仕方がないもの)

おみつは、決意をした。

亡父の徳之助はおみつに、

「めったに他人の世話になるものじゃあない。他人にめいわくをかけるのは江戸の者の恥だからね」

口ぐせのようにいっていた。

近所の人びとも何かと親切にしてくれるが、

（あたしも、十六になったのだから……）

なんとか一人立ちをして行かねばならぬ、と、おもいたったのだ。このまま、甚五郎を待っていても仕様がないし、また、帰って来れば来るで、これまでの暮しがつづくだけのことになると見てよい。

（おじさんも、どうかしている……）

なんだか、たよりにならなくなってきた。

徳之助の敵を討とう、という熱もさめてしまい、博打と酒に溺れこむ暮しが甚五郎の身についてしまったのではあるまいか……。

おみつのほうは、日がたつにつれ、

（お父っつぁんを殺したやつが憎い）

のおもいが、つのってきている。

顔にも口にも出さぬが、この十六歳の少女の胸には、犯人への憎悪がしだいに烈しく重く、沈潜しつつあった。

けれども、その敵の行方を追う〔手がかり〕は何一つない。それが少しでもつかめているのなら、たとえ乞食をしてもさがしに出かけるのだが、とにかく、このままではどうにもならない。

そこで、おみつは柳屋の世話で奉公へ出ることにしたのであった。

「私のところへ来てもらってもいいのだが、お父っつぁんが品物をおさめていた店にいて、何かと哀しいことをおもい出してもいけないし……」

柳屋平兵衛は、そこまで気をつかってくれた。

平兵衛は、おみつを浅草御門外・福井町三丁目にある小間物問屋〔平松屋利七〕方へ世話をした。

〔平松屋〕は、袋物や革製品、櫛・簪などのほかに、紙製の財布が有名で、江戸でも名の通った店である。

主人・利七は六十。

妻・おりんが五十三歳。

そして、一人息子の利太郎は、なんと三十歳にもなっていながら、まだ独身であった。

台所の飯炊きから下女までふくめると、三十人ほどの奉公人がいる大世帯の平松屋だが、おみつは、内儀のおりんの小間使として奉公することになった。

「お前の身の上は、柳屋さんから、くわしくきいている。気の毒なことだ」

と、おりんはまるで男のような口調できびきびいった。

背すじのしゃんとした細い躰つきで、切長の眼の色も強く、肉のうすい鼻すじや唇などからうける印象は、むしろ冷やかな感じがした。おみつは怖かった。

柳屋平兵衛ともあろう人が、

（なんで、こんなところへ世話をしたのだろう……）

おみつは、こころぼそくなった。

「ま、私は、かなり口うるさいほうだから、そのつもりでいてもらわないとね。だが……おみつ、といったね。お前がしっかりとはたらいてくれるなら、決して悪いようにはしない。先々のことも考えてあげようし、いつまでも眼をかけてあげよう」

と、おりんはいいわたした。

「よろしく、おねがいを申します」

おみつは、そういってあたまを下げるよりほか、仕方がなかった。

住みこんで、いよいよ奉公をしてみると、なるほど、おりんは口やかましい。

おりん付きの小間使が居つかないというのも、うなずけた。

無類の潔癖であって、居間の火鉢のふちに、ほんのすこし埃がついていても、おみつは叱りつけられた。洗濯をした肌着にはいちいち火熨斗をかけなくてはならないし、その肌着を朝夕二度も着替える。髪は毎朝ゆい直すし、入浴も毎日のことである。

おみつがおどろいたのは、主人の利七よりも先に、内儀のおりんが入浴することであった。

そのときはむろん、おみつがつきそい、おりんの背中をながさねばならぬし、その

前に風呂場そのものを、みがきたてるように洗い清めておかないと、

「そんなことで、一人前の女になれるか」

と、きびしく叱りつけられる。

おりんの前には、夫の利七も利太郎もあたまが上らない。したがって奉公人一同、おりんの前ではぴりぴりと緊張をしている。

利七が、かつては平松屋の手代で、それを先代が見こんで、ひとりむすめのおりんの聟にした。つまり養子だということは、すぐに、おみつにもわかった。

小柄な利七は、ただもう一心に商売に精を出し、おみつにも、めったに口をきかない。

もっとも、この温和な老主人は、めったにおりんの部屋へ来なかったし、あらわれるときは商売上の相談を妻にもちかけるときで、そんなとき、利七は、

「これこれにしたらよいとおもいますがね、どうでしょうな？」

口のききようも、まことに丁寧なものであった。

一人息子の利太郎も、略、父親同様といってもよい。瘦せた青白い顔つきの利太郎が、何かおりんにきびしく注意をうけながら、ときたま、ちらりと上眼づかいに母親を見る眼つきに、何か異様な光があった。

「何だえ、利太郎。その眼つきは……」

と、たちまち、おりんに切り返されると、すぐに面を伏せてしまう利太郎なのである。

おみつはそうした利太郎の眼に憎悪の色を感じとった。

「若旦那は、もう三度も、お嫁さんをもらっているんだよ」

と、下女のおかねが、おみつにそっと告げた。

おみつが平松屋へ来てから、三月ほどたった或る日のことだ。

「どんな嫁が来たって、あのお内儀さんにあっちゃあ、一日だっていられやしないものね。おみっちゃんも毎日、大変だろ。ほんとに察しるよう」

おかねは、同情してくれた。

いかにも大変ではある。

大変ではあるが、馴れてしまうと、おみつには、格別に苦しいこともなかった。

十三のときから気むずかしい父親・徳之助の世話をしつづけてきたおみつである。

徳之助も相当な「きれい好き」であったし、食膳の鉢や皿がすこしでも欠けていたり汚れていたりすると、

「こんなことじゃあ……」

いいさして、じろりとこちらをにらむ父親の眼のきびしさに、おみつは一層、精を出し、父親の気に入られるようにしたものだ。

それがいま、役に立っているとおもえば皮肉なことである。

さすがのおりんが、

「お前のお父っつぁんは、よほど、しっかりしたお人だったらしい」

ほめてくれたのだか、はげましてくれたのだか、眉毛ひとつ動かさず、おみつにいった。

無我夢中で奉公をしているうち、文化四年の正月が来て、おみつは十七歳になった。

その正月に、利太郎へ四度目の縁談がもちこまれた。

「よくまあ、それでも縁談をもちこむ人があるもんだ」

と、下女のおかねが蔭で毒づいた。

四

この縁談は、急速にすすめられた。

利太郎の相手というのは、大伝馬町二丁目の、これも小間物問屋〔加賀屋幸右衛門〕のむすめ・お勝である。

もっとも、お勝は初婚ではない。

一度、芝・田町九丁目の紙問屋〔伊勢屋〕の次男・楠次郎へ嫁いだが、やがて夫が病歿したので、実家へもどってから足かけ三年になっていた。

しかし、利太郎も今度で四度目であるから、加賀屋のほうでも、かなり乗気となっていた。

ひけ目を感じないで、お勝を出してやれるからである。

加賀屋にしても、平松屋のしゅうとめ〔おりん〕が、どのように口やかましいかを充分にわきまえていたろうが、なんといっても、二十六になるむすめの再婚ばなしだから、

(なんとしても、この縁談は、まとめなくては……)

という肚であった。

お勝も、若いときから〔しっかりもの〕で通ったむすめなのだから、

(うまく、やって行けるだろう)

と、加賀屋夫婦は考えてもいた。

平松屋のほうでも、主人の利七が、めずらしく気を入れてはなしをまとめにかかった。

自分は六十をこえたし、一人息子の利太郎も三十をこえた。一日も早く、

(せがれの嫁に居ついてもらいたい)

と、おもうのは当然であろう。

世間では、これまでの利太郎の嫁を、みんな妻・おりんが、

「いびり出した」

などと、うわさをしている。

「今度は、お前さんも、目をつぶっていて下さいよ」

と、利七はおりんの部屋へ来て、

「利太郎も可哀相だからね」

「ええ、わかっていますよ」

おりんは、うす笑いをうかべ、

「それに、いつだって私は、利太郎の嫁に出て行けといったことはありませんよ。向うさまで、出て行ってしまうんですから……」

「そりゃ、まあ、そうだが……」

それ以上のことは、おとなしい利七がいいきれぬことであった。

縁談がまとまり、双方とも初婚でもないので、婚礼も簡略にすることとなり、この年の晩春の吉日をえらび、お勝が平松屋へ嫁入って来た。

お勝は、おりんの若いころをおもわせるような細っそりとした躰つきで、すこし険はあるが美しい顔だちで、えりあしのあたりの肌がぬけるように白かった。

利太郎も、そわそわと婚礼の日を迎えた。

これまで三度、自分の意志でもないのに、母親の仕つけのきびしさに堪えかねて妻

を手ばなしてきている従順な利太郎だけに、父親の利七から、

「今度は、おりんも口やかましいことをいわないだろうよ」

と、告げられ、喜色満面のかたちなのである。

おみつも、

(前々のことは、よく知らないけれど、今度はきっと、うまくゆきなさるだろう)

と、見ていた。

このごろのおみつは、おりんの信用絶大なものがある。

叱(しか)りつけられれば、直せばよい。

なんでもないことなのだ、おみつにとっては……。

おりんのほうも、いざ気に入ったとなると、実によくしてくれた。他の奉公人の手前もあるので何かと用事をいいつけては、月に一度、

「半日も遊んでおいで」

小遣いをくれ、自由な時間をおみつにあたえる。男の奉公人でさえ年に二度の休みが当然なのに、このあつかいは、まさに破天荒というべきだろう。

おりんは、朝昼の食事を自分の部屋で一人で食べる。給仕するのは、おみつなのだが、

「さ、お食べ」

おりんは、小皿に自分の食べる魚をむしってくれたり、玉子焼を分けてくれたりする。

こんなところを見たら、他の奉公人は眼を白黒させるにちがいない。

「あの、お内儀さんが女中ふぜいに……」

である。

だが決して、おみつはつけあがらなかった。

また〔お内儀さん〕の寵愛を他へもらすこともしなかった。

おみつは、一日一日を懸命にはたらきつづけてい、また、そうした彼女なればこそ、おりんも、ひそかに可愛がってくれたのであろう。

月に一度、おりんから暇をもらうと、おみつは深川の旧居のあたりへ出かけた。

そこには、子供のころからの友だちや知り合いが住み暮している。

おみつが父親と住んでいた家には、すでに人が入っていた。

「甚五郎さんは、あれから、一度も姿を見せないんだよ」

と、数珠師・七右衛門の女房が、おみつにいった。

平井新田にあった甚五郎の家は、取りこわされてしまっている。

(私ばかりじゃあない。甚五郎おじさんも、お父っつぁんが殺されたことで、人生が変ってしまったんだもの)

それをおもうにつけ、

(お父っつぁんを殺したやつに、食いついてやりたい)

憎悪は、消えなかった。

月のうちに何度か、その敵への憎悪で、おみつは眠りつけないことがあるほどだ。

けれども、いまのおみつにはどうしようもない。嫌悪と歩調をそろえ、絶望も深まっていった。

十七になったおみつの顔は、おりんの傍につかえているだけに緊張で引きしまってきて、数珠師の女房が、

「まあ、おみっちゃんたら、もう二十にも見えるよ。しっかりした娘はちがうものだねえ」

と、感嘆するほどであった。

かたぶとりの躰もすくすくと伸び、おりんのいいつけで身なりもきちんとしているから、小娘は小娘なりに、平松屋でも重くあつかうようになっている。

さて……。

平松屋へ嫁入ったお勝は、一カ月と保たなかった。

お勝は泣き泣き実家へ逃げもどったのではない。

なにやら注意をした姑の頬へ平手打ちをくわせ、堂々と実家へ帰って行った。

嫁も、うわさ以上の〔しっかりもの〕であった。

おりんも以前のように、口うるさくはしなかったのだろうが、それでも、お勝には堪えられなかったらしい。堪えられぬばかりか激怒をさそい、女だてらの暴力をさそった。

嫁に打たれたおりんは、苦笑をもらし、

「お勝は、これまでの嫁の中で、いちばん見どころがある。もどる気があるのならもどってくれ、そう私がいっていたと、つたえてやって下さい」

と、夫の利七にいった。

利七はすぐに、加賀屋へ飛んで行ったけれども、お勝はもどらなかった。

「あの姑の顔を見ているだけで、御飯も喉(のど)へ通らなくなります。声をきくだけで鳥肌がたちます」

お勝は、そういったそうな。

それをきいて、おりんは、めずらしく声をたてて笑い出し、

「惜しいね。お勝は……気が強いというだけじゃあなく、お勝には女の見栄(みえ)がありすぎる。それがあの女のしあわせの邪魔をしているのだ」

ひそかに、おみつへもらした。

離婚さわぎがしずまったとき、夏はすぎようとしていた。

さ、そこでだ。

これは、なんともいいようがないことなのだが……。

おみつが、若旦那・利太郎の子を身ごもってしまったのである。

五

利太郎が、おみつの躰へ手をかけたのは、四度目の妻に逃げられて一カ月ほどすぎた夏のさかりのことであった。

その日の午後。

おみつは、おりんのいいつけで裏の土蔵へ入り、さがしものをしていた。

おりんはおみつに用事をいいつけておき、別の女中をつれ、浅草の〔観音さま〕へ参詣に出かけ、留守であった。

土蔵の裏は、出羽・久保田二十万五千石・佐竹侯の屋敷で、その土塀の向うの深い木立に蟬が鳴きこめていた。

おりんにいいつけられた〔さがしもの〕というのは、五代もつづいた平松屋の商品を彩色入りで写しとった一種の画帖であった。その画帖の二十年も前の一冊を取り出すのに、それほどの手間暇はいらなかった。

画帖を抱え、おみつが土蔵を出ようとしたとき、開け放したままの扉口から、利太郎が入って来た。

「あ、若旦那で……」

いいさして、おみつは声をのんだ。

利太郎が無口のまま、土蔵の重い扉を閉めにかかったのを見たからである。

(………?)

利太郎が何をしようとしているのか、とっさに、わからなかった。

土蔵の中が、うす暗くなった。

二つだけの明り窓からさしこむ光だけとなった。

利太郎の顔もよく見えない。

「わ、若旦那……」

おもわず身をすくませたおみつへ、利太郎がものもいわずに飛びかかってきた。

「あれ……」

必死で、利太郎を突きのけたおみつの顔を、利太郎がなぐりつけた。

おみつは、動顚(どうてん)した。

このような行動と、平常の利太郎の性格とは、どうしてもむすびつかぬものだったからである。

よろめいたおみつへ、利太郎がもう一度、強い打撃を加えた。

おみつは声もなく倒れた。

一時は意識をうしなったのだが、気づいたとき、利太郎の躰が自分へ押しかぶさってい、引きむしられたえりもとから右の乳房が露出してい、その青葡萄の房のようなおみつの乳房へ噛みつくように利太郎が顔を伏せていた。

「あっ……」

うめいて、また突きのけようとするおみつを、上体を起した利太郎が、またもなぐりつけた。恐ろしいちからである。おみつの意識がうすれかかった。

ぐったりとなったおみつを、利太郎はほしいままにした。

体内をつらぬく激痛に、おみつの意識がもどったときには、もう逃げるにも逃げられなかった。

荒々しい利太郎の喘ぎの中から、

「畜生、畜生……」

と、うわごとのようなつぶやきがもれているのを、おみつはきいた。

男の汗が、生ぬるく自分の胸肌につたわってくる。

おみつは、もがこうともしなくなった。

もがくちからは残っていたのだが、利太郎のするがままにまかせた。

このときの、おみつの気もちは、どういうものだったのか……。

四度も妻に逃げられた利太郎には、かねてから「お気の毒な、若旦那……」とおもっていたおみつであるが、それは別に愛情でもなんでもない。平松屋へ奉公にあがってから利太郎と口をきいたのは数えるほどしかないおみつなのだ。

異性としては、「好きでも、きらいでもなかった……」のである。

いまひとつ、

(若旦那も、気もちが弱すぎる……)

と、おもわぬでもなかった。

母親のおりんが口うるさくても、妻と母の間に立ち、これをうまくおさめて行くのが夫であり、男なのではあるまいか……。

おりんの前へ出ると、まるで、蛇に睨(にら)まれた蛙(かえる)のような利太郎を、

(男らしくもない……)

同情とおなじ比重で、おみつは、そう見ていたともいえる。

その弱々しい利太郎が、突然、自分へ襲いかかったとき、有無をいわさぬ男の強いちからをうけ、驚愕(きようがく)すると同時に、

(あの若旦那が、こんなことを……)

考えもおよばなかった利太郎の行動に、おみつは、圧倒されたともいえよう。

おみつが、すればできた必死の抵抗を熄(や)めた理由は、そのほかにも一つあった。

その一つが、おみつ自身にもよくわからない。

強いていえば、一種の予感というべきものであろう。

その予感とは何か？……と問われれば、このときのおみつにも、よくわからないのだ。

それから、五日ほど後。おりんが外出(そとで)をした隙(すき)に利太郎があらわれ、おみつに、

「土蔵へおいで」

といい、返事もきかずに去った。

おみつは、ちょっと考えこんでいたが、土蔵へ入って行った。

そのつぎは、夜ふけに土蔵へ入り、利太郎に抱かれた。

抱き合っているときの二人は、ほとんど口をきかなかった。

日中に、店や住居のどこかで出会っても、おみつや利太郎のそぶりは以前とまったく変らなかった。

秋になって、二人の関係に気づいたのは、ほかならぬおりんであった。

傍(そば)ちかくつかえているだけに、おみつの躰の異常を、おりんのするどい眼が見のがすはずはなかった。

「お前、お腹(なか)の子の父親は、だれなのだえ？」

ずばりと、おりんがきいた。

おみつは、わずかにうなだれ、低いが、よくきこえる声で、

「若旦那でございます」

と、こたえた。

六

意外だったのは、おりんが、

「ふむ……」

うなずいただけで、叱りつけようともせず、またそれ以上のことを問おうともせず、例のごとく能面のような表情のままで、すぐさま、おみつに用事をいいつけたことであった。

それからしばらくすると、おみつの躰の様子が平松屋の女たちの、だれの目にもあきらかとなった。

「お内儀さんは、知らないのかね」

「いったい、だれの子を……？」

「あの、おみっちゃんがねえ」

女中たちは、相手が若旦那だとは、夢にもおもわなかったろう。

うわさがひろまると、利太郎はおみつを土蔵へさそいこもうとはしなくなった。

利太郎は青ざめ、来るべき母親の激怒を迎えるための緊張で、食欲もなくなり、ついには、病気と称して奥の部屋へ引きこもってしまったのである。

「どうも、若旦那の子らしい」

と、うわさがたちはじめた。

たまりかねて、利七がおりんの部屋へあらわれ、

「いったい、どうしたことなのだろう？」

問うや、おりんが、

「うわさは本当ですよ、旦那」

「げえっ……ま、まさか……」

「いいえ、本当なんです。おみつが白状しましたよ」

「な、なんですって……」

「かまいません。おみつを利太郎の嫁にしようじゃあございませんか」

「そ、そんな……両親(ふたおや)も、ろくに親類もいないおみつを……」

「つり合いがとれないとでも？」

「そうとも」

「いいえ、二人は、よくつり合いがとれているとおもいますけれどね」

「お前さん。正気かえ？」

「はい。正気ですとも」

こうなっては、おりんに反対をとなえられる利七ではなかった。

「手を出したのは利太郎のほうからでしょうが……、いまのおみつは、利太郎の女房になるつもりでいますよ」

と、おりんは笑いもせずに、夫の利七へいった。

そういわれれば、たしかにそうなのだ。

おみつは、落ちついていた。

おりんに問われ、おもいきって利太郎のことを打ちあけてからは、

（あとは、お内儀さんのおっしゃるとおりにすればいいのだ）

と、覚悟が決まっている。

それでいて、ふてぶてしい感じがしないのは、

（お内儀さんは、わるいようにはしないだろう）

という安心が、おみつの胸の底にひそんでいたからだ。

二年の間、おりんにつきそって平松屋で暮した日々が理屈ではなく、おりんの胸の内を、おみつは肌で感じとるようになっていたのやも知れぬ。

だが、それにしても、まさか自分が利太郎の正妻に迎えられようとは、おみつにとっても、

（おもいもかけない……）

ことであった。

おりんは、利太郎をよびよせ、

「お前さんに、はじめて子ができるのだ。しっかりしなくちゃあいけない」

といった。

利太郎の満面に、見る見る血の色が浮かんだ。

どのように叱りつけられるかとおもい、生きた心地もなく、母親のところへあらわれた利太郎だけに、おみつを女房にすることですむなら、これにこしたことはなかったのである。

利太郎にして見れば、なにも好きで手を出したのではない。

来る嫁、来る嫁が、いずれも夫の自分をきらってではなく、姑のおりんの仕つけのきびしさにたまりかねて、逃げ出してしまう。

もっとも逃げ出すときは、おりんへ一言も手向いができぬ利太郎へ愛想をつかしていたにちがいない。

四度目のお勝に逃げられたときは、さすがの利太郎も、

（畜生……）

いっそ、母親をしめ殺してやりたいとおもった。だが、おもうだけで手も足も出な

い。

そのくやしさ、怒りが、母親気に入りの小間使・おみつへの暴行となってあらわれた。

はじめのとき、おみつを犯しながら「畜生、畜生……」と、うわごとのように口走っていた利太郎なのである。

ところが……。

いったん、おみつの躰を知ってからは利太郎が、その魅力にひきずりまわされるかたちとなってしまった。

もちろん、おみつは女としての性のよろこびを知っていたわけではないが、肉体はじゅうぶんに成熟してい、のびのびと肉づいた肢体が汗ばむとまるで山梔子(くちなし)の花のように匂(にお)い出すのだ。

四度も妻を迎え、商売女の肌も知らぬではない利太郎であったが、男を知らぬ十七の小むすめの肉体が、これほどのものとは考えても見なかった。

しかも、さそうとおみつはついてくるではないか。

三度、四度とおみつを抱くうち、利太郎は、

(いっそもう、おみつをつれて、どこかへ逃げてしまおうか……おふくろの目のとどかないところへ……)

と、おもいはじめ、おもい悩んでいたのである。

そこへ、おもいもかけず、おりんがおみつと夫婦になることをゆるしてくれたものだから、利太郎としては否(いな)やのあろうはずがない。

「ありがとうございます、ありがとうございます」

と、おりんの前へひれ伏した三十一歳の利太郎が、泪声(なみだごえ)で礼をのべた。

二人の婚礼は、翌年の正月十八日におこなわれた。

おみつ十八歳である。

柳屋平兵衛夫婦が、おみつの親代りとなってくれた。

「私はねえ、おみつ……いや、今日からは、ここの若旦那のお内儀さんなのだから、おみつさんといわなくてはいけないね」

と、柳屋平兵衛が、

「はじめは、お前さんも、とんだところへ奉公口をきめたものだ、と、さぞ私をうらんでいなすったろうが……私はね。お前さんなら平松屋のお内儀さんが、きっと気に入ってくれると、見きわめをつけていたのだよ。それにしても、こうなろうとは、私もおもいおよばなかった。めでたいことだ。亡(な)くなったお父(と)っつぁんも、きっと、よろこんでくれていますよ」

わがことのように、祝ってくれた。

おみつの人生は、こうして意外きわまる転換をとげたのである。

夏が来て、男の子が生まれ、清太郎と名づけられた。

次の年の暮れに、女の子が生まれた。名はお千代。

おりんは、

「私たちの後は、お前と利太郎が立派に平松屋の看板を背負って行かなくてはならないのだから……」

といい、仕つけのきびしさを層倍のものとした。

利太郎は、おりんをおそれて、なるべく寄りつかない。

必然、おみつが商売上のことも仕こまれるようになっていったのである。

おみつは懸命であった。

これまでに自分を信頼してくれているおりんのきびしさに、なんとしても堪えぬかねばならぬとおもった。

亡父の徳之助のことを忘れたわけではないが、徳之助を殺した男への憎悪は、新しく大きい生甲斐のある生活に埋没しかけていた。

漁師・甚五郎は依然行方知れずのままであった。

おみつが甚五郎のことを想いうかべることもめったにはなくなっていった。

徳之助の命日は、おみつよりも、むしろおりんのほうがおぼえこんでしまってい、

月の命日が来ると、ともすれば忘れているおみつを仏間へ呼びよせ、いまは姑となったおりんが、

「困るね、おみつにも……実の親の命日を、いくらいそがしくても忘れちゃあいけない」

こういって、二人ならんで線香をあげる。

平松屋の仏壇の中には、徳之助の立派な位牌が置かれてあった。

七

そして、十七年の歳月が、ながれ去った。

おみつが利太郎と夫婦になって三年後に、当主の利七が六十五歳で病歿し、後をついだ利太郎は六代目の〔平松屋利七〕となった。

それから四年後に、おみつにとっては姑のおりんが亡くなった。六十二歳であった。

先代・利七が亡くなって間もなく、おりんは心ノ臓を病み、長らく寝ついたことがあって、その後は、急に元気がなくなり、孫たちの相手をするのも、

「めんどうな……」

と、もらすようになっていた。

おりんの死は、いかにも彼女らしかった。

遺言もなければ、病苦に瘦(や)せおとろえた結果でもない。

亡くなる前日には、めずらしく自分の部屋から出て、利太郎あらため利七・おみつの夫婦や孫たちと夕飯を共にし、上きげんであった。

寝酒にといい、盃(さかずき)を二つ三つほしてから寝所へ入ったおりんが、翌朝になっても、いつまでも起き出て来ないので、おみつが見に行った。

すると、もう息絶えていたのである。

ものしずかな死顔でくちびるのあたりが微(かす)かに笑っていた。

この姑の死後、平松屋の経営は、すべて、六代目利七とおみつによっておこなわれることになったわけだ。

平松屋は、加賀百万石の前田家をはじめ、出入りをゆるされている大名屋敷が十をこえる。それだけに神経をつかわねばならぬことが多いし、流行を追う商売柄、かたときも油断がならぬ。

だが、おみつは立派にやってのけた。

亡き姑から噛(か)んでふくめるように教えこまれた経営術を、おみつは忠実にまもり、また利七も、利太郎時代のひ弱さが年毎(としごと)に消え、二年に一度は京都へのぼって商品の研究をおこたらない。

利七は、おみつを妻にしたことによって、男としての自信を得たともいえる。

なにしろ、はじめは、男の暴力をふるってわがものとした妻なのである。

夫婦は、三人目の子として、次女のお吉をもうけた。

二人が夫婦となってから十八年目の文政九年十二月はじめの或る朝のことだが……。

店の表戸を開けた店の小僧が、

「あっ……行き倒れだ」

叫び声をあげた。

前夜おそくから降りはじめた雪は、まだ熄まず、表の道は白一色になっていたが、その積雪を避けるようにして、平松屋の軒下へころげこんだらしい老人がひとり、二枚重ねの汚ならしい蓆を引きかぶったまま、打ち倒れていたのである。

「中へ、おはこび」

と、おみつが命じた。

大台所の火のそばで、老人は介抱をうけた。

股引をはいているが、垢じみた素袷一枚を痩せおとろえた躰にまとってい、面長の顔にきざみこまれたしわが深かった。

年のころは六十にも七十にも見える。蓬髪は白く、生色をうしなった顔の、まるで喰いしばったような口もとに、この老人の重苦しい過去がにじみ出ているようだ。

枯木のような躰だが、背丈も高く、肩幅もひろい。

（このお人は、むかし、おさむらいだったのではあるまいか）

と、おみつはおもった。

老人の息は絶えていなかった。

手当をうけて、老人はうすく眼をひらき、

「ここは……？」

と、おみつに問うた。

「心配はいりませんよ」

「助けて下さったのか……？」

「ええ、うちの軒下に倒れていなすったので……」

「いかぬ、いかぬな」

「なぜ？」

「そりゃ、つまらぬことをしてくれた……」

老人が、ほろ苦く笑って、

「死なしてくれれば、よかった。いや、夜のうちに死ねるつもりでいた……」

と、いった。

「でも、雪を避けて、軒下へ……」

「は、……そうでしたかな。わしは、雪の中へ倒れたつもりでいたのじゃが、やはり、人間の心垢（しんく）というやつか……人の家の軒下を、われ知らず恋しがっていたとは、な……」

あたたかい重湯（おもゆ）をすすめられ、これを喉（のど）へ通したとき、老人が、さもいまいましげに舌打ちをもらして、こういったものだ。

「なんと、われながら、あさましいことじゃ」

八

医薬の手当をうけ、食物を口に入れ、十日もすると老人は、かなり体力を回復した。

老人は、

「安蔵（やすぞう）といいます。え……わしの年齢（とし）かね。はっきりとはおぼえてはいないが、たしか六十はこえていますよ」

といった。

こうして、このまま、安蔵老人は平松屋へ居つくことになってしまうのである。

年が明けて、文政十年となった。

おみつは三十七歳になった。

六代目・平松屋利七、五十一歳。

長男・清太郎が二十歳。

長女・お千代、十九歳。

次女・お吉は十三歳である。

安蔵は、体力を回復したのち、利七夫婦に厚く礼をのべ、平松屋を去ろうとした。

そのとき、おみつが、

「これから、どこへ行きなさる？」

問うや、安蔵は、

「死場所をさがしにね。それが、なかなかむずかしい。この間、雪の中で眼をつぶったときは、ほんに、うまく行きそうだったのにな……」

「それは悪いことをしたけれども……もし、よかったら、しばらくうちにいてごらんなさい。好きなことだけを手伝ってくれればいいし、そのうちにはまた、その死場所とやらも決まるだろうから……」

その、おみつのことばが気に入ったらしく、安蔵は、

「それじゃあ、まあ、世話になるかね」

と、足をとどめることになったのである。

安蔵は、下男のする仕事は何でもやってのけた。ことに薪割りのあざやかさは格別であって、手順よく仕度をととのえるや、山のように積んだ薪を次から次へ、鉈をふ

るってたちまちに割りこなしてしまう。

それでいて息もはずませず、汗もかかぬ。

「やっぱり、もとは、おさむらいだね」

と、その態(さま)を見た奉公人たちがうわさをし合った。

おみつは、安蔵老人の〔身の上ばなし〕なぞを一度もきこうとはせず、奉公人たちへも、

「どの人にも、何か一つ、しゃべりたくない経過(むかし)があるものだし、安蔵のような老爺(としより)には、一つどころか、数えきれないほどの厭なことがあったにちがいないのだから……」

かたく、いいふくめておいた。

そうしたおみつのこころづかいが、安蔵を平松屋に居つかせてしまったのだともいえる。

安蔵は、ほとんど口をきかず、黙々としてはたらきつづけた。している仕事は下男のすることなのだが、骨張った長身をものしずかにうごかし、風雪にさらしつくされた石仏のような顔の表情をみじんも変えぬ安蔵を、奉公人たちは「こわい」とも感じ、また「たのもしい」とおもいもした。

この年の夏になって……。

平松屋利七夫婦の長女・お千代が本所・松坂町二丁目にある袋物問屋〔菱屋勘兵衛〕方へ、泊りがけで遊びに出かけた。

菱屋と平松屋とは親類どうしで、菱屋のむすめたちと平松屋のむすめたちとは、しごく仲がよい。双方が泊りがけで遊びに行ったり来たりすることは、めずらしいことでない。

菱屋にいるお千代を、三日目に、安蔵老人が迎えに行った。

こうしたときの送り迎えは、このごろの安蔵の受持ちになっている。

お千代が呼び返されたのは、日本橋・通一丁目の小間物諸色問屋〔木屋善治郎〕方の後とり息子・平太郎とお千代との縁談が起り、その見合いがおこなわれることになったからである。

お千代と安蔵が菱屋を出たときは、夕暮れであった。

出る前に、ひとしきり驟雨があって、それがやんだあとのすがすがしさ、涼しさにさそわれたお千代が、

「おじさん、歩いて帰りましょうね」

と、安蔵へいった。

両国橋をわたってしまえば、福井町の平松屋へ、まだ明るいうちに着けよう。

二人が両国橋へかかったとき、南の空に虹がかかっているのを見た。

「あら、きれい……」

「ほんに、ね」

おもわず立ちどまって、空を見上げた二人へ、橋の西詰からわたってきた三人の浪人が、わざとぶつかるようにして、お千代の躰へさわった。

「あっ……」

そのころの十九むすめである。当然、お千代は仰天して安蔵へしがみついた。

浪人たちはひどく酔ってい、夕立の中を傘もささずに歩いていたらしい。着ながしの裾を端折り、履物を帯へはさみ、はだしになっていた。

安蔵は、お千代をかばいつつ、だまって浪人たちの傍をすりぬけようとした。

「なんだ、おやじ。その目つきは……」

「おれどもが、何をしたというのだ」

「畜生め、憎たらしい爺いだ」

夕立のあとで、橋上の人通りもすくない。それをよいことに浪人どもが、二人を取り囲んだ。

このころの江戸には、このような無頼浪人の悪事が絶えない。

「やい、むすめ、こっちへ来い」

いいざま、浪人のひとりがお千代へ飛びかかり、ちからまかせにえりもとを押しひろげようとした。

安蔵の躰がうごいたのは、このときであった。

あっという間に、浪人は安蔵に右腕をつかまれ、そのまま大きく泳いで橋板の上へもんどりを打った。

「こいつめ!!」

別の一人が大刀を引きぬき、安蔵へ切りつけた。まことに乱暴きわまる。

「お嬢さん、お逃げ」

と、安蔵が、しわがれた叫びを発した。

「叩(たた)っ斬(き)れ」

残る二人も刀を抜きはらった。

「お、おじさん……」

「逃げなさい。そこにいては、あぶないぞ」

「うるせえ」

わめいた浪人のひとりが、お千代の前へ立ちふさがったのへ、安蔵が身を沈めざま、躍りかかった。

「さ、早く、お逃げ」

いわれて、お千代が、

「助けてえ……」

叫びながら、橋の上を走り出した。

通行の人びとの声が其処此処(そこここ)で起った。

浪人がひとり、橋のらんかんを越え、大川（隅田川）へ投げ落された。

九

お千代は無事であった。

だが、安蔵老人は右肩と腹へ重傷を負った。安蔵が大川へ投げこんだあと、二人の浪人と闘って斬(き)られたのである。

浪人ふたりは刀を振りまわして、人だかりを突破し、両国橋を東へわたって逃げてしまった。三人の無頼浪人が捕えられたのは、それから十日ほどのちであったが、すでにそのとき、安蔵はこの世の人ではなかった。

安蔵が息を引きとったのは、平松屋へはこばれ、医薬の手当をうけてから四日目の明け方であった。

奥まった部屋に寝かされた安蔵の枕(まくら)もとで、おみつは、ほとんど不眠不休の看護にあたっていた。

そのとき、おみつひとりが安蔵の枕頭(ちんとう)につきそってい、団扇(うちわ)の風を送ってやっていたのである。

と……。

長いねむりからさめ、眼をひらいた安蔵が、

「お内儀。すまぬなあ……」

と、いった。あきらかに、それは武士のことばづかいであった。

安蔵の両眼はうるんでいた。

おみつは、この老人の泪をはじめて見た。

「お千代は、おじさんのおかげで、助かりました」

「すこしばかり、善い事をした。そして、ようやくに死ねそうだ。これは、おもいもかけぬことだ。おもいもかけぬ、うれしいことだ」

「………」

泊りこみでいてくれる医者の大沢玄得も、

「いのちは、助かりますまい」

と、いいきっている。

「わしはなあ、お内儀。悪い奴でなあ……」

「さ、もっと、おねむりなさいよ」

「いいのだ。ねむりあきたよ」

「でも……」

「わしは、むかし、罪のない人を一人、殺している」

「え……？」

「人殺しさ、わしは……わしはなあ、三、四十年も前には、大和・郡山の柳沢家につかえていて……もっとも、身分の低い藩士であったが、な……」

「さようで……」

「父が同役の者に殺されたので、敵討ちの旅へ出て、二十年も敵をさがしまわったのに、どうしても……どうしても、見つけることができなくてなあ」

「まあ……」

おみつにしても緊張せざるを得ない。

亡父・徳之助を殺害した男への憎悪が、近年はまったく消えてしまっていたおみつではあるが、他人事とはおもえなかった。

「国もとの母も死んでしまい、親類たちにも見はなされて、この江戸で、わしは、その日その日の食うものにさえ、困ってしまい、こころが荒みきっていてなあ、……そんなとき、深川の、……そうだ、八幡宮の近くのどこかを、ふらふら歩いていると、煙管師が仕事をしているのが見えた……」

おみつの顔色が変った。

安蔵は両眼を閉じてい、そのまま、しずかに語りつづける。

「わしはな、腰の、煙草(たばこ)も入っていない煙草入れから、父の形見の煙管を出し、その煙管師の家へ入って行き、この煙管を買ってくれ、と、たのんだ。わしは、腹の皮が背中へくっつきそうになっている野良犬(のらいぬ)のようなものだったのさ」

「それで?」

うながした、おみつの声が、かすかにふるえた。

「ことわられた。ことわられるのが、あたり前なのだよ。ところが、その煙管師の一言をきいて、わしは、かあっとのぼせあがってしまった……こころが荒(すさ)んでいるときというものは、恐ろしいものだ。ことわられた怒りと恥に目がくらみ、わしは、その煙管師を斬り殺してしまったのだよ、お内儀」

「……」

「それから逃げた。江戸をはなれて、乞食(こじき)同様の旅をつづけにつづけて……五年前に、また、江戸へもどって来たのだが……われながら、よくも、ここまで、生きていたものとおもった」

「お、おじさんの敵、は……?」

「討てるものか、もう四十年もたっている。敵の男も、どこかで、死んでしまっているだろうよ。生きていれば、八十をこえている……」

「………」

「討つ気もちも、もう、とっくに消えた……」

「………」

「敵を討つ身が、罪もない人を殺したのでは、どうしようもないわい。それからのちは、もうただ、なんとか、この世から消えてしまいたいとおもいつづけて、生きて来たのだ。お内儀、人というものは、なかなかに死ねないものだよ。その業の強さに、われながら、あきれはてたものだ」

ためいきのようにいうと、安蔵は、また寝息をたてはじめた。

枕もとで、おみつは石像のように身じろぎもしない。

どれほどの時間がすぎたろう。

夏の朝の光が、部屋の中をすこしずつ、わがものとしはじめたとき、おみつは立って雨戸を開け、すぐに安蔵の傍へもどり、また、団扇を取りあげていた。

やがて、その団扇のうごきがとまった。

おみつの視線は、ぴたりと安蔵の顔へ吸い寄せられている。

縁側をわたってくる足音が、ひそかに近づいて来て、

「あの……」

と、お千代の声が、かかった。

「お千代かえ？」

「ええ。おじさんのぐあいは、どうかしら？」

部屋へ入って来て、母親の傍へすわったお千代へ、

「いましがた、息を引きとりなすったよ」

と、おみつがいった。

はっと息をのむ、お千代へ、おみつは、

「ごらん。まだ、生きているような……」

しずかに、ささやいた。

（「小説サンデー毎日」昭和四十六年九月号）

おきぬとお道

一

「どうする、万次郎……いいかげんに決着をつけたらどうだ」

と、弟の万次郎に問いかける木村徳之助の声が苛らだち、

「おれはな、お前しだいだ。これは、お前の縁談なのだから、お前の好きにするがいい。いずれにせよ、どうしたら木村の家のためになるか……そのことをよっく考えろ。いいか、いいな」

むしろ、極めつけるようにいうのである。

亡父・勘蔵に似て赭ら顔の、いかつい体軀の木村徳之助にひきかえ、弟の万次郎はすらりとした軀つきで、細面の、

「木村の次男坊は生まれるところを間ちがった。役者の家に生まれたら、いまごろは大したものだったろうに……」

と、近所の御家人たちがうわさをし合うほどの美男であった。

万次郎が十六歳のとき、新しく木村家へ奉公に来た下女のおしんというのが、はじめて夕餉の給仕に出ていて万次郎の飯茶わんをさし出すとき、その美貌に昂奮し、まるで瘧のごとくふるえ出してしまい、茶わんを取り落して叱りつけられても、まるで

腰がぬけ落ちたようにひざも足も立たず、往生したことがあったほどだ。

木村家は、徳川将軍の家来の中でも五十俵どりの御家人で、御役にもついていないし将軍へ目通りもできぬという「ほんのはしくれ」だし、奉公人といっても下男下女を一人ずつ置くのが精いっぱいのところだ。父母は万次郎が二十(はたち)にならぬうち相次いで病歿(びょうぼつ)してしまい、兄・徳之助が家をついだわけだが、相変らずの貧乏暮しがつづく中で、万次郎は兄の厄介者として二十四歳の今日まで暮してきた。

二十前に万次郎は、同じような御家人の次三男たちと共に悪い遊びもおぼえ、岡場所へ入りびたって白粉(おしろい)や酒のにおいともはなれられなくなった。商売女は美男の万次郎を放ってはおかなかったけれども、なにぶん世知辛(せちがら)い世の中であるから養子の口など全くなかった。

たとえあったとしても、貧乏御家人の〔冷飯食い〕が聟入(むこい)りするとなれば、少なくとも五十両の結納金を用意しなくてはならぬ。これは庶民たちが四、五年を暮し得る大金であって、とてもとても木村家に用意があるはずはない。

木村徳之助は妻女・よねとの間に一男二女をもうけてい、もちろん暮しは楽でない。それどころか、亡父の勘蔵が道楽者であったから諸方に借金をしてしまい、それで徳之助は、ずいぶん苦しめられたものだ。

万次郎は亡父ゆずりの放蕩者(ほうとうもの)だが、兄に迷惑をかけたことはない。遊びの金は博打(ばくち)

で稼ぐ。諸方の大名の下屋敷内の仲間部屋でひらかれる博打場では万次郎、相当な顔になっているそうな。

武士のはしくれも何もあったものではない。脇差一本を腰にした着ながし姿で悪所へ入りこむ万次郎のような〔冷飯食い〕は、このごろすこしもめずらしくないのだ。

そこへゆくと兄の徳之助は若いころに剣術の稽古もしたし、読書も好きで身なりもきちんとしているし、五十俵どりの御家人にしては「さむらいらしい」のである。

弟の遊蕩には前々から眉をひそめている徳之助なのだが、これまでに一度も迷惑をかけられたことがないし、衣食住のめんどうを見てやるかわりには時折、万次郎がいくばくかの金を、

「兄上。小づかいになさい」

ひょいと、徳之助にわたしてよこす。

いずれ、小博打で儲けた金なのだろうが、こいつ、徳之助にはこたえられないのだ。妻女に内密の小づかいであるから好き自由につかえる。それで徳之助は二年ほど前から頭巾や笠で顔を隠し、深川の岡場所の女を買うこともおぼえたのであった。

ところで今年……元治元年の正月早々に、本所に住む伯父の河合喜兵衛が、

「結納金なぞ一文もいらぬという縁談がある。万次郎の養子の口だ。どうだ、さっそく決めては……」

と、はなしをもちこんできた。

厄介者の弟が他家へ入って、つまり〔独立〕することは木村徳之助にとっても「肩の荷が降りる」ことであるし、なによりもよろこんだのは妻女のよねである。

よねは、神田・小川町で繁昌している鍼医・堀井良仙の次女であって、実家の父母からやかましくしつけをうけて育っただけに、自堕落な義弟が酒のにおいをふりまきながら寝そべっている姿なぞを見ると、

「寒気がいたします」

という。

「子たちのしつけにも、よろしくはございません」

と、いう。

まことに、もっともなことだ。

いずれにせよ、冷飯食いの厄介者を出してしまうのだから、実にありがたいことなのだ。また養子にもらう方も、それを見こして多額の〔結納金〕をうけとる。もらう方も同様に貧乏御家人なのだから、この金によっていろいろとしのぎをつけるのである。

その結納金を一文もうけとらず、万次郎を養子にしようというのは本所・吉田町に住む三十俵二人扶持の御家人で平山甚五郎といい、木村兄弟の伯父・河合喜兵衛（こ

れも御家人）の知り合いであった。平山にはお道という娘がいて、これに聟を迎えようというのであった。

「そりゃな、近ごろ、めずらしいはなしだけに、それだけの引け目が向うにもあるのじゃ」

と、河合の伯父が、

「ま、徳之助。こういうわけだ。つまりな、向うの娘というは万次郎より一つ年上の二十五歳。女がこの年齢になるまで聟をもらわず、嫁にも行かずというのはそれ相応のわけがあってのことで……」

「伯父上。そりゃ、どういうことなのです？」

「別に、片端ものではない。うんにゃ立派な体格をしていて……」

「立派な体格……？」

「さようさ」

翌朝になり、例によって酔いのさめぬ顔つきで帰って来た万次郎へ、

「弟。養子の口がかかった。どうだ？」

「めずらしいことがあるものだ。兄上、五十両という大金をどうします？」

「それよりもどうだ。行ってくれるか？」

「そりゃ行けといわれるなら、行きます。仕方がありません。いつまでも御厄介をか

けてもいられませんし、義姉（あね）上と私の間で板ばさみになっていなさるあなたもお気の毒だ」

「そうか、ありがたい。よくいってくれた」

「で、相手は？」

「それだ。ともかく、そっと、相手の娘の顔を見て来い。その上で、はなしてきかそう」

「は……？」

「少々、気に入らぬ顔でもがまんしてもらいたい、たのむ」

「そんなにひどいので？」

「伯父上がそういわれる、おれは知らぬ」

で、昼から万次郎は本所へ出かけて行き、その日のうちに平山甚五郎の娘・お道を路上で見かけ、夜に入ってから下谷（したや）・練塀小路（ねりべいこうじ）の家へ帰って来た。

「どうだった、万次郎」

「いやどうも……いかになんでも、あれはひどい」

「そ、そんなか？」

「背丈（たけ）が、私ほどもあります」

「大女だな」

「色が黒くてちぢれ毛で、唇がぼったりと厚くて、舌が唇の外へはみ出しているのかとおもいました」

「ふうん……」

「鼻の穴が、空を見上げています」

「ふうん……」

「お尻が一抱えもある」

「ほう……」

「これはどうも、いけませんよ、兄上」

しかし、徳之助の妻女は、この機会を逸しては再び義弟を追いはらうことができぬと決意し、強引に事をはこびはじめた。こうなると徳之助は、よねを妻にするとき相当な持参金をもらって亡父が残して行った借金を返し、生き返ったようなおもいをしているだけに、妻女の実家にはあたまが上がらないのである。よねの実父・堀井良仙が乗りこんで来て徳之助を責めつけるものだから、ついに徳之助も、

「否やはいわせぬ。養子に行け」

と、弟をきめつけざるを得なかった。

万次郎は苦笑をうかべ、ややしばらく血走った兄の眼を見つめていたが、

「仕方がありません、まいりましょう」

といった。

そこで、河合の伯父が下ばなしをすすめ、見合いのだんどりがついたとたんに、いま一つの新しい縁談が木村万次郎へもちこまれてきたのであった。

これも養子の口なのだが、なんと金百両を仕度金によこした上で聟に迎えようというう、まるで夢のようなはなしなのである。

二

木村家から程近い上野・元黒門町に〔松屋山寿〕という菓子舗がある。江戸でも知られた名店であって、大名屋敷への出入りも多い。この松屋で売っている〔雪みぞれ〕という干菓子が、どういうものか木村万次郎の大好物であった。博打で勝ってふところがいくらかあたたかいとき、万次郎は〔雪みぞれ〕を買って家へ帰り、三畳の自分の部屋のふとんへもぐりこみ、酔いざめの冷たい水をのみながら、これを食べるのが、

「何よりのたのしみだ」

なのだそうである。

どうもこういうところ、万次郎は他の〔冷飯食い〕とは、いささか型がちがっていたようだ。

さ、そこで……。

〔松屋山寿〕の娘で、おきぬといって今年十八歳。すぐ近くの不忍池からとって〔不忍小町〕なぞと近辺で評判されるほどの美女なのだが、このおきぬが、しばしば店へあらわれて〔雪みぞれ〕を買って行く木村万次郎を見そめてしまったのである。松屋の主人・安右衛門には長太郎という後とり息子がいるし、長女のおきしは同業の菓子舗で南伝馬町の尾張屋へ嫁入っていて、次女のおきぬとしては、まことに気楽な〔嫁入り〕ができる身の上であった。

末娘のおきぬは、両親から溺愛されて育った。

「どうしても、あの方と夫婦になりたい」

というので、松屋安右衛門が木村万次郎のことをしらべて見ると、冷飯食いの放蕩者ではあるが、近所の評判は悪くない。

「兄おもいである」

という。

放蕩はするが他人に迷惑をかけたこともなく、気さくで頭が切れて、口やかましい兄嫁にも逆らったことがないそうな。

はじめは、反対をしていた松屋安右衛門も、

(これなら、おきぬの聟にしてもよい)

と、おもいはじめたらしい。

金ですむことならなんとしてでもして、万次郎をもらいうけ、家業をおぼえこませ、行く行くは〔のれん〕を分けてもよいという……つまり、万次郎はさむらいから町人になるわけだが、これらの手つづきも金しだいでどうにもなる世の中なのだし、類例は数えきれぬほどである。

なんといっても、可愛い末娘が、食事ものどへ通らぬほどに恋いこがれているのだから、松屋安右衛門も気が気でないのだ。

松屋が、この縁談の橋わたしをたのんだのは、木村家と知り合いの御家人で、これは七十俵三人扶持の林権七郎という人物。五十がらみのよく練れた男で、松屋安右衛門とは俳諧を通じて親交がある。

「どうかな。まことに結構な縁談ではないか。金百両の支度金を出してくれた上に、しかも行末は万次郎さんしだいでどうにでもなる。なあに、こんな世の中になってしまって、腰に両刀をさしこんでいたところでどうということもない。それよりも、あの弟ごなら、松屋ののれんを分けてもらって、立派にやって行けると、わしは見ている」

と、林権七郎が木村徳之助を説いた。

金百両ときいて、徳之助も顔の色が変った。

(半分の五十両は、おれがものになる)

とおもってよい。

夜ふけて帰って来た弟に、このはなしをしてきかせると、ここ数日は、あきらめきって意気消沈のありさまだった万次郎が両眼をかがやかせ、

「そりゃ、まことですか。松屋の末娘というのは、そりゃもう、ふるいつきたいような娘です。細っそりとして色あくまでも白く、鼻すじの通りぐあいなぞこの世のものともおもわれません。本所の化けもの娘とはくらべものになりません。こりゃもう、ぜひとも私、松屋へまいりたい、兄上だって金百両という、これまでに見たこともない大金がころげこんでくる……」

「これ。すこしはつつしまぬか」

「ですが、それにちがいない」

「ちがいないにはちがいないが、な……」

「私は、ぜひとも松屋のほうにしていただきたい。さむらいの次男坊なぞ、いつでも、よろこんで捨ててしまいますよ」

「しかし、弟……」

「え?」

「河合の伯父上に、なんといってことわる?」

「伯父上には十両もつかませて、私の気が狂ったとでも先方にいってもらったらいいではありませんか。いくらでも口実がつくことだ。かまいませんよ」

「そうか、な」

「そうですとも」

「そうだ、な」

「そうなさい兄上。そうなさい」

「そうか、そういたすがいいな。いいことはたしかだ。お前にもおれにも……」

「そうです、そうです」

これで、きまった。

河合の伯父も、十両もらえるときいて、しぶしぶながら承知をし、平山甚五郎の家へ出向き、

「木村万次郎は悪所通いが昂じ、悪い病気が出たかして、近ごろ、あたまのぐあいがおかしくなってまいった。実にまったく、おどろき入ったことだ。これはもう、残念ながら、わしも口をきくわけにゆかなくなっての」

苦しまぎれにいうと、平山甚五郎はさびしげに笑い、

「そうしたせりふは、これまでむすめの縁談があったたびに、何度も耳にいたしましたよ。いやいや、お気づかい御無用」

あきらめきった様子であったという。

木村万次郎が兄のもとをはなれ、両刀を捨てて、松屋安右衛門の娘・おきぬと夫婦になったのは、この年の秋である。

松屋は、万次郎のために大金を投じ、御家人の株を買ってあげてもよい、といってくれたりした。

これは、松屋が万事に如才のない万次郎へ好感を抱いたあらわれと見てよいだろう。

しかし万次郎は、はじめに松屋から申し出たように、町人となって松屋で商売をおぼえ、のれんを分けてもらうことにした。

「貧乏御家人になったところで仕方もない」

のである。

父や兄のいかにも無気力な生活を目のあたりに見てきているだけに、万次郎はむしろ、さばさばとした気持であった。

むしろ、町人として第一歩をふみ出す意欲に燃えていたようである。

(これからは、徳川のさむらいなぞ、どうなるか知れたものではない)

と、万次郎はおもっていた。

いま「さむらいの世界」では、徳川将軍や幕府の威風まったく地に落ちてしまい、ここ数年は、天皇おわす京都を中心に展開する勤王運動とやらに、将軍も幕府も翻弄されつくしてきている。

それにまた、髪の赤い眼の青い毛唐が海をわたって日本へ手をのばしはじめ、幕府は、これら西洋諸国の強大な武力の前に屈服せざるを得なかった。

「無力な徳川幕府を倒せ」

「毛唐どもを追いはらえ!!」

という勤王攘夷の運動が、下は浪人から上は有力諸藩にまで燃えひろがって、幕府がこれを弾圧すると、彼らの反撥は層倍の烈しさをもってこちらへ叩きつけられてくる。

まだ年も若い十四代将軍・家茂は、みずから京都へ馳せのぼって幕府の威信を回復しようと努めているわけだが、万次郎にいわすと、

「馬にも乗れず、刀もぬけねえ家来どもばかりで、将軍も幕府もあるものか」

と、いうことになる。

現に、

(おれが、そうなのだから……)

なのであった。

将軍と幕府のために、一命をなげうってはたらこうなどというものは旗本にも御家人にも、諸大名の中にも、

(どれだけ、いるか?)

であった。

いないことはない。少しはいるからこそ、いま江戸でも京都でも血なまぐさい騒動の絶え間がないわけだが、そもそも、そうした騒ぎが、もう四年も五年もつづいていて尚(なお)、世の中が治まらないというのは、これすなわち、徳川の天下も終りに近いことをしめしているというのが、万次郎の持論なのだ。

さて……。

万次郎とおきぬの婚礼は、松屋方で盛大におこなわれ、その夜、二人は不忍池の西岸・茅町(かやちょう)一丁目にある松屋の寮(別荘のようなもの)へ入った。当分は此処(ここ)が二人の新居となる。

初夜である。

万次郎ほどの男でも、おきぬのような美女を、いざ抱こうというときは、

「まったくその、見っともないはなしだが、われながら動悸(どうき)の激しさにあきれ返ったものだ」

と、のちに万次郎が語っている。

そこで、いよいよ抱いた。

抱いて万次郎、げっそりとなったのである。

三

「兄上。実にその、女というものはわからぬものです。おどろきました。泣きたくなりましたよ」

夫婦になって五日目に、練塀小路の実家へ顔を見せた万次郎が徳之助へ、

「どうにか、ならぬものでしょうか？」

「どうにか……そりゃ、どういうことなのだ？」

「まるで、髑髏（されこうべ）を抱いているようなものです。骨と皮ばかりだ」

「おきぬどのがか……まさか……？」

「乳房（ちち）なんぞ、どこにあるかわからない。兄上の乳のほうが、むしろ、ふくらんでいます」

「ばか!!」

「おどろきました。女の着物というものは、あれだけ中身を隠すものですかね。そこへ行くと岡場所の女たちは、はじめから……」

「よせ、ばかもの」

「肌なぞ、かさかさにかわいていて、しかも毛ぶかい。背中にもじゃもじゃと毛が生えているのです」

「し、しかし弟。あんな、きれいなむすめが……」

「ですから、おどろいているのですよ」

「まさか……まさか、おい、男では？」

「いや、女は女だ。それはたしかですが……」

「ふうむ……」

「昨日の朝、ひょいと、起きぬけの顔を見ましたが……まるで血の気がない。白粉（おしろい）と紅でわからなかったんです」

「そ、そんな、ばかな……」

「抱くと、絶え入りそうになる」

「な、なんだと？」

「呼吸（いき）が荒くなりましてね」

「そりゃ、当然ではないか」

「いや、苦しいから荒くなる。義姉（あね）上のあのときとは全くちがうのですよ」

「ばか。何をいうか」

「申しわけありません。私の部屋まで、きこえてくるものですから、つい……」

「ばか、ばか、ばか」

「とにかく躰（からだ）がひどく弱い、ことだけはたしかです」

「いまに、丈夫になるだろう」

「そうでしょうか？」

「肥ってくるよ」

「これは兄上。松屋にいっぱい引っかけられたのではありませんかね。どうもその、私なぞに百両の支度金を出してくれたのが、そもそも怪しい」

「だが万次郎。おきぬどのは、たしかにお前を想いこがれて……」

「それはまあ、そうらしいのですが、芝居か絵草紙なぞを見ているつもりだったのではないでしょうか。ともかく、男と女の、そうしたことなぞ、考えてもみなかったようで……」

「ま、まさか……」

「すこしも、うれしそうではありません」

「そりゃ、はじめはだれしも……お前は商売女ばかり相手にしていたからだ」

「そうでしょうか」

「もういい。つまらぬことをいうな。何事も、これからのことではないか。あとは、お前の胸三寸にあることだ。しっかりやれ。また、やってくれなくては困る。そうだろう、万次郎」

「はあ……」

「帰れ。よねにきこえたらどうする」

「は……」

悄然として帰って行く万次郎を見送って、木村徳之助は何度もくびをかしげた。何も彼もなっとくがゆかなかったのである。

だが、万次郎のことばに嘘はなかった。

おきぬは、いうところの腺病体質で、これまでに、大病もせずに来たのは、松屋安右衛門夫婦の過保護がものをいったのであろうか。

また一つには、両親のそうした過保護が尚更に、おきぬの体質を虚弱にしてしまったものか。

いずれにせよ松屋安右衛門は、こうしたむすめが人妻となって、すこしもふしぎではないと考えていたらしい。安右衛門の妻・みねは三年前に病歿していたが、これもおきぬを生んだ実の母親として、別にひ弱な躰ではなかったそうな。

もっとも、これはのちになってわかったことだが、おきぬについていて入浴の世話などをしていた女中などは、蔭へまわって、

「どうなることやら……？」

心配しきっていたというのだ。

これでは、いかに美しい顔だちをしていたところで、どうにもならぬ。万次郎も別

に人一倍欲望が強い男ではなかったけれども、

（おれは、ままごとをしているのじゃあねえ）

砂を噛むような新婚生活を送るうち、おきぬの肌へゆびをふれるのも嫌になってきてしまった。

（なんと、おれはついていねえのだろう。ええ、もう勝手にしやがれ）

またしても酒と博打へおぼれこむ始末になり、そうなると松屋での評判も一方的に
悪くなる。

いよいよ自暴自棄のかたちとなってしまい、さりとて実家へもどることもならず、
おきぬと夫婦になった翌年……すなわち慶応元年の初夏の或る夜、木村万次郎は忽然
と姿を消してしまった。

松屋から消えたばかりでなく、彼は江戸から消えてしまったのである。

四

木村万次郎が失踪してより、三、四年たつうちに、世の中はがらりと変った。
これまで、幕府側にいた薩摩藩が長州藩と同盟をむすぶに至って、徳川幕府の屋
台骨は雪崩のごとく、くずれ落ちてしまった。
慶応三年の秋。

十五代徳川将軍の慶喜は大政を朝廷と天皇に返上したが、とてもそれだけではおさまらない。

薩長二藩を中心にする勤王諸藩は、あくまでも徳川の息の根をとめてしまわねばならぬというので、翌年早々に鳥羽伏見で戦争が起り、敗れた幕府軍は江戸へ逃げ帰り、将軍・慶喜は江戸城を開けわたして、上野寛永寺に謹慎をした。

つづいて、

〔徳川征討大号令〕

というものが発布され、錦の御旗を押したてた官軍が続々と江戸へ入って来る。

旧幕府側は、将軍が恭順しても〔賊軍〕の汚名を着たままでほうむり去られることをいさぎよしとせず、江戸をはじめ東北から北海道に至る諸方に旧幕勢力が結集し、官軍を迎え撃つことになった。

いやもう、大さわぎであった。

この最中において、木村万次郎の行方は依然として知れなかった。

兄の徳之助はなまじ剣術ができるだけに、上野の山へたてこもる彰義隊に参加し、五月十五日の上野の戦争で官軍の鉄砲に撃たれて戦死をとげてしまった。

上野の戦争では、菓子舗〔松屋山寿〕も戦場の一角にふくみこまれ、あたり一帯から木村家があった練塀小路のあたりまでも官軍の陣地となり、戦火に焼け落ちる家も多かった。

そのころ松屋の末娘・おきぬは、すでにこの世にいなかった。万次郎に逃げられてから間もなく、それこそ本当にあたまが変になり、やがて亡くなったという説もある。

維新戦争が終ったのち、松屋は一家をあげて駿府（静岡県）へ移り住んだとか、加賀の金沢へ行ったとか……とにかく江戸で再び店を開いてはいない。

こうして、二百六十年もの間、日本を治めていた徳川幕府は怒濤のような時代の変転のうちに消滅してしまった。

そして、薩長両藩の勢力を主軸とした〔明治新政府〕が誕生し、日本は近代国家としての第一歩をふみ出したのである。

江戸は〔東京〕となって、京都から天皇を迎え、日本の首都となり、江戸城は〔皇居〕となった。

ゆえに、この激変の時代をもっとも身に沁みて感じたのは江戸の……いや東京の人びとであったろう。

町民にとっては、徳川将軍から天皇と新政府に政権が移っただけのことであったかも知れないが、ほろび消えた徳川の家来たちの末路は悲惨をきわめた。

れっきとした千石取りの旗本が傘張りの内職をし、そのむすめが遊里に身を沈めて嫖客の相手をつとめることなどはめずらしくもない。

ましてや、五十俵三十俵の御家人などは、どこへ行っても相手にされない。いやむしろ、大身の武家方よりも小身の彼らのほうが、それこそ芋を売って日銭を稼ぐ境界へ、気やすく入って行けたともいえる。

徳之助亡きのちの木村家は、未亡人となったよねが三人の子たちをつれて実家へもどり、長男の惣一郎は後年、外祖父・堀井良仙のすすめによって医学をおさめ、明治末年には牛込で病院の院長にまでなったそうだ。

しかし、よねや惣一郎にとって、亡父の実弟・万次郎のことなど全く念頭になかった。

万次郎が飄然として、再び東京に姿をあらわしてからも両者の交渉はよみがえっていない。

木村万次郎が東京へ帰って来たのは、明治六年早春のことであった。

万次郎は、旅の托鉢僧の風体をしてい、事実、立派に経文をとなえて諸方を托鉢して歩いていたのである。

それにしても万次郎は、八年の間、どこで何をしていたのだろうか。

この年、彼は三十三歳になっていた。

万次郎の長男・木村清は、そのことについて、こう語り残している。

「おやじは、そのころのことを、あまりくわしく話したことはありませんが、なんでも、世の中がさわがしくなる一方で生きているのがめんどうになり……と申して、死ぬわけにもまいらず、ええいっそのこと坊主にでもなってしまえ、とこういうわけでしてね。京都の比叡山へのぼり、まあ少々は修行もしたらしいのですがね。なんでも雲母越の山道にあったなんとか堂の行者さんがおやじのことをおもしろがって、親切にめんどうを見てくれたそうです。おやじもね。あの行者さんが長生きをしていたら、おれも一生、比叡山で暮したろうよ、なぞと申しておりましたっけ。

こういうわけで、おやじは、あの明治維新前後のさわぎを比叡の山の中にいて、他人事のようにながめていたわけなのです。

行者さんが明治五年の夏に亡くなり、そうなると急に、むやみに俗界が恋しくなってきて、おやじはこっそりと山を下り、ふらふらと托鉢をしながら東海道を東京へ舞いもどってきたのだそうです。

世の中は、がらりと変っておりました。

もう大名もさむらいもない。ちょんまげもなくなり、刀をさした者もいなくなったかわりに、ざんぎり頭に洋服を着て、新政府の官員や軍人がひげをしごき、肩で風を切って歩いている東京へもどって来たとき、おやじはびっくりもせず、ふうん、世の中はむかしとちっとも変ってはいないなあ、と、おもったそうですよ。

は、はは……たとえ少しでも、あたまをまるめてお経をよんでいただけあって、若いころのおやじとは少々、人柄もちがっていたのでしょうな」

五

托鉢僧の木村万次郎は、東京へ入った翌日に、下谷・練塀小路の実家をたずねたが、住む人が変っている。

そこで、近くの伊藤与兵衛といって、これも元は御家人だった男をたずねると、零落をした伊藤がそれでもまだ住みついていた。

兄の戦死と、その家族たちのことを伊藤からきいた万次郎は、それから本所・三ツ目の伯父・河合喜兵衛をたずねた。

伯父は、明治二年に病死をしていた。伯母も前に亡くなっているし、一人息子で万次郎には従兄にあたる市蔵も、家をたたんで何処かへ去り、行方はわからぬと、近所の人びとからきいた。

とにかく、徳川の家来であった者は上下の区別なく、

「食べて行けない」

のである。

さすがに万次郎も憮然となり、それから二つ三つ、旧知の人たちをたずねたが、い

ずれも行方が知れない。

(なるほどなあ、戦さに負けるということは、こういうことなのか……)

いささかさびしくなってきた。

それからあっちこっちを歩きまわって、まだ冬の名残りがただよっているように冷たい夕闇(ゆうやみ)の中を、万次郎は深川から永代橋をわたった。

どこをどう歩いたのか、よくおぼえていない、ぼんやりと歩をはこびつつ、

(また、比叡山(ひえいざん)へもどろうか……)

そんなことをおもいながら、いつの間にか万次郎は箱崎町二丁目の裏河岸(うらがし)をとぼとぼ歩いていた。

(すでに、夜である)

このあたりは旧幕のころから種々の問屋が多く、風景はほとんど変っていない。左手に大川(隅田川)。右が裏河岸の草地で、万次郎はここまで来て疲れ果ててしまった。

ふところに銭がないわけではないが、ぼんやりと歩いていて昼飯も口へ入れていなかったのに気づいた。

(どこかで、何か食わぬといけない)

しゃがみこんでいた躰(からだ)を起した。

草地の向うで、うかれ猫どもがしきりに啼(な)きかわしている。

（さて、今夜は何処に泊ろうか……？）

ふらりと足をふみ出しかけた万次郎が、

（や……？）

ぎょっ、となった。

前方の闇の中から滲み出すようにあらわれた男の影が、河岸道から逸れて、いきなり大川へ身を躍らせたのを見たからであった。

「身投げだ」

おもわず、万次郎は叫んだ。

笠をかなぐり捨て、背中の荷物をふり捨て、ためらいもなく万次郎は僧衣のままで大川へ飛びこんだものである。

水泳は子供のころから大好きで、兄の徳之助が手ほどきをしてくれた。万次郎には自信があった。

飛びこんだのが早かったし、その男が深みへ沈みかけたとき、万次郎の腕が男の肩へかかった。

ぐいと川面へ引きあげ、

「しずかにしろ」

と一声。

やたらに身をもがく男の躰を、いったん突きはなしておいてから、今度は左腕を男のあごへまわし、仰向けにしておいてすいすいと河岸まで引きもどした手ぎわは、なかなかどうしてあざやかなものだ。

河岸の草地へ引きあげると、男はぐったりしてしまった。短い間に、したたか水をのんだらしい。

「おい、これ。しっかりせぬか」

と万次郎が、男の衣類をはだけた。

男は法被のようなものを着て、股引をはき、素足に草鞋ばきであった。

躰つきが、妙にやわらかい。

「おい、これ……」

はだけた胸もとへ手をさしこむと、その胸いっぱいに堅く布が巻きしめてある。腹巻ともおもえない。

「な、なんだ、これは……」

引きむしるように万次郎がこれをゆるめて右手をさしこみ、

「あっ！」

と叫んだ。

男の胸にはあるわけがないゆたかなふくらみを万次郎の掌はさぐったのである。

「こりゃ、女だ」

ざんぎり頭の、男装の女が投身自殺をはかった……。

これには万次郎、徳川幕府が明治新政府になったことよりもおどろきが大きかった。

水を吐かせ、介抱をする間に、万次郎の手は男装の女の諸方のふくらみにさわっている。

胸がさわいできた。もう何年も女の肌身にふれていない万次郎だったのである。

息を吹き返すと、男装の女は、

「死なせて下さい、死なせて下さい」

と叫び、万次郎を突き退けようとするのだが、そのちからはかなり弱くなってきている。

「ばかをいってはいけない。とにかく、わけをはなしなさい」

などといいながら、もみ合っているうち、月あかりに見える女の顔がしだいにはっきりとしてきて、

「あっ……」

またしても万次郎が仰天し、

「お前さんは、もしや、平山甚五郎殿のむすめご、お道さんではないか？」

といった。

「えっ……」

女は、あわてて胸もとをかき合せ、

「ど、どなたさまで？」

「やっぱり、そうか」

「はあ……」

「これはどうも、おどろいた。いや、おどろきました」

「あの、亡き父と、お知り合いの……おはずかしゅう存じます」

「お道さん。私の名をおぼえていなさるか。以前、下谷・練塀小路に住んでいた木村万次郎ですよ」

六

万次郎は、あの縁談があったとき、みずから本所へ出向いてお道の容姿をたしかめていたが、お道はこれを知っていない。

その後、父と二人のさびしい暮しをつづけていたお道だが、上野の戦争が始まったとき、父の平山甚五郎は、

「ちょいと、様子を見てくる」

といい、雨の中を出かけたきり、これも行方不明になってしまった。

お道は物騒な江戸市中を駈けまわって父をさがしたが、ついに見つからない。女の姿かたちではあぶないとおもい、お道は髪の毛を切って笠をかぶり、父の着物を身につけ、草鞋ばきで何日も何日もさがしまわったのである。

「父は、どこかで死んだと、おもいました。生きていれば、家へ帰ってまいらぬはずはございません」

と、お道は万次郎に語った。

戦さ見物をしているうち、流弾にでも当ったものか。または官軍にとがめられて斬殺されたものか……。

いずれにせよ、お道はこうして、たった独りの身の上となったのである。平山甚五郎の親類縁者は、ほとんど死絶えてしまっていたというから、平山父娘はよほどに孤独な運命を背負っていたわけだ。

それから六年の間に、お道は種々雑多なことをして生きてきた。はじめ、本所の家を売り、どこぞで駄菓子でも売って暮すつもりでいたのが、中へ入った男にだまされ、家を追い出されたうえに一文の金も手に入らなかった。

その当時、女ひとりが生きて行くということはなまやさしいことでない。身売りでもするよりほかに道はないのだが、

「それだけは、なんとしても嫌でございました。それに、私のような、女とも申せぬ

ような女が……」

お道は、自分の大柄な躰と容貌にひどい劣等感を抱いていた。それはそうだろう。これまでに何度、縁談がこわれたか知れないのだ。

「もう、こうなれば、男になってはたらくより、仕方がないと存じました」

人夫もしたし、芸者の箱廻しまでやったそうだ。

そして、去年の春ごろ。お道は人力車の俥夫となったのである。

〔人力車〕は、明治三年に和泉要助ほか二名が発明をしたもので、東京府へ差出した営業許可の願書の中に、こう記してある。

「……西洋腰掛けへ小車を取りつけ、これを曳き、歩行候につき、常体の車とはちがい、小ぶりにて取まわしよろしく、往来のさしさわりにも相ならず、一人曳きにて価も安値に当り候」

と、ある。

営業許可があたえられると、人力車はたちまち大流行となった。

「人力車の世用を為すことは実に莫大なるものにて、今日の世界は、実に之なくんば百般の事件に渋滞を来すこと、はかり知れず……」

ということになった。

お道が、こともあろうに人力俥夫となったのは、労働にも相当な自信がついていたからだ。

雇われたのは、日本橋・本材木町の島田屋という車宿で、お道は饅頭笠をかぶり、法被・股引に草鞋ばきという仕事着に女体を隠し、はたらきはじめた。

それにしても、なまなかな男にもつとまらぬ労働を、三十をこえた女が、よく一年もつづけられたものである。疲れて疲れてどうしようもないのだが病気にもならず、さして痩せもしなかったというから、お道はよほどに健康な肉体をもっていたのであろう。

ところが……。

去年の秋ごろから、

「どうも、あいつは女らしい」

と、仲間の俥夫どもが気づきはじめた。

お道は〔道太郎〕と名のっていたが、

「へえ、あの道公がね。こいつはおもしろい」

というので、やたらに抱きついて来たり、乳房をさぐってきたりする。それが今年に入って一層ひどくなり、うっかりしていると、

「かまわねえから、裸にむいてたしかめようじゃあねえか」

俥夫どもの無体は、烈しくなるばかりであった。

「もう、疲れ果ててしまいました。こんなにして生きて行ったとしても、行末、なんの見こみもございません……もう、つくづくと……それで……」

それでお道、自殺を決意するにいたった、というのである。

木村万次郎は、お道をつれて、練塀小路の伊藤与兵衛をたよって行き、伊藤はまた親切に世話をしてくれたそうだが、この伊藤の家で、托鉢僧の万次郎がお道とちぎりをむすんでしまったのである。

「はじめは、なんとなく肌さびしかったものだから……」

と、万次郎はいっている。

お道が肌をゆるしたのは、万次郎に好意を抱くようになったのであろう。

抱いて見て、瞠目した。

労働で筋肉は引きしまっていたけれども、まことになめらかな肌で、乳房の固いふくらみなぞは三十四の女とはおもわれない。

大女だとおもっていたが、抱いて見れば手にあまることもないのだ。

陽に灼けつくした顔のくろさにくらべ、お道の裸身の白さというものは格別であって、切なさいっぱいに堪えつくしてきた女のいのちが、その肉体からほとばしり出て来るような、激しい情熱を彼女は秘めていた。

いやもう、松屋のおきぬとは大ちがいの女体に、万次郎は夢中になってしまった。

「もう、顔の造作なんか、どうでもいいという気になってしまい……」

万次郎は、お道と夫婦になった。

顔だちの美醜といっても、時代の移り変りによって異なる。現代にお道が生きていたら、むしろ個性的な美女に見られたやも知れぬ。

万次郎とお道の間に生まれた木村清にいわせると、

「さよう。母は、ふっくらとした顔姿で、眼のぱっちりとした、大変に美しいひとでしたよ。私の弟や妹たちも、みな、そう申しています。おやじのいうことなぞ信じられませんな」

と、なる。

老人となって、小学校の校長の職を辞し、葛飾の一隅に老後を送っていた木村清が、この母への回想を語ったのは大正末期のことであるから、女の美しさも江戸時代のような単一さではなくなってきていたろう。

木村万次郎は、お道と夫婦になってから屋台の汁粉売りをはじめたという。屋台の車を曳くのはお道の役目で、

「お手のものでございますよ、あなた」

と、お道はほがらかにいった。

夫婦して飽きもせずに、五年も、この商売をやった。

それから夫婦は、日本橋・人形町に〔木むら〕という汁粉屋の店をもち、万次郎創案になるところの〔御汁粉十二ケ月〕というのが評判になり、繁昌をしたそうである。

お道は、明治三十五年に六十三歳で病歿した。万次郎との間に二男三女を生んでいる。

お道が亡くなってから木村万次郎は長男・清のもとへ引き取られ、余生を送り、明治三十九年の夏、六十六歳の生涯を終えた。

隠居してからのことだが……。

知り合いの老人たちとの間で、若いものの縁談が話題に出ると、万次郎は、

「あなたね、女なんてものは裸にして見ないと、結局のところ、わからぬもんですよ。いいえ、これは本当。私ゃなんですねえ、男と女の見合いなんというものは、裸でやるにこしたことはないと存じますねえ」

まじめな顔つきでいい、他の老人たちをおどろかせた。


（「小説現代」昭和四十七年一月号）

狐(きつね)の嫁入り

一

疲れて疲れて、疲れ果てて、笠屋(かさ)の弥治郎は元日の明け方から、二日の明け方まで、まる一日をねむり通した。

俗に、

「夢は、五臓六腑(ごぞうろっぷ)の疲れ」

というが、その死人になったような深いねむりの中で、弥治郎はめずらしく夢を見たのである。

この半年というもの、夢などを見るゆとりもないほど、弥治郎は商売に家事に、看病に、追いまわされたのであった。

去年の、文政二年の正月。女房のおせつ、長男・清太郎と、生まれたばかりの長女・おみつの三人にかこまれ、めでたく雑煮を祝ったときには十六貫をこえていた弥治郎の躰(からだ)が、いまは十二貫あるかなしに痩(や)せてしまった。

「もう、だめだ。おれは、もう長いことはねえ。子どもたちをたのむよ。なあ、おせつ、たのむ、たのむぜ」

と夢の中で、弥治郎は女房にはなしかけていた。

弥治郎は凧のように痩せこけた躰を寝床に横たえている。枕もとで、おせつがむっつりと黙りこんだまま弥治郎へ団扇の風を送ってくれているのはよいのだが、その風がなんともいえずに、気味わるく、冷たい。

「もういい。煽ぐのは、やめて……やめてくれ」

そういって、ふと見ると、女房のおせつのかわりに、枕もとへ一匹の白狐がすわっているではないか。

「狐が、おれに何の用だ？」

と、弥治郎がいった。

「はい」

狐がうなだれた。やさしげに、しおらしげにうつ向き、人間の声で、

「わたしは、上方すじに年久しく住んでおります牝狐でございます」

「それが、どうした？」

「はい、実は……」

と、その牝狐が語るには、いま、上方に、いずれは夫婦になるはずの牡狐がいるのだが、その恋狐の母狐が、

「どうしても、夫婦になることをゆるしてくれぬのでございます」

と、いうのだ。

母狐は息子を寝取った牝狐を殺そうとするので、牡狐は、しばらく上方をはなれて身を隠していてくれ。かならず母狐を説き伏せ、迎えに行くから、と牝狐にたのんだ。そこで牝狐は諸方の稲荷(いなり)の社(やしろ)をたずねて住みつこうとしたのだが、上方の母狐が手をまわし、

「不義をした牝狐を寄せつけないでもらいたい」

と、いいふらしたため、どこへ行っても住みつかせてもらえないのだそうな。

語り終えた牝狐の、白い、愛らしい顔が泪(なみだ)にぬれているのを、弥治郎は見た。

その牡狐の母狐というのは、狐の世界では相当の権力をもっているらしく、それにひきかえ牝狐のほうには、

「きょうだいも親狐も死絶え、味方になってかばってくれる狐がいないのでござります」

なのだそうである。

「そりゃ可哀相(かわいそう)に……」

弥治郎は、同情をした。せずにはいられぬほど、その牝狐が愛らしく、しおらしいのである。

牝狐は、いった。

「向う一年ほど、この家に置いて下さりませ。ごめいわくはかけませぬ。この家なら、

きっと置いて下さるだろうから……と、申しました」

だれがそんなことをいったかというと、上方にいる牡狐がいったのだそうだ。狐の世界では、百何十里もはなれている上方から一夜のうちに、江戸へ飛んでくることもできるものらしい。

「それほどに、いうのなら……」

弥治郎が承知すると、牝狐は、

「ありがとうござります。かたじけのうござります」

泪にむせびながら、何度も礼をのべた。

そのとき、急に、弥治郎は胸苦しくなり、胸を押えて、うなり声をあげた。

自分のうなり声で、弥治郎は目がさめた。

夢の中で自分のうなり声だとおもったのは、次の間に寝ている女房・おせつのものであった。弥治郎は床を蹴って起きあがり、おせつの病間へ飛びこんだ。

「ああ……う、うう……」

おせつが胸をかきむしるようにして、苦しんでいた。

去年の春ごろから、おせつは心ノ臓の持病が悪化し、寝たきりになっているのである。

「おせつ、しっかりしろ。しずかにしているんだ。いいか。いま薬を煎じてやるからな」

弥治郎は台所へ出て、屋根裏の小部屋で大いびきをかいてねむりこけている下女のおだいを「早く起きろ!!」と、癇しゃくをたてて怒鳴りつけた。

二

下女のおだいは、目黒村の小百姓の長女で、年齢は二十。そばかすだらけの肥ったむすめであるが、万事に鈍感で、いいつけたことの半分もできず、おみつの子守をさせてもおけない。子守をしながら居ねむりをしたり、道を歩いて石につまずき転倒したり、そんなことはいつものことであった。飯をたかせ、掃除をさせるぐらいが関の山で、しかし、それでも、いまの弥治郎の家にとっては、

(あんな女でも、いてくれなくては困る)

のであった。

弥治郎の店は、下谷・三ノ輪町の表通りにあり、間口二間の小さな軒先へ、ところせましと菅笠・竹の子笠・編笠などをつるし、土間から店先へは、笠のほかに合羽・番傘・提燈などもならべてある。

表通りは、日光・奥州両街道の道すじにあたる往還だし、旅人の往来も多く、商売はいそがしい。

商売だけでもいそがしいのに、はたらきものの女房に寝込まれたときは、四つの息子と一つのむすめを抱えて、さすがに丈夫な弥治郎もあぐねきってしまった。

それを見かね、隣家で〔夜中や〕という居酒屋をいとなむ伊七夫婦が、おだいを下女に世話してくれたのである。

おだいは、十三のときから諸方へ奉公に出たが、そのたびに「あんなのろまは使いきれない」といわれ、目黒の実家へ帰されてしまった。十人もの子もちであるおだいの両親はおだいを（もてあましもの）にしていたのである。

だからこそ、安い給金で、弥治郎のところへ下女奉公に来てくれたのであった。

弥治郎のところへ来て半年にもなるというのに、おだいはいまも、こげくさい飯を飽きもせずにたいている。物忘れはする。買物に出ると途中で町の子どもたちといっしょになり、飴売りの唄などをきいている。

どうにも、手がつけられないのだ。

その上に、女房が発作を起す。幼いおみつが夜中に泣きだす。四つの清太郎がぐずり出す。

浅草・田町一丁目の下駄屋に嫁いでいる弥治郎の妹・おみねが、見かねて、

「兄さん。お元日だけでも、ゆっくりおやすみなさい」

といってくれ、大晦日の朝に、清太郎とおみつを自分の家へつれて行ってくれた。

それで弥治郎、文政二年の元日から二日の朝まで、ぐっすりとねむりこけた上に、狐の夢まで見てしまったのだ。

女房の発作の介抱をしているうち、弥治郎は、もう夢に出て来た狐のことなど、すっかり忘れてしまった。

それどころではない。

もっと、おどろくべきことが起ったのであった。

弥治郎に怒鳴りつけられ、起き出して来た下女のおだいが、まるで別人のようになっていたからである。台所へ下りて来たおだいは、弥治郎が手にしていた薬湯用の土びんを引ったくり、ものもいわずに薬を煎じはじめ、その間に、病間へ入っておせつの介抱をし、さらに飯と汁の支度にかかり、

(あっという間に……)

手ぎわよく、すべての用事を片づけ、おせつの発作がおさまると、すぐさま弥治郎の(膳ごしらえ)をし、店の戸を開けた。

その生気のみなぎりわたったおだいの活躍ぶりを、弥治郎は呆然と見ているだけであった。

(これが、あの、おだいなのか……?)

であった。

どうも、わからぬ。一夜にして、人間の性格が、こうも変るものなのか……。

夕方になって、二人の子どもを返しに来た弥治郎の妹・おみねも、

「兄さん。これは、いったい……」

目をみはっておどろいた。

帰って来たおみつを背に負い、清太郎のめんどうを見ながら、おだいはたちまちに夕飯をつくりあげ、弥治郎がこれを食べている間に、なんと、これまでにしたこともない針仕事をはじめ、たちまちのうちに、足袋やらじゅばんやらのつくろいものをしてしまった。

「おどろいたね、まったく……」

と、近所の人びとも瞠目(どうもく)した。

それからのおだいは、先ず通常の女のはたらきの五倍はやってのけた。いくらはたらいても、疲れることをまったく知らないのである。

弥治郎は商売に身を入れることができ、躰(からだ)にも肉がついてきはじめた。

「おだい。お前は、どうして、急に、そんなにはたらきものになったのだい?」

あきれて弥治郎が問うと、おだいは上眼づかいに弥治郎を見て、にんまりと笑うのみなのだ。それに妙に愛らしく、そばかすだらけの顔に、二十相応のむすめらしさがただよっている。

いずれにせよ、笠屋の弥治郎は満足であった。

三

ところで……。

この年の夏に、弥治郎の女房・おせつが、ついに亡くなった。

去年から医者も見はなしていたほどに、おせつの心ノ臓はおとろえていたのである。

医者は、

「ここまで保ったのは、おだいさんの看病のおかげというものだよ、弥治郎さん」

しみじみと、そういった。

そして……。

秋風がたちはじめるころ、弥治郎は、おだいと再婚した。

だれもが、そのことを、

(当然の成り行き)

と見た。

夫婦になっても、おだいのはたらきぶりは変らなかった。

いや、前にも増して立ちはたらくので、弥治郎のほうが、

「そんなに気張らないでくれ。おせつの二の舞になっては、おれが困るよ、おだい」

そういうと、おだいは上眼づかいに夫を見て、にんまりと笑うのみなのである。

弥治郎は、幸福であった。

あれほどはたらきぬいていながら、夜の寝床で、おだいは弥治郎の愛撫（あいぶ）にこたえるときおもいもかけぬ（こたえかた）をした。

その激しさに、弥治郎は狂喜した。

（おせつなどより、よっぽどいいな）

めくるめくようなセックスのよろこびを弥治郎は知った。

こうして、早くも一年がすぎた。

大晦日（おおみそか）の夜……。

弥治郎は一年の決算をすまし、おだいと二人で熱い酒をのみ、寝床へ入った。

このときのおだいは、いつもの何倍もの狂おしさで弥治郎を抱きしめてきた。

「お前というやつは、なんて可愛（かわい）いのだろう。ほんとうに、ほんとうに……」

などと、三十男の弥治郎がうわごとのようにいい、無我夢中の時をすごし、やがて、ぐったりとねむりに入った。

そのねむりの中で、一年ぶりに、弥治郎は夢を見た。すっかり忘れていた。あの牝（めす）の白狐（びゃっこ）が夢の中にあらわれ、こういったのである。

「この一年の間、この家に住まわせていただき、ありがとうございました。上方で、わたくしのことをいじめた母狐が亡くなりましたそうで……わたくしは、晴れて上方へ帰り、夫婦になれるのでございます。この一年、わたくしは、おだいさんの躰(からだ)をお借り申し、あなたさまへ御奉公をしてまいりましたが、お気にめしましたかどうか……」

いいさして白狐が上眼づかいに弥治郎を見て、にんまりと笑いかけ、

「それにしても、旦那(だんな)さまの閨(ねや)のお相手は、たのしゅうございました」

と、ささやいてきたのである。

弥治郎は、三歳になったおみつと六歳になった清太郎のさわぐ声で目がさめた。

となりの寝床で、おだいが大いびきをかいていた。

(……?)

弥治郎は、ぎょっとした。この一年、こんなことはなかった。自分が目ざめる前に、かならず、おだいは起き出し、せっせとはたらきはじめていたものである。

「おい。おだい、起きな。もう、元日の昼すぎだよ。おい、おい、起きなというのに……」

何度もゆり起されてから、おだいは眼を開いた。目やにのたまったにぶい眼つきである。おだいは、あくびをくり返し、「どっこいしょ」と、半身を起し、のろのろと、這(は)いずるように寝床を出て、大きなおならを鳴らした。

弥治郎は、愕然(がくぜん)としていた。

今度は、昨夜見た夢を、はっきりとおもい出し、まっ青になった弥治郎は、がたがたとふるえはじめた。

（「山形新聞」昭和四十七年一月九日付）

解説

重金敦之

若い女の人の使う言葉が乱れて、理解しにくくなってきたのは、いつの頃からだろう。テレビに顔を出すタレントたちの奇妙な幼なさの残る、舌足らずのしゃべり方が一般の人たちのあいだに広まっていったのだろうか。あるいは、町を歩いている普通の女の子たちが、テレビに出るようになり、タレントの仲間入りをしたのかもしれない。

池波正太郎さんは、若い女性から仕事のことで、電話がかかってくると、

「ちょっと待って。あなたのそばに三十以上の男の方はいませんか。もしいたら、その男の人と電話を代わってください」

というそうだ。

「とにかく、なにを言っているのか、まったくわからないんだよ。僕の耳のせいかとも思うけど、男の人のいうことならわかるんだからね……」

自分の会社名はおろか、名前も名乗らずに、突然、用件を切り出すなんていうのは

序の口で、仕事をお願いして頼んでいるのだか、命令しているのか、わからない手合いが実に多い。池波さんにいわせれば、これはなにも電話に限らず、舞台や映画、テレビの役者も同じことで、

「聞き取ることが苦痛」

とまで、言いきっている。

私は、池波さんと一緒に、昭和十六年に公開された映画「元禄忠臣蔵・前篇」（溝口健二監督）を観たことがある。主演女優は三浦光子だったが、着物の着方、歩き方、ちょっとした挙措や仕草、めりはりのきいた言葉づかいと抑揚の美しさ、どれをとっても、今の若い女性が失ってしまったものを完璧に備えていた。

「今の役者は、旗本の奥方をやらせても、お側女中でも、みんなおんなじ着物の着方になっちゃうんだからね」

この一言をもってしても、池波さんの女性に対する厳しい眼が感じられるというものだ。

本書に収録された十三編の短編小説は、いずれも女性を主人公にしており、彼女たちはみな池波さんの厳しい眼をくぐり抜けてきた人たちばかりである。善良な女性もいれば、性悪な女もいる。それは人間である以上、当然のことであって、生きているからこそ、良いこともすれば、悪いことも考えるのだ。

これらの短編は、おおむね昭和四十年代なかばに書かれた。直木賞を得てから十年を経た頃である。『鬼平犯科帳』を書き始め、『必殺仕掛人』の藤枝梅安を誕生させ、『剣客商売』にも手をつけ出すという、気力、体力ともに最も充実し、脂の乗り切った時期だ。その旺盛なエネルギーは、畢生の大作、『真田太平記』へと向けられていく。

ここに登場する女性たちを読み進めていくと、どうしても池波さんの描く一人の女性像を思い起こさずにはいられない。『真田太平記』の草の者、お江である。武田忍びの家に生まれたお江は、真田幸村の寵愛を受け、関ヶ原では徳川家康暗殺をはかり、大坂の陣では最後まで幸村の側にあって、ただ一人生きのびる。徳川方についた幸村の兄、信之の松代国替えまで見届ける、戦国の世のスーパーウーマンだ。

「女忍びとは、まこと、ふしぎな生きものよ。お江どのは何やら、この世の女ともおもえぬ。この後、百年も二百年も生くるのではないか……」

と、池波さんは書くが、池波さんの胸底にたゆとうている女性像は、お江に集約されている。いいかえれば、本書の女性たちはいずれもお江の分身といってもいい。

「力婦伝」のなかで、堀次郎太夫に、

「女とは変りやすきものじゃ。わが女房とて、よくよく気をつけて見れば、一日のうちに何度となく、これが女房か、と思うほどの顔かたちを見せる。ふしぎな生きものじゃよ」

と、語らせているが、ここに池波さんの透徹した女性観の極致が見られる。

ところで、池波さんを語るとき、どうしても触れなければならない二冊の本がある。自伝『青春忘れもの』と、食べることを通じて人生を語った『食卓の情景』だ。

鏑木清方の弟子となり、画家となることを夢みた池波少年だったが、小学校を卒業すると、兜町に入る。十五、六の頃から、「資生堂」や「アラスカ」でうまいものを食べ、歌舞伎を観、映画館に通う。さらに長唄にもこりだす。「手張り」を覚えた池波少年はやがて、吉原へ通うことになる。童貞をささげた敵娼に、足かけ三年も一本鎗で遊んだそうだ。このくだりは、『青春忘れもの』に詳しいが、彼女は、最初の晩、「おめでとう」と、赤飯に蛤の吸い物を用意してくれたという。池波さんが戦争に出ていくとき、お母さんは、その女性に、「正太郎がながながお世話になりまして」と、お礼にいったそうである。

若くして、しかも戦争直前のきわめて短時日のあいだに、このような体験を数多くふまえたことが、池波文学の大きな礎石になっている点は、多くの人がすでに指摘し、池波さん自身も、ことあるごとに口にしているところだ。

○

私が初めて池波さんにお目にかかったのは、昭和四十年、東京オリンピック翌年の二月、金沢へ一緒に取材旅行へ出かけたときである。雪の降る金沢の町をあちこち歩きまわり、大樋焼(おおひやき)の窯元(かまもと)や金箔(きんぱく)の作業所を訪ね、大友楼やごり屋で食事したことを思い出す。このときの体験と、四十二年に書かれた『青春忘れもの』を読んで、私は「食べもの」に関するエッセイを池波さんに書いてもらうことを思いついた。それが、週刊朝日に連載された『食卓の情景』で、四十七年のことであった。

池波さんの「食べること」に対する情熱は、なまなかのものではない。最近は、とりわけそううまいものに執着していないが、それでも「銀座百点」に連載している「銀座日記」を読んだ川口松太郎さんは、亡(な)くなる直前に、

「少し食べすぎ、のみすぎ、見すぎ(映画)という気がする。とにかく大切に……」

というハガキを池波さんに書いたそうだから、川口さんの年代の人から見れば、まだまだ「大食」のように見えたのだろう。

「うまいものを食べなくてもいいというだろう。するとね、女房どもはすぐに手を抜きやがるんだ。まったくしょうがねえよ」

たしかに、『食卓の情景』のころの健啖(けんたん)ぶりは、さすがに衰えたが、まだまだ食への情熱は冷めていない。だが、池波さんの食べ方は、うまいものを漁(あさ)って、食べまくるというような食べ方ではない。

私は、かねがね、「食通」というのは、「一緒に食事をしたいと思わせる人」だと思

っている。誠意をこめて料理を作ってくれた職人へのいたわりと、天の配剤である食べ物や飲み物に対する感謝の念、さらに同じ食卓を囲む人への思いやりが、「食通」の三大要素であろう。この三要素を欠いて、店の悪口を声高にいうような人種を、池波さんは好まない。またやたらと、蘊蓄をひけらかす人種も認めない。

「炊いた御飯へ、鰹節のかいたのをまぜ入れ、醤油をふってやんわりとかきまぜ、ちょいと蒸らしてから、これをにぎりめしにして、さっと焙った海苔で包む」（お千代）

これを読むと、今晩にでも夜食にやってみようと思うし、この小説を書き終えた夜明け、おそらく池波さんは、ベニー・グッドマンでも聴きながら、自分で作って食べたに違いない。

また、池波さんの猫好きも有名だが、『日曜日の万年筆』というエッセイ集に、次のような一節がある。

「私のところでは、むかしから猫を飼っているので、猫のいない自分の家など考えられなくなってしまっている。

もっとも、私は仕事に倦み疲れた気分を変えようとして、猫を玩具がわりにするので、猫からはきらわれている。

その中で、シャム猫のサムだけは、いくら、しつっこくおもちゃにしても私に好意をもっていてくれるらしい。

仕事を終えた私が、ほっとしてウイスキーをのむとき、彼にも小皿へウイスキーの少量を水割りにしてやると、音もたてずに飲んでしまう」

そんな簡単に猫がウイスキー（もちろん、水割りのごく薄いのにしてもだが）を飲むわけもなく、池波さんは三年がかりで手なずけたので、

「飲むのはシャム猫だけだね。日本猫はどうやっても駄目だった」

と、いたずらっぽく笑う。

「うちのお千代（猫の名である）がね。夜になって、おれが酒をのむので、火鉢に金網をかけて目刺を焙っているとね。お千代が火鉢のへりにつかまっていて、目刺が焼けるとね、ひょいと引っくり返してくれるのさ」（お千代）

こんな文章を読むと、思わず仕事を終わって、猫をおもちゃにしている池波さんの姿が、彷彿（ほうふつ）としてくる。

〇

ところで、ここに収められた短編小説のほとんどは、いわゆる中間小説誌に発表されたものだ。私は中間小説誌の編集者ではないので、詳しいことはわからないが、最近は一時（いっとき）の勢いがどうも感じられないような気がする。作家が、中間小説誌に短編小説を書くのを、あまり好まないとも聞く。

池波さんより、後輩の人気作家が（作家に先輩、後輩の区別があるかどうかは別だ

が）、短編小説を書きたがらないので、編集者が閉口しているということを、池波さんに話したことがある。

「短編を書かなくなると、物語作りがうまくならないんだけどね……」

いかにも、残念そうな表情だった。自分のことだけでなく、後輩作家にも常にあたたかいが、厳しい目を向けているのである。

池波さん自身、短編小説について、『食卓の情景』のなかで次のように記している。

「小説書きは、それぞれに自分の体質と性格に適した方法で発想をし、仕事をすすめて行くわけだが、なんといっても、一つ一つ、仕上げてゆく仕事が同じものではいけないことが苦しい。

もっとも辛（つら）いのは五、六十枚の短篇小説であって、これは短い日数のうちに一つの主題を完結させねばならないから、まったく油断も隙（すき）もあったものではない。私などは五十枚のものだったら五日間、一日十枚を書くつもりで日数をとっておかぬと、安心ができない。連載小説の場合は、一つの長いストーリーを一年なり一年半なりかけて、準備をし、さらに、それと同じ月日をかけて書きすすめてゆくわけだから、当然、登場して来る諸人物の性格も発酵しているわけだ。

そうした作業を、短篇ではわずかな日数と枚数で仕上げねばならぬ。まことに苦しいのだけれども、短篇小説を書くことからはなれてしまうと、私の場合は長篇を書くときの自信がもてない。

短篇を書いて構成力を養っておかぬと、どうも安心ができないのだ」

「短編の名手」といわれる池波さんの、考え方があますところなく語られているというべきだろう。本書の短編のなかには、長編小説ともなり得る素材がいくつも見られる。それをあえて長編小説にせず、とことん凝縮し、熟成・発酵させていく。多量のワインを二度も蒸溜(じょうりゅう)し、樫(かし)の樽(たる)の中に長い歳月ねかせると、樽の色がつき、芳香をたくわえたコニャックが出来上がるのに似ている。読者の掌の中で、いつくしんで飲まれる「オー・ド・ヴィ(生命の水)」の味わいに、池波さんの短編はなぞらえることができるのではあるまいか。

(昭和六十年八月、「週刊朝日」副編集長)

表記について

新潮文庫の文字表記については、原文を尊重するという見地に立ち、次のように方針を定めました。

一、旧仮名づかいで書かれた口語文の作品は、新仮名づかいに改める。
二、文語文の作品は旧仮名づかいのままとする。
三、旧字体で書かれているものは、原則として新字体に改める。
四、難読と思われる語には振仮名をつける。

なお本作品集中、今日の観点からみると差別的ととられかねない表現が散見しますが、作品自体のもつ文学性ならびに芸術性、また著者がすでに故人であるという事情に鑑み、原文どおりとしました。

（新潮文庫編集部）

池波正太郎著

真田騒動
―恩田木工―

信州松代藩の財政改革に尽力した恩田木工の生き方を描く表題作など、大河小説『真田太平記』の先駆を成す〝真田もの〟5編。

池波正太郎著

あほうがらす

人間のふしぎさ、運命のおそろしさ……市井もの、剣豪もの、武士道ものなど、著者の多彩な小説世界の粋を精選した11編収録。

池波正太郎著

あばれ狼

不幸な生い立ちゆえに敵・味方をこえて結ばれる渡世人たちの男と男の友情を描く連作3編と、『真田太平記』の脇役たちを描いた4編。

池波正太郎著

谷中・首ふり坂

初めて連れていかれた茶屋の女に魅せられて武士の身分を捨てる男を描く表題作など、本書初収録の3編を含む文庫オリジナル短編集。

池波正太郎著

黒幕

徳川家康の謀略を担って働き抜き、六十歳を越えて二度も十代の嫁を娶った男を描く「黒幕」など、本書初収録の4編を含む11編。

池波正太郎著

賊将

幕末には「人斬り半次郎」と恐れられ、西郷隆盛をかついで西南戦争に散った桐野利秋を描く表題作など、直木賞受賞直前の力作6編。

池波正太郎著

武士(おとこ)の紋章

敵将の未亡人で真田幸村の妹を娶り、睦まじく暮らした滝川三九郎など、己れの信じた生き方を見事に貫いた武士たちの物語8編。

池波正太郎著

夢の階段

首席家老の娘との縁談という幸運を捨て、微禄者又十郎が選んだ道は、陶器師だった――表題作等、ファン必読の未刊行初期短編9編。

池波正太郎著

江戸の暗黒街

江戸の闇の中で、運・不運にもまれながらも、与えられた人生を生ききる男たち女たちを濃やかに描いた、「梅安」の先駆をなす8短編。

池波正太郎著

上意討ち

殿様の尻拭いのため敵討ちを命じられ、何度も相手に出会いながら斬ることができない武士の姿を描いた表題作など、十一人の人生。

池波正太郎著

食卓の情景

鮨をにぎるあるじの眼の輝き、どんどん焼屋に弟子入りしようとした少年時代の想い出など、食べ物に託して人生観を語るエッセイ。

池波正太郎著

散歩のとき何か食べたくなって

映画の試写を観終えて銀座の〔資生堂〕に寄り、はじめて洋食を口にした四十年前を憶い出す。今、失われつつある店の味を克明に書留める。

池波正太郎著
日曜日の万年筆
時代小説の名作を生み続けた著者が、さりげない話題の中に自己を語り、人の世を語る。手練の切れ味をみせる〝とっておきの51話〟。

池波正太郎著
男の作法
これだけ知っていれば、どこに出ても恥ずかしくない！　てんぷらの食べ方からネクタイの選び方まで、〝男をみがく〟ための常識百科。

池波正太郎著
男の系譜
戦国・江戸・幕末維新を代表する十六人の武士をとりあげ、現代日本人と対比させながらその生き方を際立たせた語り下ろしの雄編。

池波正太郎著
味と映画の歳時記
半生を彩り育んださまざまな〝味と映画〟の思い出にのせて、現代生活から失われてしまった四季の風趣と楽しみを存分に綴る。

池波正太郎著
映画を見ると得をする
なぜ映画を見ると人間が灰汁（あく）ぬけてくるのか……。シネマディクト（映画狂）の著者が、映画の選び方から楽しみ方、効用を縦横に語る。

池波正太郎著
池波正太郎の銀座日記〔全〕
週に何度も出かけた街・銀座。そこで出会った味と映画と人びとを芯に、ごく簡潔な記述で、作家の日常と死生観を浮彫りにする。

新潮文庫最新刊

柳田邦男著
言葉の力、生きる力
たまたま出会ったひとつの言葉が、魂を揺さぶり、絶望を希望に変えることがある――日本語が持つ豊饒さを呼び覚ますエッセイ集。

沢木耕太郎著
シネマと書店とスタジアム
映画と本とスポーツ。この三つがあれば人生は寂しくない！　作品の魅力とプレーの裏側を鋭くとらえ、熱き思いを綴った99のコラム。

唯川恵著
人生は一度だけ。
恋って何？　愛するってどういうこと？　友情とは？　人生って何なの？　答えを探しながら、私らしい形の幸せを見つけるための本。

よしもとばなな著
引っこしはつらいよ
―yoshimotobanana.com7―
難問が押し寄せ忙殺されるなかで、子供は商店街のある街で育てたいと引っ越し計画を実行。四十歳を迎えた著者の真情溢るる日記。

伊丹十三著
再び女たちよ！
恋愛から、礼儀作法まで。切なく愉しい人生の諸問題。肩ひじ張らぬ洒落た態度があなたの気を楽にする。再読三読の傑作エッセイ。

伊丹十三著
日本世間噺大系
夫必読の生理座談会から八瀬童子の座談会まで、思わず膝を乗り出す世間噺を集大成。リアルで身につまされるエッセイも多数収録。

新潮文庫最新刊

池谷裕二
糸井重里 著
海馬
—脳は疲れない—
脳と記憶に関する、目からウロコの集中対談。「物忘れは老化のせいではない」「30歳から頭はよくなる」など、人間賛歌に満ちた一冊。

志村史夫 著
こわくない物理学
—物質・宇宙・生命—
ギリシャ哲学から相対性理論、宇宙物理学、量子論へ。難しい数式なしで物理学の偉大な歴史を追体験する知的でスリリングな大冒険。

斉藤政喜 著
シェルパ斉藤の犬と旅に出よう
耕うん機で九州縦断の旅、子犬を連れてお遍路、元祖バックパッカー犬追悼のため日本海へ。実践コラムを加えた、ほのぼの紀行。

山本美芽 著
りんごは赤じゃない
—正しいプライドの育て方—
どんな子でも、一生懸命磨いてあげるとダイヤのように光り始める——子供の世界観を大きく変えた「心を育てる」授業、感動の記録。

澤口俊之
阿川佐和子 著
モテたい脳、モテない脳
こんな「脳」の持ち主が異性にモテる！ 気鋭の脳科学者が明かす最新のメカニズム。才媛アガワもびっくりの、スリリングな対談。

小林紀晴 著
ASIAN JAPANESE 3
—アジアン・ジャパニーズ—
台湾から沖縄へ。そして故郷の諏訪へ。アジアを巡る長い旅の終着点でたどりついた「居場所」とは。人気シリーズ、ついに完結。

おせん

新潮文庫　い-16-26

昭和六十年九月二十五日　発行
平成十五年九月三十日　四十七刷改版
平成十七年七月十日　五十刷

著者　池波正太郎
発行者　佐藤隆信
発行所　株式会社 新潮社
郵便番号　一六二—八七一一
東京都新宿区矢来町七一
電話　編集部(〇三)三二六六—五四四〇
読者係(〇三)三二六六—五一一一
http://www.shinchosha.co.jp

価格はカバーに表示してあります。

印刷・二光印刷株式会社　製本・株式会社植木製本所

ISBN4-10-115626-3 C0193